REINVENTANDO MIS ESPERANZAS

REINVENTANDO MIS ESPERANZAS

Luis Gerardo Bonilla Espinosa

Número de Control de la Biblioteca del Congreso de EE. UU.: 2015912416

ISBN:	Tapa Dura	978-1-5065-0732-3
	Tapa Blanda	978-1-5065-0733-0
	Libro Electrónico	978-1-5065-0734-7

Información de la imprenta disponible en la última página.

Fecha de revisión: 13/08/2015

Para realizar pedidos de este libro, contacte con:
Palibrio
1663 Liberty Drive
Suite 200
Bloomington, IN 47403
Gratis desde EE. UU. al 877.407.5847
Gratis desde México al 01.800.288.2243
Gratis desde España al 900.866.949
Desde otro país al +1.812.671.9757
Fax: 01.812.355.1576
ventas@palibrio.com
721253

CAPÍTULO 1

Nadie le haría desdén al día tan soleado y más cálido de la semana, nadie más que Liliana. Este día va directo a con su familia adoptiva, con la que sus propios padres la confiaron. Liliana esperaba con ansia el mes de diciembre. Ese cuando al fin, sería mayor de edad… y libre. Y también considerando, viajar por todo el mundo.

Liliana va en el asiento trasero de un coche particular. Su rostro no llevaba maquillaje. Su delineada figura se ha adaptado a la falta de comida, y no por falta de recursos, sino por su obsesión con tener una línea escultural.

El auto se detiene. El reflejo en la ventanilla nos muestra la fachada de un castillo, por encima del puente y de las bardas, todo, de no más de cincuenta años de antigüedad. Y afuera de la fortaleza, junto a la barbacana, vemos a un hombre y una mujer.

El chofer baja del coche y corre para abrirle la puerta a Liliana, ésta sale y él cierra la puerta y va hasta la cajuela, de dónde saca una mochila de tela y una maleta con rueditas y deja esto a un lado de Liliana y retrocede unos pasos, para recargarse en el auto.

Los que esperaban, se acercan con Liliana. La mujer, saluda de beso.

— ¡Qué gusto en tenerte aquí! Creo que ya te lo dijeron, pero yo soy Pamela— Pamela es una mujer que usa maquillaje, para esconder el ligero paño que le provoca su segundo y actual embarazo de siete meses. Pero tan esbelta, qué casi nadie le creé que va a cumplir los cuarenta años de edad.

— Tú y yo ya nos conocimos— dijo el hombre, Roberto—. ¡Ya verás! ¡Seremos una buena familia! — trataba de animar a Liliana.

Roberto fue rechazado por la familia de Pamela durante su noviazgo, por ser más joven que ella; sólo tres años y medio menos. Pero finalmente aceptado, gracias a su primera hija. Roberto, emprendedor y de cuerpo esbelto, resultado del trabajo de su negocio de la cosecha y la crianza de ganado.

Liliana mostró su mejor sonrisa, pero muy leve.

— ¡Anda! ¡Pasa por favor! Estás en tu nuevo hogar— dijo Roberto al levantar la mochila y llevar la maleta. Antes de avanzar, Roberto se acercó al chofer y le comentó: —. ¿Hablaste con Eduardo?

— Sí— le contestó el chofer—. Y ya me pagó lo del transporte

— Bien. ¡Gracias!

— De nada. ¡Hasta luego!— se despide el chofer y se retira en el coche.

Roberto se adelanta. Pamela se lleva a su nueva hija del brazo.

Cruzan el puente. Liliana observa el foso, el cual no ha tenido agua desde la última lluvia del mes pasado. Ve con disgustó a la gran muralla y que, por si fuera poco, también hay una empalizada que rodea a todo el foso.

Al llegar al patio de armas, el Rastrillo desciende, al ser activado por Roberto desde el panel de control que está en la pared, junto al Rastrillo y a la puerta falsa. En el patio de armas hay dos cobertizos y dos cocheras. Lo que más le llamó la atención a Liliana, fue la fachada del castillo, que está decorada con miles de piedras redondas, grandes medianas y pequeñas: de esa que parecen quesos.

El cielo, respetado esa tarde por las nubes, da paso al astro rey que resalta la belleza del castillo y a la muralla con su camino de ronda. Y hasta dora los campos de cosecha. Y más a lo lejos, el ganado que pasta en grupo.

La torre del homenaje ha sido diseñada para que sea una casa normal; con su sala de estar, su cocina con un pequeño cuarto que sirve de alacena, y un cuarto de lavado al fondo. Junto a la cocina está el comedor y debajo de las escaleras está un sanitario. Subiendo las escaleras están la habitaciones; Primero están dos cuartos solos, luego la habitación de Roberto y de Pamela y al último está el cuarto de la hija.

Reunidos en el comedor, Pamela y Roberto de frente a Liliana, están disfrutando de un coctel de frutas, del cual, Liliana sí apenas ha comido un poco. Pamela le sonreía a Liliana, cada vez que ésta le miraba. Pamela comprendía el disgusto que sentía Liliana por su cambio tan brusco de familia. Aun así, Pamela es de esas personas que trataban de convivir con la gente de difícil carácter; de razonar o, por lo menos, comprender los problemas de cualquiera. Roberto trataba de anudar todas sus emociones que ha guardado desde que acordó la adopción de Liliana, con su padre Eduardo.

El festín de comida ya no se veía en la mesa. Fueron horas las que han pasado, que para Liliana han sido días. Pamela recogía los cubiertos. Liliana daba sorbos del caldo de pollo. Pamela limpiaba la mesa, en eso, Roberto va entrando, con la pequeña mochila de la hija.

— ¡Ya llegamos!— grita Roberto.

Detrás de él, va entrando una niña, sus rizos encantan a Liliana y se levanta. Roberto deja la mochila a un lado del sillón y lleva de la mano a su hija y se la presenta a Liliana:

— Mira, te presento a tu hermanita…

— ¡Verónica!—saluda Liliana. Pamela y Roberto quedan boquiabiertos—. ¡Me encanta tu cabello!

— ¡Gracias!— saludó Verónica, estrechando manos—. Tú también tienes un cabello lindo.

— ¿Cómo supiste su nombre?— pregunta Pamela.

— Es un nombre que me encanta.

— ¡Ves!— comenta Roberto—. Así se inicia una buena amistad entre hermanastras. Y te aclarará la mente.

Ambas compartieron una sonrisa. Pamela da un gran respiro, sintiéndose orgullosa de que Liliana y Verónica tuviesen esa primera gran impresión. Hasta veía que el día termina bien, al escuchar la voz de Liliana.

En una charla más estimulante, reunidos en las sala de estar, Liliana ha platicado sobre su trabajo en la granja de sus padres, Ivonne y Eduardo. Se mostraba tan expresiva, que el momento dio lugar a una pregunta de Liliana:

— ¿Y cuándo nacerá el bebé?

— En unas ocho semanas, más aproximadas— contestó Pamela—. Y esperamos que seas una buena hermana— hizo una pausa, mirando a Verónica y su propia pansa—… de dos.

Todos se echaron a reír, excepto Verónica, a quién de rato, Liliana le da un abrazo.

— ¿Y de quién es este castillo?— pregunta Liliana.

— Pues, mis padres lo construyeron— contestó Pamela—. Se esforzaron para que quedara terminado para el día de mi nacimiento. Y claro que eso me fue difícil de creer. Pero mi padre alardeó mucho, diciendo que sí lo habían logrado.

—Eso es muy padre— dijo Liliana, cayendo de ánimo, al recordar su vida con sus padres. Levanto la cabeza, con intento de cambiar de tema: —. Y mis padres, ¿no dijeron algo sobre mí?

—Sí— contesta Pamela—. ¡Qué no te dejemos salir…!

— ¡Ni a la esquina!— completa Roberto.

Ambos estallan en carcajadas. Liliana se queda petrificada, se relaja.

— No, no me asusten— expresó, siguiéndoles el juego.

— ¡Que va!— dijo Roberto—. Nos dijeron algo más tenebroso.

— ¡Tenebroso para nosotros!— expresó Pamela.

— ¿Qué?— Preguntó Liliana con sonrisa de temor.

Roberto se posó más serio y Contestó:

— Nos dijeron que no importara cómo te castiguemos, que tú siempre encuentras la forma de zafarte. Aun así, no creemos que tengamos problemas contigo, ni tú con nosotros.

—Yo también lo creo— dijo Liliana y siguió con entusiasmo de no recibir un regaño— ¿Y viven aislados? No vi muchas casas alrededor.

— ¡Cómo crees!— contestó Pamela—. A diferentes kilómetros de distancia hay varias casas y terrenos. Y todos somos integrantes de la secta: "EL CIELO EN LA TIERRA".

Para Liliana era mal vista la palabra secta. Recordó que sus padres eran integrantes de dicha secta. Ahora creé que la conducta de malos padres es resultado de rituales o pactos satánicos en esa secta.

— Ya es tarde— rompe el silencio Pamela—. Vamos a ver tu habitación.

Roberto lleva el equipaje, Pamela se adelanta, con llaves en mano. Liliana y Verónica va haciendo carreras, tan sólo terminan de subir las escaleras y llegan a la primera habitación, la cual, Pamela abre con una de las llaves.

—Y aquí estamos— dijo Pamela entrando al cuarto.

El ambiente del cuarto, tan fresco y natural, le mejoró la expectativa que Liliana tenía hacia su nuevo hogar. Las paredes de piedra son tan altas de hasta tres metros. El piso de madera laminada. El techo está fortificado por gruesas viguetas de madera, que en las cuales, hay un mensaje grabado con metal caliente y que dice textualmente: "Fortifica tu espíritu hasta lograr tu meta y no olvides las manos que lucharon para ayudarte".

Roberto dejó el equipaje en la cama, que está pegada a la pared y centrada en la habitación. También hay un ropero antiguo, agujereado por gusanos y una credenza sin patitas junto al baño.

Lo qué leyó Liliana en las viguetas, le pareció un regaño, recordando su última disputa con sus padres y mejor se apresuró a abrir la mochila.

— ¡Me lleva!— grita Roberto—. Casi olvido checar el ganado. ¡Nos vemos!— se despide de Liliana y se retira.

—No hay mucho aquí, pero— dijo Pamela mostrando el ropero y la credenza—, tiene baño— Pamela y Liliana entraron al cuarto de baño. Para

Liliana era muy bonito el diseño de los mosaicos de la pared y Pamela continuó: —. El servicio de drenaje está arreglado y el calentador ya brinda agua a esta habitación.

Liliana va y se sienta en la cama, sacando ropa de la maleta y Verónica se sienta a su lado. Pamela se recarga en la puerta del baño y dice:

—Ya sé que no quieres quedarte aquí por mucho tiempo, pero tu padre nos dejó algo de dinero— Pamela le extiende un sobre grueso—. Ésta es una parte— Liliana se lo acepta—. Para que complementaras tu estancia. Sí quieres, algún día podremos visitar el centro de la ciudad. Allá hay bastantes boutiques, zapaterías y mueblerías. ¿Qué te parece?

—Bien— contesta Liliana—. Así conocería la ciudad en vivo y directo.

Pamela recordó que Liliana vivía aislada, sola en el rancho de su familia. Y Pamela quería que un recorrido por la ciudad le hiciera feliz de nuevo.

— Entonces te dejamos— dijo, llevándose a Verónica de la mano—. Mi pequeña artista debe dormir, mañana tiene clase de pintura— se despide de Liliana.

—Me gustaría que algún día me llevaras a mis clases— dijo y luego se despidió de Liliana, dándole un beso en la mejilla. Liliana le respondió con una sincera sonrisa.

Liliana aún mantenía vivo a su espíritu de aventura. Pensaba que con visitar la ciudad, bastaría, de principio. Ella hacía sus compras por internet. Dejó muy pocos amigos atrás. Sus padres contrataban maestros particulares.

El agua tibia, no podía ser más perfecta para ese nuevo día. El jabón caía por la tersa y sedosa piel de Liliana. Lentamente acumulaba espuma en su rostro, disfrutando del aroma de aquel jabón, hecho a mano por comerciantes locales.

Con una sensación de frescura, Liliana esperaba, frente a la ventana, a que el aire apacible seque su cabello. Contemplando el paisaje, aunque no es el mejor, es disfrutable, bajo el sol que se asoma por encima del cerro del muerto, o del picacho, cómo también se le conocía en el estado de Aguascalientes. Se ven campos de elote, jitomate y cebolla. Pero que dejan lugar a un sendero.

A falta de cortinas, Liliana decide cerrar la ventana. Vuelve a subir la maleta y la mochila a la cama y revisa sus pertenencias. De su maleta va sacando un puñado de ropa interior, sostiene una de sus pantis y creé que están pasadas de moda, sintiéndose como una niña. Saca pantalones de mezclilla, blusas, playeras y camisas de manga corta. De entre tanta ropa, encuentra su libreta de doscientas hojas, le da una hojeada y la guarda en la mochila. Al último saca un vestido, que no es de su agrado, pero que quiere guardar, no lo desdobla, hasta levantarse y tender el vestido en la credenza. Un golpeteo en ésta, llama la atención de Liliana que ve hacia todos lados, hasta detrás del mueble y observa qué el collar, que iba escondido en el vestido, ha caído ahí detrás. Sus intentos por alcanzar el collar con la mano, se vieron frustrados. Su fuerza fue inútil, al tratar de mover el mueble. Admite no poder recuperar su collar y lo deja, pensando en hacer otro intento más tarde.

Regresa a revisar su mochila, al parecer, ha olvidado algo y revisa una vez más en su maleta. Su rostro se ve iluminado, al encontrar ese algo tan importante. De la maleta saca unas cuerdas, unas piezas de metal y algo que parecen ser unos tirantes; hecha todo esto a la mochila, la cierra y la esconde en el fondo del ropero.

Una hora más tarde, Pamela toca la puerta de Liliana y ésta contesta en voz alta:

— ¡Adelante!

— Arréglate. Vamos al centro— dijo Pamela, asomándose.

Su primera visita, fue en el centro comercial "El Parían". Pamela compra unas revistas; Roberto consigue unos discos compactos de música clásica; Verónica decidió comprar un reloj de pulsera, sabiendo que estos, pronto dejarán de existir y Liliana se lleva unas playeras, unos vaqueros y unas botas de trabajo, pues no encuentra las que ella quería.

— ¿Eso es todo?— pregunta Pamela.

— Si, es todo lo que necesito— contesta Liliana con gran satisfacción.

— Vamos a comer algo, ¿no?— propuso Roberto.

Se fueron a comer pizza en un local. Hablaron por varios minutos sobre los sueños y metas que Liliana quería cumplir. Liliana ha dicho que su padre le prometió que se irían de vacaciones familiares, visitando varios países. Pero que nunca cumplió, sobre todo, después de ingresar a la secta "EL CIELO EN LA TIERRA". Pamela y Roberto se mantuvieron con firmeza, al tratar de convencer a Liliana, de que en la secta no se trataban temas de sacrificios ni de pactos con el diablo. Liliana no quiso seguir discutiendo el tema y sólo se dedicó a hacer más preguntas acerca del castillo.

— ¿Qué tan seguro es el castillo?

— Muy, muy seguro— contestó Roberto—. Tiene un muy buen sistema de seguridad. Aparte, nunca hemos tenido problemas

— ¿Y la almenas son firmes?— preguntó Liliana.

— Sí— Contestó Roberto—. ¿Por qué?

— Porque— contesta Liliana escondiendo una sonrisa de satisfacción. Pero que de inmediato borró de su rostro—. Sí no están bien armadas, podrían caerse— agregó con gran seguridad.

Pamela bebe de su té embotellado y dice:

— Yo te puedo asegurar y reasegurar que todo el castillo está hecho con los mejores materiales y que fueron contratadas las personas más trabajadoras. Liliana no podía estar más contenta con esta respuesta.

Al fin ha llegado la noche. Y Liliana, con su mochila en hombros, no duda en dar una caminata por el camino de guardia. Admira la oscuridad que rodea al castillo, sólo la carretera, a lo lejos, está iluminada. De su mochila saca las cuerdas, las piezas de metal y lo parecía ser unos tirantes, que son en realidad unos arneses, los cuales asegura a su cuerpo. Ajusta las agujetas de sus botas de trabajo y se coloca de nuevo la mochila en hombros. Mira hacia afuera de la muralla y calcula que son unos cinco metros de altura. También determina que la empalizada tiene unos dos metros de altura. Con estos datos Liliana ató la cuerda a una almena. Con la pieza llamada "ocho", en su lugar, la conectó al mosquetón, se aseguró de que la cuerda esté tensa y salió de entre las almenas. Con pasitos por la barda y alimentando la cuerda, va bajando hasta llegar al suelo.

El viento movía su cabello, pero Liliana ni quiso llevar un suéter o una chamarra. Iba por el foso, para llegar a la barbacana, escuchó voces. Desde lejos notó que era Roberto y tres trabajadores que estaban instalando un portón que cubra la entrada de la barbacana. Levantando el pesado metal con poleas y con la ayuda de la camioneta de Roberto. Liliana decidió retroceder, vio una roca que está pegada a la barbacana y corrió para tomar impulso, y lo logró.

Liliana tomó el sendero que vio por la ventana y se perdió entre la maleza, pasó por varios árboles y mezquites. Ella misma no podía creer que su huida haya sido tan fácil. Llegó hasta una zanja, resto de un río muerto. No vio algún puente, tronco caído o un camino seguro. Dudó un instante, hasta decidir bajar como en una resbaladilla. Al llegar al fondo que, tenía al menos, dos metros y medio de profundidad. Corrió para alcanzar la orilla del otro extremo, no alcanza y cae resbalándose. Se sacude la ropa. Mira hacia otro lado y encuentra un arbolito seco, que está en una parte más baja. Corre y alcanza a coger las ramas del arbolito y poco a poco sube. Casi llegando arriba, encuentra un tronco, se sujeta de él. Ella siente que el tronco no es tan pesado y, en consecuencia, Liliana cae al fondo de la zanja. Tierra y polvo no le permiten ver al tronco que va cayendo, para luego ser golpeada, debajo de la rodilla derecha. Liliana grita con gran fuerza, aleja al tronco con furia. Mira su herida y nota que tiene cortadas y varias astillas encajadas en su carne.

La luz de una linterna le alumbra desde la espalda, Liliana mira atrás y se cubre los ojos, esforzándose en distinguir de quien se trata.

Queda asustada al distinguir la voz de Roberto, que le dijo:

— ¡Felicidades! Casi lo logras.

Roberto ayuda a Liliana a llegar su camioneta. Luego la ayuda a sentarse en el asiento del copiloto. Sin cerrar la puerta, Roberto se queda parado junto a Liliana, saca su teléfono celular y marca a Pamela y activa el altavoz.

— ¿La encontraste?— preguntó Pamela.

—Sí— contesta Roberto— Ya está en la camioneta y te está escuchando.

—Liliana, miga, ¿por qué lo hiciste?— pregunta con voz ahogada.

Liliana no contesta, sólo se dedica a cubrir su herida con una de sus playeras. Roberto le mira con enojo y él contesta:

— Llegaremos un poco tarde, la llevaré con Carlos.

— ¿Qué le pasó?— preguntó Pamela con voz cortada.

— Se cayó en la zanja de aquí cerca y se lastimó la pierna con un tronco.

— ¡Oh por dios! Ojala la pueda atender, ya es muy tarde.

— Le llamaré antes. Adiós.

Roberto colgó, miró fijamente a Liliana y le dijo:

— ¡Escuchaste! Pamela está muy preocupada.

— ¡Ah sí!—contesta Liliana muy indiferente.

Roberto cierra la puerta con fuerza, se sube a la camioneta y da vuelta. Marca a Carlos, espera varios segundos.

— ¡Buenas noches! Soy Roberto.

— ¡Buenas noches!

— Necesito una consulta de emergencia para una persona lastimada de una pierna.

— Ok. Los esperaremos.

— Gracias— cuelga Roberto.

En la entrada de su casa, Carlos esperaba, con una silla de ruedas para Liliana. Carlos es de esos hombres a los que no les molestan las canas, hasta se hizo teñir dos pequeñas franjas blancas a cada lado de la cabeza.

Carlos tuvo que romper la pierna del pantalón de Liliana hasta poco arriba de la rodilla. Melisa, la hija de Carlos, ayuda a lavar la herida y aplicar antiséptico. Melisa está, casualmente, de visita en compañía de su esposo.

Carlos se quita los guantes y hace movimientos un poco extraños para Liliana, luego rodea la herida con las manos. Como acto de magia, una a una, las astillas van saliendo. Melisa va quitando las astillas que quedan en el área lastimada y limpia la sangre con una gasa. Carlos encuentra una astilla un poco más grande, así que se concentra. La parte que rodea a la astilla se va abriendo un poco y la astilla sale. Liliana ni siquiera se quejó. Carlos, con una lupa, checa que no hayan quedado más astillas. Él le da el visto bueno y Melisa se dedica a cubrir la herida con una gasa y a vendarla. Y una inyección anti-tetánica, que Liliana decidió evitar ver.

— ¡Listo!— dijo Carlos— . Ahora te daré instrucciones, por escrito, para que tomes medicamentos contra la inflamación, la infección y el dolor.

Liliana ha quedado impresionada, pues no vio que usaran pinzas o que siquiera, la lastimaran.

Afuera, junto a la camioneta, Carlos sale a despedirse.

— ¡Gracias, Carlos!— agradeció Roberto—. Y perdón por levantarte tan tarde— dijo sonriente pero enojado con Liliana.

— No, de qué— dijo Carlos—, una emergencia es una emergencia.

— Gracias, doctor— se despidió Liliana.

De regreso al castillo, Liliana se animó, en espera de que Roberto no termine de enojarse, e hizo una pregunta:

— No entendí como lo hizo. ¿Qué clase de médico es Carlos?

Roberto no dijo nada en un par de segundos, luego respondió:

— Él, su esposa, su hija Melisa, quien le ayudó hoy, y otro de sus hijos, ejercen la farma-quinesis.

— ¿Farma-quinesis? ¿De telequinesis? Es como esas personas que mueven cosas sin tocarlas.

—SÍ. Sólo que ellos aplican sus habilidades en el campo de la medicina. Han ayudado a muchas mujeres en sus partos sin necesidad de cesárea.

— ¿Y sólo ellos practican la farma-quinesis?

— No. La esposa de Carlos da cursos en la UAA. Aunque mucha gente asiste. No todos se gradúan, pues no es fácil.

— Yo creí que todo eso de la telequinesis era mentira.

— ¿Y ahora que te han curado con farma-quinesis? Y son integrantes de la secta.

Liliana no contesta y se queda pensando en lo sabía de la telequinesis. Y sobre lo que dijo Roberto de la secta.

Pamela esperaba en la sala, mira el reloj de la pared y se recostaba, cerrando los ojos en ratos. La puerta principal se abre, Pamela se despierta. Y Liliana va entrando con ayuda de Roberto.

— ¡Que susto, Liliana!— dijo Pamela al cubrirse los ojos, por un momento, al ver la pierna vendada de Liliana.

— Ahora dinos— pidió Roberto al dejar sentada a Liliana, en uno de los sillones— ¿A dónde ibas?— Pamela y Roberto se sentaron frente a ella.

— A vagar— contestó Liliana con pena, pero con miedo—. No podía esperar a cumplir la mayoría de edad. Solo quería aventurarme al mundo— agregó muy recta.

— ¡Qué bien!— casi gritó Roberto, se levantó, Pamela le sostuvo de la mano, pero él se soltó y se recargó del sofá— ¿Y qué crees que te pasaría si yo no te hubiese encontrado? ¿Te crees tan preparada para andar de trotamundos?

— Yo puedo arreglármelas por mi cuenta— contestó Liliana en tono alto.

— ¡No Liliana!— dijo Pamela al querer tranquilizarla—. Yo me alteré tanto, como lo haría una madre.

— Es solo su obligación como mis padres adoptivos— dijo con tranquilidad, pero con enojo.

— ¡Ya basta!— gritó Roberto—. Quedas castigada y tendrás que trabajar aunque estés lisiada— no dijo más. Fue y cerró la puerta principal con llave y subió las escaleras a toda prisa hasta su cuarto.

Pamela se sienta a un lado de Liliana y le dice:

— Créeme, nuestro cariño es puro y sincero. Y te protegeríamos aunque tuviéramos que sacrificar nuestras vidas.

— Pues— dijo Liliana, haciendo una pausa—, aunque quisiera irme ahora, no puedo— dijo sonriendo y mirando su herida levantando el vendaje.

Pamela le dirigió una sonrisa, frotando la espalda de Liliana.

—Sólo quiero hacer una pregunta— dijo Liliana recargándose en el respaldo del sofá—. ¿Cómo me encontró Roberto?

—Pues a mí, Eduardo me contó que en una consulta médica, te implantaron un chip rastreable.

Liliana no dijo nada, recordando la vez en que le inyectaron algo, algo que no se parecía a una vacuna. Pero que hasta ahora entendió. Pamela le dejó pensar y luego continuó.

— No juzgues mal a tus padres. Querían mantenerte protegida. Siendo una de las familias más adineradas del país. Tú y ellos estaban en constante peligro. Y luego, Eduardo le entregó el programa rastreador a Roberto.

Liliana creyó lo del chip rastreable y no quiso reclamar más.

Varios golpes en la puerta despiertan a Liliana y la voz ruda de Roberto.

— ¡Anda! Qué ya es muy tarde para tu primer día de trabajo.

Liliana se da vuelta, quedando boca arriba y se talla los ojos. Da un largo bostezo y se quita, de un jalo, la sábana.

Unos golpes, más suaves en la puerta, son acompañados por la voz tranquila de Pamela:

— Liliana, te dejo la ropa de trabajo colgada en el picaporte.

Liliana no contesta, se sienta en la orilla de la cama. Se toma el medicamento señalado por Carlos. Se levanta y cojeando llega hasta la puerta y ve con disgusto a la ropa que le han dejado. Liliana va bajando las escaleras apoyándose del pasamano.

— ¡No seas dramática! No fue tan grave— dijo Roberto con indiferencia—. Te espero afuera.

Pamela espera a que Roberto salga y le dice a Liliana:

— Primero ven a desayunar.

— Roberto no quería que desayunara, ¿o qué?— reclama Liliana, terminado de bajar las escaleras.

— No le hagas caso— dijo, ayudando a Liliana a ir hasta el comedor—. Sigue enojado y cuando está así, no sabe ni lo que hace, ni lo que dice.

Liliana logra sentarse en una silla y se sirve cereal en un tazón. Y dijo:

— Espero que se le pase pronto.

— Lo hará— comentó, sentándose junto a Liliana—. Sólo tienes que portarte bien, hacer tus tareas y trabajos, como cualquier hija. Y no creo que ahorita te ponga a hacer trabajos pesados.

Liliana se sirvió leche en el tazón y comió.

Roberto le ha encargado a uno de sus empleados, Enrique, que lleve un tractor hasta el patio de armas y que capacite a Liliana.

Pamela acompaña a Liliana hasta el patio y saluda a Enrique, éste le regresa el saludo cordial. Después, Enrique ayuda a subir a Liliana al tractor y le pregunta:

— ¿Sabe usted conducir tractores?

— Sí.

— ¡Entonces, vamos!— dijo Enrique con gran entusiasmo.

Liliana encendió el tractor sin problema. Pamela se despidió con la mano y Liliana le regresó el gesto y con gran maestría, llevó al tractor afuera del patio de armas. Enrique se sujetaba con simplicidad, pero con cuidado, al ir junto a Liliana.

Enrique engancha una aradora al tractor y guía a Liliana por un terreno limpio, señalando los espacios que debe trabajar.

— ¡Tendrán aquí otro buen campo de maíz!— dijo Enrique—. Se puede saber en dónde estaba usted. Jamás la había visto por aquí.

— Me puedes hablar de "tú"— contestó Liliana—. Soy recién adoptada. Así que ahora sí me veras con frecuencia.

Enrique se sintió incómodo con la propuesta de Liliana, pero trató de amenizar el momento con una broma:

— Entonces… ¡A tus órdenes jefa!

Liliana entendió y rio.

— Que buena conductora eres— comentó Enrique al notar que ella usa el pie izquierdo—, ni la pierna lastimada te arruina el día.

— Golpeo con la pata surda— contestó Liliana con gracia y ambos rieron.

A lo lejos, se admiraban los vapores ondulantes del terreno y de las áreas cercanas. Hasta se distinguían los reflejos confusos provocados por el calor. Liliana se detuvo un momento y se limpió el sudor de la frente con la manga, miró a su alrededor y preguntó:

— ¿Y los aspersores?

— Guardados— contestó Enrique—. El patrón los quiere ensamblar hasta que este terreno esté listo.

— ¿Y el agua es potable, de riego o…?

— Tenemos un pozo— contestó Enrique, señalando el pozo que se encuentra a un lado de la empalizada y entre el campo— A veces, yo prendo la bomba para sacar el agua. Yo te enseñaré cómo.

— ¿Hay por aquí alguna presa?

— Para riego, no. Las lluvias han escaseado mucho este año. Y hay que cuidar el acuífero. Cuando llueve, el agua no le llega cómo debe.

— Roberto debería hacer algo para contener el agua de lluvia.

— Los gastos del campo no le permiten al patrón hacer cosas así.

— Sí, el dinero siempre es un problema— concluyó Liliana.

Durante el descanso, Enrique y Liliana van hasta dónde está Roberto y dos empleados, refugiados bajo la sombra de un frondoso árbol. Cada uno se sirve agua de sabor que ha llevado Pamela, minutos antes.

— ¡Oye!— Llama Liliana a Roberto— ¿Cuánto dinero dejaron mis padres? Lo necesito todo.

— ¿Y para qué?— cuestiona Roberto

— Tengo una idea, que te puede beneficiar a ti, Roberto.

Él prestó atención.

— Te escucho.

— Debemos comprar varios paneles de policarbonato sólido. Y hacerle, a cada panel, unos canales para concentrar el agua de lluvia.

— ¿Y con ayuda de quién harás esos canales en los paneles?— preguntó Roberto, dando un primer sorbo a su vaso.

— Yo misma contrataré a la gente adecuada.

Dentro de varias hectáreas, propiedad de Roberto y Pamela, y después de varias semanas de trabajo. Han logrado edificar varias pirámides, una junto a otra, pero con espacio suficiente para darles mantenimiento. Cada pirámide tiene una altura de cuatro metros y una base seis por seis. Liliana había perdido la cuenta por ser varias pirámides, pero sabiendo que eso no importaba. En lo que sí pensó, fue en cubrir cada pirámide, con malla metálica, para impedir que la basura ensucie el agua.

El sol casi se pone. Vemos a Enrique y a otro empleado de un lado y a otros dos, desde el otro lado, halando la cuerda que levanta el último panel. Liliana ayuda a equilibrar el panel, empujándolo con una vara.

— ¡Listo, compas!— celebró Enrique con los demás empleados, al dejar el panel en su lugar.

Roberto da unos aplausos junto a Liliana, luego llega Pamela en compañía de Verónica y a ésta, Roberto la carga de caballito.

— ¿Y todo se te ocurrió a ti, Liliana?— preguntó Verónica.

— Sí. Pero falta ver si funciona.

Todos concentran su atención en el automóvil negro que se acerca.

— ¿Es él?— pregunta Pamela a Roberto y éste le contesta afirmativamente con la cabeza.

Del asiento trasero del auto, sale un hombre mayor. No muy alto. Con cabello pobre, canoso y recortado. Lleva una ropa deportiva. Y con ayuda de un bastón camina, mirando los paneles. Pamela y Roberto saludan primero, respectivamente:

— ¡Señor, que gusto en verlo aquí!

— Sí, Maestro. Estamos muy complacidos.

— Siempre es un gusto visitarles. ¡Hola nena!— saludó el hombre mayor a Verónica. Y luego señaló los paneles— ¡Que pirámides tan curiosas!

— Es obra de mi hija mayor, mi nueva otra querida— confirma Pamela.

— ¿De Liliana? ¡Perfecto!— expresó el hombre mayor— ¿Y en dónde está la dama constructora?

Liliana se acercó, sin saber nada de aquel hombre. Pero vio que sus padres adoptivos le han saludado y no dudó más. Aparte de que le llamó la atención el que conociera su nombre.

— Buenas tardes, señor. Yo soy Liliana.

— ¡Esplendido!— saludó el hombre mayor—. Me hablaron de usted, pero es mejor conocerle en persona. ¿Y qué me puede decir de esto, damita?— pregunta señalando las pirámides.

— Es un proyecto que llevé a cabo con ayuda de mi familia y de unos amigos— Liliana presenta a Enrique y a los demás, ellos saludan y el hombre mayor responde. Luego Liliana continúa con su explicación: —. Y deberían concentrar el agua de lluvia y tener una reserva para la época de sequía.

— ¡Maravilloso! ¿Y quién pago?

— Pues yo— contesta Liliana—. Con dinero que me dejaron mis padres.

— ¡Excepcional! Deberías pertenecer a nuestra secta, "EL CIELO EN LA TIERRA" te puede ayudar con otros proyectos.

— Pues…— Liliana no respondió, hasta que miró a Roberto y a Pamela. Roberto le contesta con una sonrisa alegre. Y Pamela queda boquiabierta, sabiendo que no muchas personas son invitadas con esa facilidad, y levanta su pulgar en seña de aprobación. Liliana volvió la vista con el hombre y termina de responder: — Sí, me parece interesante.

— ¡Fascinante!— expresa, estrechando la mano de Liliana—. Dime Maestro, como me llaman todos los demás. No es que yo les obligue a decirme así, fue idea de ellos mismos— señaló con la vista a Pamela y Roberto. Luego prosiguió: —. Solo esperemos a que tu proyecto dé buenos resultados y yo te enviaré la invitación.

Liliana quedó con mayor interés en esa secta. Pero debía esperar.

CAPÍTULO 2

En una muestra de agradecimiento, Liliana ayuda a acomodar los cubiertos sobre la mesa. Y de pronto, recordó su collar.

— ¡Oigan!— les llamó la atención—. Necesito un pequeño tramo de alambre para poder sacar un collar que se atoró entre la credenza y la pared.

— Al rato buscaré un trozo de alambre en uno de los cobertizos— contestó Roberto, más cordial.

Liliana asintió con la cabeza. En un par de minutos, suena el timbre. Roberto da un vistazo por el ojillo de la puerta. Y le abre la puerta a Tamara, una mujer de cuarentaicinco años de edad, ella tenía un rango alto en la secta, pero cayó, al vender torpemente una solución contra la obesidad. Y Laura, hija de Tamara, joven de veinticinco años. Laura también es perteneciente a la secta y también fue degrada por comprar acciones de una compañía que se dedicaba al tráfico ilegal de animales exóticos. Aunque todo se arregló.

Tamara y Laura se dedicaron a asear la cocina.

Durante varios minutos de comer y de platicar. Pamela y Roberto terminan. Verónica terminaba su postre, mientras Liliana comenzaba con su coctel de frutas. Laura se acerca y dice:

— Disculpen. Ya terminamos de limpiar la cocina. Mi mamá lavará la vajilla de ahorita y yo me adelantaré a asear las habitaciones.

— Muy bien— dijo Pamela— Gracias.

Laura fue e inició con la limpieza en la habitación de Liliana.

— Quiero hacerles una pregunta— dijo Liliana haciendo a un lado su plato—.

Pero quiero que sean muy sinceros en su respuesta, ¿sí?

— Bien, dispara— dijo Roberto.

— ¿Por qué debo esperar para entrar en la secta?

— Es un protocolo simple. De tu primer proyecto se debe obtener un bueno resultado. Cuando se logre, entraras a la secta y obtendrás un pequeño reconocimiento.

— Y tú pamela, ¿qué hacer para permanecer en la secta?

— Yo tengo una extraña enfermedad. Mi cuerpo puede regenerar sangre, más rápido de lo normal. Y por eso soy óptima para donar.

— ¿"Extraña enfermedad"?— cuestiona Liliana

— Así le llamarón lo científicos que me hicieron los exámenes médicos.

— Y no solo eso— complementa Roberto—, ella tiene sangre del tipo AB. Y con eso dime tú sino ayuda a mucha gente. Claro que ahora los médicos le recomendaron reposar, por lo de su embarazo.

— ¿Y tú, Roberto?

— Yo implementé una solución para reutilizar el aceite de los coches.

— Ahora estoy más intrigada— expresó Liliana.

Con mucha razón, Liliana estaba a la expectativa de conocer otros integrantes y a sus proyectos que les permitieron entrar a la secta. Sabía que algo de inspiración es bueno para inventar o renovar. Especialmente para ella, que tiene un libro sin terminar. Y qué podría ser mejor, pues hasta se le había olvidado escapar para aventurarse. Y ni siquiera se dio cuenta, en qué momento le dejó de molestar su pierna.

— Vamos a jugar al patio, ¿siii?— pide Verónica.

Los tres le hicieron caso y salieron al patio. Dibujaron un marco, en la muralla. Roberto resguarda el marco. Verónica está de frente a él, da unos pasos adelante y casi golpea el balón... Roberto se arroga a un costado, Verónica da una patada al balón, el cual pasa por un lado de los pies de su papá. Roberto cae recostado de lado y Verónica da varios brincos y gritando: "Goool" Pamela y Liliana se unen en la celebración.

— ¡Qué bárbara! Me engañaste— dijo Roberto aun en el piso.

— Bueno, tú querías un hijo que jugara en la selección de fútbol— dijo Pamela.

— ¡Pero sí mi hija es la mejor!— dijo Roberto levantándose y cargando en hombros a Verónica—. Con ella me quedo.

En un choque de alucinaciones y mareos, Pamela recupera un nulo equilibrio, recargándose en la muralla. Roberto es quién la ve, deja a Verónica y llega hasta con Pamela.

— ¡Por favor, llama a una ambulancia!— pidió a Liliana.

Los paramédicos van subido a Pamela a la ambulancia. Verónica si apenas se ha recuperado de la impresión que le provocó ver a su mamá tan débil. Es la primera vez que Liliana sentía preocupación por Pamela, hasta le parecía incomodo, después de lo que ella misma había pensado y dicho sobre esta familia adoptiva. Ahora sabía que debe proteger a Verónica.

Roberto se preparaba para irse en la ambulancia y le da indicaciones a Liliana:

— Te suplico que cuides de Verónica. Te llamaré en cuanto lleguemos al hospital. ¿Podrás?

— Me ofendes— contestó Liliana en tono de broma—. Soy muy capaz.

Roberto ya había llamado, sólo para decir que llegarán en un par de horas, pues Pamela necesitaba unos estudios médicos. Liliana pidió, con toda confianza, la contraseña del Internet. Roberto entregó la contraseña, a condición de que vieran vídeos e imágenes que fueran apropiadas para verónica.

Por el resto de las últimas horas, Liliana mantenía entretenida a Verónica con vídeos de bromas. A Verónica le ha gustado una de las bromas en la que aparece una niña que va a comprar una tortuga, pero necesita la ayuda de un adulto. Para cuando la persona mayor le entrega la tortuga a la niña, ésta le pide que acomode un letrero en la vitrina, la victima lee textualmente "Tortugas venenosas. Favor de no tocar sin guantes"; una joven pegó un grito y dando manotazos, se salió de la tienda. Otra persona se puso tan seria, que su única intención era encontrar dónde lavarse las manos. Una ancianita no pareció importarle, al limpiarse en su ropa y despedirse de la niña. Y otra mujer joven quiso ahorcar a la niña, ésta le siguió la corriente y se escapaba.

Para cuando los vídeos terminaron, pero no las risas, Tamara y su hija bajan y llegan hasta la sala y Tamara dice:

— Las habitaciones ya están listas. Roberto me marcó y me dijo lo ocurrido. Y ustedes, ¿necesitan algo?

— No gracias. — contestó Liliana—. Estamos bien

— Y otra cosa— interrumpe Laura—. Encontré un a collar en la primera habitación y lo dejé encima de la credenza.

— ¡Genial! ¿Y cómo lo sacaste?

— ¿"Lo saqué"?

— Sí. ¿No lo encontraste detrás de la credenza?— cuestiona Liliana con seriedad.

— No, encontré el collar a un lado de la credenza.

Ésta última respuesta dejó a Liliana con más preguntas, las cuales no quiso exponer. Sólo tenía una respuesta en mente; una rata sacó el collar, pero lo dejó junto al mueble.

— Muy bien. ¡Gracias!

Tamara y Laura se despidieron y se fueron.

Liliana recordó que las diez era la hora máxima para que Verónica estuviera en la cama, después de una ducha de diez minutos, con dientes limpios y con su piyama favorita, Verónica esperaba en su cama, pues Liliana le había prometido leerle una historia que ella ha estado escribiendo.

Liliana va entrando al cuarto, con su libreta en mano

— ¿Está completo?— pregunta Verónica.

— No, es un manuscrito. Creo que pronto lo terminaré.

Verónica deja un vaso con poca agua en su mesita de noche. Liliana se prepara, acomodándose en una silla y lee textualmente:

Yo no quería, fui obligada, pero ya iba de camino a rescatar a mi familia. ¿Qué más podía hacer? Seguir, seguir aventurándome en este mundo, mundo peligroso para una niña de quince años de edad y con una parálisis extraña en mi brazo izquierdo. Lo único que me ayuda es un aparato ortopédico. Que se extiende por todo el brazo hasta el hombro, complementado por un guante que le da movilidad a mi mano.

Mi familia ha sido capturada por una malvada soberana llamada Carlota. Cuatro estrellas serán mis guías, me dijeron. Para mí, son planetas con nombres raros.

Tanto tiempo y no veía a casi nadie. Al fin voy llegando a un pueblo. La poca gente que deambulaba, miraba hacia el sol, luego se cubrían los ojos. Yo tonta, no me había fijado que el sol estaba cubierto de medio cuerpo. Mi brazo izquierdo comenzó a dolerme y no podía cubrirme del viento helado que se presentó. ¿Me escondería? no. ¿Buscar refugio? parece más razonable. De todas las puertas que toqué, pocas me atendieron, de esas pocas, todas las personas me negaron asilo.

Parecía una mina, un refugio, mi único hogar, aquella enorme bolsa de plástico. Y sí era mi día de suerte, en esa bolsa estaba un abrigo. No olía mal, no parecía estar sucio; perfecta combinación.

Ya nadie estaba afuera, las casas se iluminaban desde adentro o era lo que podía ver desde mi lugar.

¿Me quede dormida? Creo. Hasta el sol ya estaba más abajo, y de cuerpo entero. Salí del pueblo, ¡y del frío! Seguí y miré atrás; los árboles se agitaban y perdían hojas. Los cables de luz se balanceaban y otros se enredaban entre sí. Me he alegrado de salir de ese pueblo. Lo que no me daba gusto, era el saber que sería el último pueblo hasta encontrar otro en los próximos kilómetros.

Hasta ahora, nadie sabe por qué, cómo y ¡ni siquiera cuándo!, la humanidad se redujo a unos pocos. Para cuando concluí mis estudios, hace unos meses, se sabía que la población mundial no alcanzaba los dos millones. Un compañero de estudios me dijo que él me ayudaría a poblar el mundo, yo no...

— ¿"Poblar el mundo"?— interrumpió Verónica

Liliana se cubre la boca y vuelve a leer esa última parte en voz baja. No podía creer que haya olvidado quitar esa frase. Se veía entre la espada y la pared. Para Liliana, esa frase fue influenciada por lo que escuchó de un niño, varios años atrás. Hiso una marca con la uña y dobló una esquina de esa página.

— Que se necesitará...— contesta Liliana con rapidez— más gente para arreglar el mundo. Créeme, se necesita de la ayuda de mucha gente para tener un futuro confiable.

— Me parece bien— dijo Verónica. Luego se acercó a Liliana y le preguntó: — ¿Por qué sudas tanto? ¡Y te ves tan roja!

— ¡Es la desesperación por terminar mi historia!— contestó Liliana con un nudo en la garganta, se calmó y continuó.

Entre más miraba mis pies al caminar entre un alfombrado de basura y entre la que está enterrada en la tierra, más se concentraba la neblina. Miré y ya no era suelo sino una marea calmada de humo blanco. Bolsas de plástico, latas, ropa sucia y pedazos de madera, se alzaban del suelo. Quise avanzar más rápido, la basura se acumulaba y se elevaba cada vez más. Sentía que cruzaba un río. Mi cintura se sentía más apretada, entonces supuse que TRINIDAD estaba cerca. Hasta ahora comprendí que Carlota, la carcelaria de mi hermana y de mi madre, no me dejaría llegar hasta ella sin pelear. Trinidad es reconocida por inundar varios pueblos con basura. Donde mucha gente no se ha salvado.

Mi única idea fue sumergirme, sí, mi única idea. Casi iba a gatas, por debajo de la manta de basura. Nada mas avancé unos metros y la manta descendió. La basura me apretaba el cuello, me levante. Una percha con bolsas y telas enredadas, se atoró en mi aparato ortopédico. Una gran ola de basura se alzó frente a mí. No podía quitarme la percha, corrí, bueno, avancé rápido, tratando de huir. Mi sorpresa fue que la ola se terminó a pocos centímetros de mi cadera.

Me di media vuelta, como una bailarina, y ahí estaba. Tenía algo en los dedos, ¡sí! Son anillos de oro, los recuerdo por las descripciones que me contó una vez mi mamá. Su túnica roja con detalles plateados ondulaba mientras caminaba.

— ¡Defiéndete!— me gritó Trinidad con su voz estruendosa.

¡Defenderme! ¿Con qué?, pensé. Unas botellas de vidrio rotas se elevaron más arriba de mí y sus puntas afiladas me amenazaron, esperé una advertencia de Trinidad. ¡Y no! Los vidrios se dispararon y yo no puede hacer otra cosa más que cubrirme la cara con los brazos y esperé lo obvio. Seguí esperando, ¿tantos segundos y nada pasa? ¡Oh, por dios! Miré y los vidrios se han incrustado en mi brazo lisiado. ¿Es la parálisis lo que me impide sentir dolor? Tal vez ¡No lo sé! Lo que sí sé, es que a Trinidad no le ha gustado. Miré mi brazo y, no, no lo puedo creer, los vidrios se caer por sí mismos.

Trinidad caminaba hacia mí, camina muy feo. La basura se endurecía y le servía de alfombra a cada paso que ella daba, separándola del suelo. Lo que sigue, ¡sumergirme! A mi brazo lisiado se le va adhiriendo basura, yo agitaba mi brazo, pero más se le adhería basura. Sentí cómo mi puño se ha cerrado.

— ¿A dónde fuiste?— se alcanzaba a escuchar los gritos de Trinidad— ¡No seas cobarde!

¡Claro, es tan obvio!, pensé. Este aparato ortopédico absorbe la basura, y ahora lo hace con más rapidez. A varios metros vi un claro entre la basura. La sombra de Trinidad me dice que ha pasado a mi lado. ¡Eso es, no puede verme! Corrí hasta el claro. Al llegar ahí, me di cuenta de que la basura de mi brazo se había compactado. Estiré mi mano y la basurita va cayendo al suelo. Más basura se adhiere a mi brazo. ¿Habré entendido bien? Con el aparato ortopédico puedo absorber la basura y compactarla. ¡Manos a la obra! Grité.

Trinidad volteó y me miró, ¡con miedo! Yo acumulaba basura en mi brazo, ésta quedaba compactada, abría el puño y la basurita caía. Trinidad quería matarme, eso me quedaba claro. Yo ya llevaba bastante basura compactada. Trinidad se detuvo, miraba a su alrededor. Con su mano derecha dirigía la basurita, pero ésta no le servía de amplia alfombra. Su rostro me asustó, ¡ahora sí se veía enojada! Yo me alejé y distinguía a Trinidad en un iceberg de desechos. Regresé, ni sé el porqué, pero regresé.

— ¡Eso es todo!— me gritó Trinidad— Es verdad lo que Casandra dijo de ti, cobardía, la cobardía corre por tus venas.

Eso que me dijo, realmente me hirió. Nunca antes me habían insultado. Apunté mi puño hacia la basura que separaba a Trinidad del suelo. La basura fue absorbida y Trinidad cayó.

— ¡Ahora lo veo!— me dijo al caer de rodillas— Eres cobarde— su voz ya era seca y con poco torturante.

No me gusto los ruidos que hacía, y los gestos que se trazaban en su cara, me cubrí los oídos y me di media vuelta. Esperé lo que pude. Me descubrí un poco y ya no escuché nada, miré y Trinidad era una roca alargada. Los anillos de oro se habían fusionado, quedando en la superficie de la roca.

¿Soy cobarde? Un poco, le temo a varias cosas y jamás he andado sola. Y no había hecho lo que acababa de hacer. Pero, ¿por qué me dijo que era cobarde, en el momento que se vio vencida?

Bajo la perpetua vigilancia de las constelaciones y el planeta "exbel", realmente espero que me cuiden, yo me imaginaba que mi nombre: CASANDRA, quedará en la historia.

Con la ausencia del frío y contemplando al gran planeta, me quedé reflexionando y preguntándome: ¿El "poder" de mi brazo me convertirá en la más temible del mundo? Y…

Liliana se da cuenta de que Verónica ya está dormida. Le cubre hasta los hombros con la sábana. Con la libreta bajo el brazo, Liliana sale de puntitas. Cierra la puerta, suena el teléfono de la casa y corre hasta la sala para contestar:

— Buenas noches— espera a que le contesten—. ¿Y cómo está?— frunce el ceño, cierra los ojos y su corazón se aceleró al escuchar una mala noticia— ¡Oh, por dios! ¿Y ella se recuperará?— cae sentada en el sillón al escuchar la otra mala noticia. Después de una explicación, Roberto se tranquiliza y pregunta sobre Verónica—. Ella ya está dormida. Sí, no le diré nada— responde con boca seca. Espera más instrucciones y contesta: — Bien. Esperaré tu llamada.

Liliana cuelga y queda tendida en el sofá. Sus ojos se cerraron y sus lágrimas brotan cómo pueden. Se cubre el gesto con mano temblorosa.

CAPÍTULO 3

Frente a nosotros tenemos las manos posadas en una mesa. Con una mano sujetamos un bisturí y en la otra unas pinzas de electricista ensangrentadas. Miramos alrededor y nos encontramos sentados en medio de una habitación, oscurecida y sólo poco alumbrada por un foco en lo alto. Levantamos la mano del bisturí y con temblores, la llevamos al brazo opuesto, inhalamos y exhalamos, bajamos la respiración y controlamos el pulso para hacer un corte en el brazo, nuestra vista se vuelve borrosa y los parpados caen y se levantan poco a poco. Damos un golpe en la mesa y soltamos el bisturí. Pasamos las pinzas a la otra mano. Nos aferramos a la mesa y con rapidez, clavamos las pinzas en la herida hecha con el bisturí. La vista se vuelve doble y cerramos los ojos. Sentimos que el brazo herido se enfría. Poco a poco, abrimos los ojos y vemos que las pinzas ya están en la mesa y qué estas sujetan un cuadrito; que tiene pequeños puntitos de cobre y una lucecita roja parpadeante, hasta tiene unos pequeños cables que cuelgan. Damos un puñetazo y el cuadrito queda hecho pedazos.

— ¡Te odio!— gritamos.

Este grito nos lleva al cuarto de Liliana.

Liliana se despierta. Sentada en la cama, limpia el sudor de su cara con las manos y un dolor en su brazo izquierdo, que desaparece en segundos. Revisó su celular y encontró cuatro llamadas perdidas, todas de Roberto. Se disponía a marcarle y tocaron la puerta. Roberto, sin abrir la puerta, dijo:

— Pamela se quedará un día en el hospital. Sólo daré instrucciones a mis trabajadores y llevaré a Verónica al colegio de paso al hospital.

— Qué tristeza lo del bebé— expresó Liliana.

— Si. Está bien— dijo y luego preguntó: — ¿Me ayudarías a inventar una explicación para Verónica?

— ¡Claro!— contestó Liliana. Roberto se retiró y Liliana se recostó, pensando en cómo le diría a Verónica que ya no tendrá una hermana menor.

Liliana con su nueva ropa de trabajo, se sentía muy fea al verse al espejo. Revisa la pierna del pantalón y hasta ahora nota que es del doble de su pierna, mira esto con desagrado, y la cintura la ajusta cómo puede.

En el patio de armas, Roberto está parado junto a dos carretillas con varios costales de estiércol.

— ¿Ya desayunaste?— pregunta Roberto.

— Sí. ¿Vamos a abonar?

— Sí. Vámonos ya.

Roberto espera a que Liliana levante los manubrios de la carretilla. Ella le mira y levanta la carretilla, da pasos cortos, golpeándose con la orilla. Roberto pega tremendas carcajadas. Liliana deja caer la carretilla y se sienta en los costales y alarga su respiración.

— ¡Huy no!— expresa Roberto sonriente y burlón—. Creí que trabajabas duro allá dónde vivías.

— ¡Huy sí, cómo no! — contesta Liliana con sarcasmo exagerado—. Te hablan— dijo al señalar hacia la puerta de la torre del homenaje.

— ¿Quién me habla?— preguntó Roberto al mirar aquella puerta—. Ni siquiera Verónica está...— dijo al volver la vista hacia Liliana.

La sonrisa burlona de Roberto se desvaneció al mirar a Liliana, quién ya iba corriendo con todo y carretilla hasta el puente. A paso normal y con rostro seco y serio, Roberto le sigue.

Enrique ayuda a Liliana a vaciar los costales en el ducto alimentador de la máquina que esparce el abono. Esta máquina fue un regalo del mismo inventor y compañero de la misma secta. Roberto juró que pondría a prueba a la máquina y avisar de los defectos que pudiese presentar.

— ¿Qué, te ganó Liliana?— preguntó Enrique.

— No, le di ventaja— contesta Roberto, aguantándose la risa.

— ¡Ahora resulta!— expresa Enrique sonriendo con Liliana.

Roberto dejó instrucciones y se fue.

El nuevo campo ya casi estaba listo. Liliana había aprendido a manejar aquella máquina. Según la aprobación de Enrique. Supervisando los últimos metros del terreno, Enrique señala hacia una esquina. Liliana prepara la manguera rociadora, da unos ajustes a las palancas y reajusta la presión del flujo. El abono se esparce lo más exacto posible.

— ¡Perfecto!— grita Enrique levantando el pulgar. Liliana apaga la máquina.

Enrique se acerca con Liliana y le dice:

— Viste. Acabamos rápido.

— ¿"Acabamos"?— pregunta Liliana muy sonriente.

— Bueno, te ayudé un poco. ¡Mira, ya llegó el patrón!— dijo al señalar la camioneta que se va acercando.

Liliana corrió, la camioneta se va acercando al campo y se detiene junto a Liliana. Ésta queda junto a la ventanilla del copiloto y de inmediato saluda a Pamela:

— Ahora yo soy la que se preocupó por ti.

— Entonces ya somos una buena familia— dijo Pamela con voz seca y tratando de contener las lágrimas.

Pamela ha pedido que la lleven bajo la sombra del gran árbol en el que acostumbran descansar. Varias horas más tarde, Roberto lleva agua de Jamaica, le sirve a Pamela y luego se sirve para él. Dos trabajadores más, se acercan y se sirven agua. Enrique ya iba hacia ellos, pero vio a Liliana que estacionaba el tractor y le grita:

— ¡Vámonos, ya llegaron las chelas!

— ¡Eso sí me gusta!— contesta Liliana.

Todos se ríen y siguen disfrutando de su agua.

Enrique se adelanta. Liliana baja del tractor, camina varios metros y se fija en el amplio campo sin bardas, ni zanjas, árboles o rocas, limpio hasta el poblado a lo lejos. Da unos pasos hacia allá. Pamela observa a Liliana y le pide a Roberto que también la observe. Liliana sigue caminado, Roberto deja el vaso en el suelo y se dirige hacia ella. Pamela le sujeta de la mano y le dice:

— Deja que ella decida.

Liliana seguía hipnotizada por el bello paisaje, pensando hasta dónde podría llegar. Imaginándose el qué habrá más allá. Sí realmente encontraría a su pareja, ese hombre que fuera un aventurero. Y conocer juntos el mundo.

Una voz, en el fondo, detrás de ella, interrumpe su expectativa.

— ¡Lili, ven!— grita Verónica, al soltarse de la mano de Laura—. Quiero mostrarte un dibujo que te hice.

Liliana mira hacia atrás, imprime una sonrisa en su rostro, nota que Verónica va corriendo y le alcanza.

— Mira— indicó Verónica, mostrándole el dibujo a Liliana.

Liliana miró el dibujo y sonrió, tanto que no cabía en su cara. Se hincó y le dio un abrazo a Verónica. En el dibujo se contempla a Verónica de la mano de Liliana y a los lados están Roberto y Pamela. En el fondo hay un castillo más medieval, rodeado por pinos. Y en lo alto hay una larga bandera con una descripción: "MI RENOVADA MEJOR FAMILIA"

El siguiente viernes en la tarde, Liliana va de camino al "REFUGIO DE LAS ARTES", lugar perteneciente a la secta. En dónde los niños, jóvenes y hasta los de la avanzada, van a aprender y a desarrollar sus gustos artísticos. Y de vez en cuando hay exposiciones de obras famosas y de no tan famosas.

Roberto ha prestado su camioneta a Liliana. Quién, con toda tranquilidad, va conduciendo. Sintiéndose ajusto llevando a Verónica a su clase y por tener un poco más de confianza por parte de sus padres adoptivos.

Verónica se limpiaba debajo de la nariz, una y otra vez. Hasta que activó el aromatizante de la camioneta y pregunta:

— ¿A ti te gusta el olor a auto nuevo?

— Un poco— contesta Liliana olfateando ligeramente— ¿A ti no?

—Claro que no. Es como si metieras la cabeza en un estuche de piel.

— Pero el estuche podría tener humedad y así olería feo.

— ¡Ni lo digas! Así es peor— expresó Verónica, tapándose la nariz y dando manotazos al aire.

A Liliana le ha golpeado esa sensación de hermana de sangre, se incomodó por un instante, pero no se podía negar ante la ternura de aquella chiquilla.

Durante más trayecto, Liliana no podía dejar de admirar las casas que se iba encontrando a cada lado de la carretera, aunque bastante separadas una de la otra. Recordaba las casas que ha visto en fotos de Miami, Florida. Sólo que éstas eran un poco más pequeñas. Hasta recordó que le habían dicho que esas casas son de los integrantes de la secta. Lo que no sabía era el cómo, unas familias pertenecientes a una secta pueden costear casas tan ostentosas. También le llamó la atención, cada árbol que estaban en medio del camellón de la carretera; unos tienen formas de casas de aves, formas de cisnes, otros con formas simples de cubos y esferas.

Al dar vuelta en "L", Liliana queda boquiabierta al mirar un edificio con estilo de cine de los años cincuenta, pero totalmente edificado con cristal. Al llegar a un lado de ese edificio, se detuvo y lo admiró con detalle. Lo que no pudo admirar, fue el interior, pues en partes era de gris opaco y en otras de azul claro. La fachada es de un cristal que distorsiona cualquier cosa o persona que esté en el interior del edificio. Hay cuatro autos estacionados en el frente del lugar, y tres personas van entrando al edificio.

— ¿Lili?— Verónica trató de hacer reaccionar a Liliana moviéndola del hombro— Llegaremos tarde.

— Perdón— contesta Liliana, avanzando poco a poco—. Es que es muy bella esa casa— contestó, luego pensó que el poco tráfico no sería problema.

— No, no es de esas casas. Mi papá dice que ahí se elige al próximo integrante de la secta. Y que se hacen reuniones, juicios y cosas así.

Liliana avanza un poco más rápido, hasta perder de vista al edificio de cristal. En unas docenas de cientos de metros más adelante, hay varios edificios de ladrillo. Verónica señala a uno de dos pisos, que tiene el nombre en la fachada.

Liliana se estaciona y ve que andan unos hombres instalando cámaras de seguridad, en postes de hasta tres metros de alto, por varias partes del estacionamiento.

Van llegando padres que dejan a sus hijos, otros entran al edificio y otros van saliendo. En la entrada está la maestra Cruz, esbelta, bajita y de pelo recortado. La maestra Cruz saluda y se despide de la gente. Liliana llega a la entrada, desde dónde se ve el lobby y varias puertas que son de los salones, al lado de cada uno se hacen filas de niños. Al fondo hay unas escaleras que llevan a los salones de uso múltiple.

— ¿Eres Liliana, verdad?— pregunta la maestra Cruz.

— Sí. Traje a mi hermanita, Verónica.

— Muy bien— dijo la maestra al mirar de arriba abajo a Liliana. Y luego le dijo a Verónica: —. Miga, ve a tu salón, tus compañeros ya entraron.

— Gracias— agradeció a la maestra y luego se despidió de Liliana: —. Adiosito.

— Adiosito— se despidió Liliana de Verónica y después le preguntó a la maestra: — ¿A qué hora vengo por ella?

— En tres horas sale.

— Bien. ¡Gracias!

Casi al terminar de ver una película, ya tenemos a Liliana sacando varios recipientes del refrigerador, los destapa y al mirar la comida, hace gestos y los devuelve al refrigerador. Ya tenía varios platos y recipientes en la mesa de la cocina. Cruzada de brazos dice:

— ¿Qué acaso no hay comida decente en este castillo?

— La verdad, no sé— contesta Laura, quién acababa de entrar a la cocina. Ella se ha quedado más tiempo que su mamá.

— Sólo que... ¡Ah, mira! — Liliana encuentra un gran recipiente, lo destapa y descubre retazo con hueso y luego encuentra un recipiente con un coctel de frutas— ¡Perfecto! Esto para mí y la fruta para Verónica.

Liliana guardó los demás recipientes y dejó el coctel de frutas a la mano. Después, Laura ayuda a Liliana a recalentar el retazo con hueso. Laura a veces hacía un gesto al ver la carne, luego, disfrazaba ese gesto con una sonrisa, al ser descubierta por Liliana. Laura no soporta más y dice:

— Vaya, aún siguen comiendo carne.

— Eh. ¿Te refieres a Roberto y Pamela?— cuestiona Liliana

— Sí. Les pedí que ya no comieran carne. No me hacen caso. Lo único que puedo hacer es envenenar la comida de carne para que crean que es un castigo por devorar animales.

Liliana mira con desprecio a la charola en sus manos, la deja en la mesa y se retira con un sobresalto. Laura se ve muy seria, y de la nada, suelta una tremenda carcajada. Liliana no sabe sí seguirle la corriente o enojarse.

— No te creas— dijo Laura terminando de reír—. Envenenar a la gente no es una buena motivación anti-comedores de animales.

— ¿De veras?— cuestiona Liliana, aún lejos de la charola.

— Sí. Ellos ya me prometieron que, nomás consiguieran un apoyo para un proyecto, dejarán de criar ganado para rastro y que ya no comerán carne.

— O.K.— dijo Liliana al acercarse a la charola, la levantó para dejarla en la estufa, el mango se zafó y la carne cayó al suelo.

Liliana busca con desesperación entre los anaqueles, cajones y debajo del fregadero y ahí encuentra un bote transparente, pero opaco por varios químicos que se le han vertido. Ambas, echan la carne en el bote, Laura preparó un trozo de papel aluminio y cubrió el bote, luego buscó y encontró cinta adhesiva y un marcador y le puso una marca en el aluminio con la frase "NO COMER" y lo dejó en el refrigerador. Luego dijo a Liliana:

— Déjala así. Yo les diré que desechen esa carne, orgánicamente.

Mientras ambas limpian el piso, Liliana se anima a hacer una pregunta:

— ¿Y cuánto tiempo llevas trabajando aquí?

— Un poco menos de tres meses. Y solo nos queda un mes.

— ¿Les falta un mes? ¿Por qué?

— Bueno— Laura hace una pausa quedando un poco pensativa—. No lo puedo decir con todas sus palabras. Sólo puedo decir, que mi madre y yo, fuimos amonestadas a causa de un proyecto con malos resultados. Y entre nuestros castigos, tenemos que servir a esta familia.

— ¡Oh por dios! Pamela y Roberto no me dijeron…

— No— interrumpe Laura—. Ellos no tuvieron nada que ver.

Liliana realmente se preocupó, pero con la respuesta de Laura, se calmó.

Viendo el reluciente piso, Liliana deja el trapeador en la cubeta y preguntó:

— ¿Se puede saber qué más haces para pertenecer a la secta?

— Contribuyo en proteger a los animales en peligro de extinción. Pero de los realmente en peligro. Hasta estudiamos sus causas y efectos en la evolución actual. ¿Sabías qué los cangrejos y otros cuantos son la muestra viviente de la evolución en proceso?

— La verdad no.

— No te preocupes. Muchos lo ignoran.

Liliana comprendió el porqué del disgusto de Laura contra los carnívoros. Aunque esperaba que no fuera una extremista protegiendo a los animales. Como lo fue uno de sus amigos, al que tuvo que dejar de hablarle por pleitos en sus opiniones.

— Listo, ya me voy— dijo Laura—. Debo estar a las nueve en el Refugio de las Artes.

— Y yo iré a por mi hermanita. Vámonos juntas.

— ¡Órale, vámonos!

En el camino, Laura y Liliana discutían sí las mujeres se ven sexys con jeans rasgados. Laura afirmaba y confirmaba que los pantalones rasgados se ven mal… pero ante unos shorts. Liliana se mantenía firme con su declaración de que, a los hombres se les debe mantener intrigados hasta la hora de la hora.

Al estarse estacionando, Liliana ve a la gran cantidad de niños y padres que van saliendo. Ambas corren. Liliana busca, con la vista, por todo el lobby y por entre la multitud. Se adentra un poco al edificio. Verónica va saliendo de su salón, pero se detiene un rato con un amigo. Laura se despide:

— Nos vemos, ya casi inicia la junta— Laura se retira y se despide de Verónica y llega hasta en dónde está un hombre joven de cabello corto y rizado, de piel morena y de ojos café claro. Liliana queda hipnotizada ante esos ojos que le están mirando.

Liliana distrae su vista en un salón, del que ha saliendo Verónica, quien llega hasta ella y le dice, mostrándole un cuadro mediano:

— Mira, lo terminé hoy.

En el cuadro se ven unas montañas cubiertas de nieve, a un lado va saliendo el sol, que, con sus rayos, consagran a los pinos y a un lago.

—Y es mi primer pintura— confirma Verónica.

—Y es muy bella— expresa Liliana.

En un instante, Laura se acerca con ellas, acompañada del hombre joven que le había robado la atención a Liliana.

— Te quiero presentar a mi amigo Salvador; Salvador, te presento a mi amiga Liliana.

Ambos se saludaron de beso y salvador dijo:

— Me enteré de tu proyecto de capturar agua de lluvia. Y es todo un placer conocer a la creadora.

— No es necesariamente un proyecto. Es algo muy sencillo— dijo Liliana con una ruborosa expresión.

De entre la multitud, una mujer joven, con anteojos y su cabello recogido por una liga, mira fijamente a Salvador. Éste se da cuenta y se lleva, del brazo, a Liliana junto a la puerta. Laura se lleva a Verónica de la mano.

— ¡Sí es sencillo, es mejor!— expresa Salvador sujetando su barbilla—. Así deben ser los proyectos para entrar a la secta.

Liliana pensó de inmediato que sí su proyecto llamó la atención de aquel muchacho, debe de ser un gran logro. De repente su rostro se tornó dudoso y preguntó:

— Pero, ¿quién te contó sobre mi proyecto?

— Roberto, él me contó sobre tu…

De repente, Liliana sintió un golpe en la espalda y da pasos torpes hacia adelante, Salvador la detiene. Liliana mira hacia atrás y supone que la mujer de los anteojos y de cabello recogido, fue quién la empujó. Siendo la única persona en pasar en ese instante.

— ¡Oh por dios!— dijo Laura con desprecio— ¡Otra vez ella!

— ¿Quién es ella?— pregunta Liliana.

— Es…— contesta Salvador con la mirada fija en la mujer de los anteojos— Sandra.

— Una loca— agrega Laura.

Liliana se queda pensando en lo mala que debe ser la tal Sandra.

Cuando van de regreso, Liliana desacelera frente al edificio de cristal, el cual deslumbraba desde lejos. Hay docenas de autos estacionados a ambos lados de la carretera. Varias personas cruzan la calle, otras van entrando, otros platican afuera y ríen, acompañados por el humo de cigarro. Solo unos grupos de estas personas llevan trajes negros, con una insignia en la solapa.

Liliana da un salto en su asiento, al sonar una tonadita de música popular en su teléfono celular.

— ¿Lili, qué te pasa?— cuestiona Verónica.

— Nada— dijo Liliana al avanzar. Luego contesta la llamada: — ¡Hola!

— Soy Pamela, sólo quiero saber si ya fuiste a por Verónica.

— Sí, ya vamos de vuelta a casa.

— Bien. Ahora debo pedirte un favor. Tenemos una reunión de emergencia en el Palacio.

— ¿El Palacio?— cuestiona Liliana

— Sí. ¿Qué no viste el edificio de cristal, de camino a casa?

— ¡Ese! Ok.

— Pues bien. Nos tardaremos cuatro o cinco horas y necesito que le des una comida ligera a Verónica y que la lleves a dormir a más tardar a las diez. Y si te lo pide, por favor le lees un cuento. Ahora, ¿me puedes pasar a Verónica?

— Claro— contesta Liliana y le entrega el celular a Verónica.

— Hija, nos vemos hasta mañana en la mañana.

— Muy bien, mami.

— Liliana te cuidará, te portas bien, ¡eh!

— Claro, yo siempre— Verónica cuelga y deja el celular.

CAPÍTULO 4

En cuestión de minutos, Verónica y Liliana han dejado olvidadas a las imágenes efímeras que presenta el televisor. Las dos están sentadas de frente en el sillón más grande, cada una, en cada extremo. Turrones de chocolate, gomitas azucaradas y dulcecitos de menta volaban de lado a lado. Unos dulces eran cachados por la boca de Liliana. Verónica va ganado con cinco. A Liliana le golpea una gomita azucara en la punta de la nariz, ella se iba a limpiar con una servilleta.

— No, así no— interrumpió Verónica— quítate la azúcar con la lengua.

— no creo poder— dijo Liliana haciendo esfuerzos fingidos de alcanzar su nariz con la lengua.

— Yo sí— confirmó Verónica, untándose azúcar en la punta de su nariz y con sus pupilas fijas en ésta, alza su lengua y apenas se quita un poco de azúcar.

— ¡Eso es horrible!— expresa Liliana.

— Yo conozco a alguien que puede cubrirse toda la nariz con la lengua.

— ¡Ah, sí! ¿Quién?

— Mi papá— confirmó Verónica con mucha seriedad.

— ¡Basta!— gritó Liliana haciendo gestos de desagrado.

Ambas se echaron a reír con los gestos que hacia la otra, burlas que no pararon en varios minutos. Liliana decide comer dulces directamente de su tazón. Verónica se le quedaba viendo a Liliana por unos segundos y le pregunta:

— Oye, ¿y tus papis?

Liliana comienza a toser, se recupera y contesta:

— Pues… no sé.

— ¡Híjole!— dijo Verónica con extremada impresión, se cubre la boca, espera y pregunta: —. ¿Murieron?

Liliana se perdió en su mente, imaginándose, con rabia, que su padre está en una corte judicial. Como en las películas; ella va entrando en una silla de ruedas, con una pierna vendada, con esto, el juez viera a una hija desprotegida y lo sentenciara a ser padre de diez adolecentes. Y qué si fallase con uno solo, con que alguno fuese un malcriado, el juez le podrá incluir hijos más, pero que estos últimos sean adultos, para indicarle sus errores con fría seriedad y así, se volviera loco. Después, Liliana pensó en que esto sería lo peor, pero para los hijos, pues con ese padre tan... A su madre no le desea tanto; sólo que, al tener un hijo, se lo quiten para que el castigo no sea para el bebé. Pues con esa madre tan...

Verónica ve el rostro de Liliana que estaba rojo y lleno de venas resaltadas, y sus ojos fijos en sus propias manos que se van cerrando poco a poco y que se nota que hace mucha fuerza.

— ¡Lili!— grita Verónica— Otra vez te quedaste como una momia.

— ¡Ah, perdón!— contesta Liliana con rapidez, tallándose los ojos con los puños. Dejando sus tristezas en el limbo. Descubriéndose poco a poco la cara de las manos, y pregunta: —. ¿Cuántos dulces comiste?

— Ahorita me comí uno— contesta Verónica haciendo cuentas en voz baja—. Cómo seis o siete.

— Entonces ya nos pasamos. Ve a tu cuarto, ahora te alcanzo.

— ¿Y me seguirás leyendo tu cuento?

— Sí, pero primero debo recoger el tiradero— contestó, al ir levantando varios dulces tirados en el sillón— ¡Anda, ve!

Verónica sube corriendo las escaleras, entra a su cuarto y deja entreabierta la puerta. Liliana deja de recoger los dulces y se queda sentada. De golpe, trata de olvidar los nombres de sus padres. Se queda un rato desechando lágrimas de odio.

Liliana ha ayudado a Verónica a vestir su pijama y a lavarse los dientes. Verónica acostada. Liliana se sienta a su lado y comienza a leer:

Los vientos furiosos golpeaban y tumbaban a los árboles. Esferas de hielo golpeaban el tejado, ¡si a esto se le llama tejado!, de la choza en donde me he refugiado desde hace más de dos soles. Sólo una islita en el centro de la inundada habitación, me parecía un regalo del cielo. Desearía dormir más, pero la última vez que me dormí me caí en el agua.

Mis migajas de pan, buenas migajas dulces, y una botella con agua de lluvia, de la más recia temporada, eran mis más preciados tesoros. Las migajas más pequeñas las amasaba con agua y las guardaba en una bolsa de plástico, evitando burbujas de aire. Revisaba las bolsas en donde traía ropa. Una bolsa estaba agujerada, la cambié, no quería que la poca ropa que tenía, se mojara.

No lo puedo creer, pero debo creerlo. Me quede dormida, aunque me despertó el golpeteo del granizo. Me levanté y un trozo metálico del techo cayó justo en donde yo estaba acostada. Mi corazón quería escapar de mi cuerpo. Con un gran coraje, le di una patada a esa lámina. Me lamenté tanto al sentir mis dedos punzar, hasta caí al agua. Y ahora más enojada, sujeté la lámina y la arroje hasta el techo, chocó y cayó al fondo de la habitación. ¿Cómo hice eso? Miraba de un lado al otro mi brazo lisiado. ¿Estoy soñando? Me pregunte con miedo. Bien, mi madre me dijo que uno puede comprobar si estamos dormidos al pellizcarnos... — ¡Auch! Grité. Pues parece que estoy despierta.

Pero para estar segura, llevé la lámina hasta afuera y la lancé hasta arriba del tejado. Con ayuda de unas cajas me subí y acomodé la lámina de donde se había caído e hice unos dobleces a otras láminas para sujetarlas. De vuelta en la islita, me cambié de ropa. Había goteras, pero no me molestaban. Aún me parecía imposible creerlo, pero estaba más feliz de tener esa fuerza y el poder de compactar la basura. Después de todo, tener un brazo con una enfermedad difícil de pronunciar o... ¿A caso era el aparato ortopédico? Sí, eso era. ¡Que buen regalo, mamá!

Entre el viento debilucho, ¡y qué bueno, tenía frío!, me di permiso de seguir mi camino. Las nubes parecían tener prisa y dejaban paso a los rayos solares en ratos.

Caminé, por... ¡no sé por cuánto tiempo! No apresuré el paso hasta escuchar las olas que agredían a las rocas. ¡Al fin conocía el mar! Deje mi mochila en la arena, me quite los zapatos, los calcetines no, porque no tengo calcetines desde que una rata se llevó uno de mi único par. Al fin era agradable sentir el agua en los pies sin que ésta fuera de lluvia helada. Retrocedí un poco, al recordar que yo no sé nadar. Al fin el sol quedaba al fondo, encima del mar. Me acosté en la arena, lejos de los restos de... ¡Qué curioso! Un barco encallado. Un día podré hacer un barco parecido y viajar más rápido.

Un sonido extraño me asustó, volteé a todos lados, esperé y no se vio nada. Volví a recostarme. ¡Y esos sonidos otra vez! ¿Alguien trata de hacerme una broma? Sólo debí mirar al centro del mar, el sol me ayudó a divisar dos fuentes de agua, una más pequeña que otra, que salían del lomo de unos animales. Uno dio un salto y noté que era de cabeza y de cuerpo enorme, que iba adelgazando hasta llegar a la cola de doble aleta. ¡Ya sé lo que son! Ballenas. Creo que son la mamá y su hijo o hija. El pequeño hacía grandes saltos, la madre esperaba, poniendo atención en lo que hacía su cría. Repentinamente, un sonido, tal vez de la madre llamando al hijo, los hace perderse en el agua. Me levanté corrí hasta donde apenas el agua tocaba mis rodillas. ¡La madre da un súper salto! Y su ballenato le sigue.

Podría creer que era otro sueño. Pues la ballena madre tira una gran cantidad de agua. Y el agua queda en el viento, ¡sí, queda flotando! El ballenato se zambulle en el agua flotante. Su característico sonido se escucha más tranquilo, mientras la ballena cae al mar y deja caer más agua en el viento, para quedar junto a su cría. Comunicándose los dos, como si la madre tratara de tranquilizar a su hijo.

Otro sonido más fuerte y feo, ¡feo en verdad! Borra el sonido emitido por las ballenas. El sonido feo es emitido por un monstruo que se parece a las ballenas, sólo que éste tiene espinas desde la cabeza hasta la mitad del lomo y con manchas rojas. Esa criatura hace saltos, sin siquiera alcanzar el agua flotante. Viéndose rendida, la bestia se da varias zambullidas en el mar y vuelve a emitir sonidos terroríficos, hasta alejarse. Al igual que yo, las ballenas se quedaron hasta que el sol casi se ocultaba. Y al fin se fueron. Fue lo más extraño y lo más asombroso que he visto.

¿Un temblor? El barco se agita. Un montículo de arena se levantó frente a mí. Esa arena ya no era tan importante, al revelarse una caja de metal muy oxidada. Recogí mis cosas y me alejé. Caí de espalda, al paso de la caja que ha salido disparada hacia un lado, hasta perderse entre unas rocas. Ya se me había hecho raro no encontrar un enemigo. Pues ya casi estaba debajo del segundo planeta.

Una gran sombra se alzó por entre las rocas más grandes. Era un ser gigantesco, parecía un gorila, sólo que recubierto por metal, y la caja que había salido de la arena, se encontraba pegada en su pecho. Yo corría y el ser metálico me perseguía. Varias piezas metálicas van clavándose en el suelo, a los lados de mis pies. Otros trozos pasaban por encima de mí, que los esquivaba por pura suerte. Vi que había un trozo de metal que no se había clavado en el suelo, lo recogí y lo lancé con furia. El metal le golpeó en un hombro, desprendiéndole otros trozos de metal. El “Gorila” se cubre el hombro, se detiene y yo me escondí detrás de una palma. Observo que se descubre el hombro y ya lo tenía "curado", ha repuesto las piezas que perdió. No creí que se pusiera más furioso. Hasta dio varios manotazos en el suelo y empezó a correr hacia a mí. Corrí y una pared metálica se interpuso en mi camino. Otras me rodearon, quité una parte, sólo para encontrarme con más pared. Ya se estaba formando un techo. Di más golpes y… ¡Y sorpresa! sólo el lado del mar no estaba muy protegida.

Me di prisa y forme un tazón, como uno que teníamos para guardar comida, pero grande. Lo arrogue al mar y me subí, otro trozo de metal lo utilicé como remo y me alejé. ¡No mucho! El "Gorila" me vio y corrió hasta la orilla del mar. Cuándo las olas subían más, él se alejaba. Él arrojó un trozo de metal que golpeó mi tazón y yo caí, sin la más mínima gracia, al menos eso creo. Volví a la arena. El "Gorila" se acercó gruñendo, hasta que le escuché que decía: "Espera". Yo me alejé, él me siguió hasta sujetarme de la mochila. Con furia o con miedo, lo arrojé hacia el mar. Unas descargas eléctricas envolvieron al "Gorila" y todo el metal se separó, hundiéndose en el agua.

Caí sentada, quitándome la mochila, refugié mi cabeza en mis brazos, los cuales recargué en mis rodillas. Lloraba de alegría, viéndome triunfadora ante otro rival. Levanté la cabeza y… ¡Oh por dios! Un ser humano ha ascendió y flotaba boca abajo. Éste traía ropa, como la de unos trabajadores que vi hace mucho, solo que la ropa estaba quemada y rota. No creí que lo haría, pero lo rescataré. Levanté un gran pedazo de metal y lo utilicé como camilla para traer al hombre hasta la orilla. — ¡Tonta!, me dije a mi misma. Ese ser es una mujer, con pelo cortito, pero mujer. La cubrí con una sábana que traía en la mochila y ella comenzó a toser. Yo caí de espaldas por el susto. Ella me miró y se retiró arrastrándose. Nos seguimos mirando y ella me hizo una pregunta:

— ¿No me matarás?

— No, al contrario, te salve de morir ahogada.

Ella se comenzó a quejar de un dolor en la cabeza, miró a su alrededor, siguió mirándome y me preguntó:

— ¿Eres Casandra?

— Sí— le respondí, con un poco de miedo. Me quedé en mi lugar, tratando de no verme agresiva ni asustada, ni mal educada —. ¿Y tú quién eres?

— Me llamo Mauler.

— ¡Mauler! ¿Qué significa?

— ¿Me creerías si te digo que no lo sé? Fue idea de mi padre y algo que no pudo explicar.

— Sí, dejémoslo así— le conteste sonriente. Realmente quería saber el significado, pero era mejor no insistir— ¿Y cómo le hiciste para adherirte todo ese metal al cuerpo?

— No recuerdo haberlo hecho.

— ¿Eres enviada de Carlota?

— ¿Quién es Carlota?

— Es una malvada soberana.

— No la conozco— dijo y se quejó otra vez por el dolor en la cabeza— Sólo me acuerdo que estaba trabajando en una planta hidroeléctrica, tratábamos de reactivar los motores, aprovechando mi habilidad. No sé quién o quiénes, pero nos atacaron. Mis compañeros fueron vencidos. Enseguida, una mujer, con una fuerza superior me paralizó, me elevó y después... ¡Tenía tu rostro! Pero tenías un vestido, y no vi más porque una carcasa de un motor pequeño, me cubrió la cara. De ahí empezaba a escuchar órdenes que me indicaban encontrar y atacar a la culpable, que se llama Casandra. Y ahora me despierto, te veo y esperaba otro ataque tuyo.

— Antes de yo te lanzara al agua, gruñiste y luego dijiste: "Espera"

— Eso sí lo recuerdo, pero como un sueño; se supone que iba a cazarte. Luego vi cómo destruiste una parte de la jaula dónde te encarcelé y supuse que tenías gran fuerza. Ahí entendí que, de haber sido tú la culpable, hubieses utilizado el mismo ataque con que me dejaste inconsciente y que... ahora creo, me transformaste en lo que era.

— Yo jamás he estado en una planta eléctrica. Esa Carlota debió utilizar una habilidad o un poder para hacerte creer que era yo era quién les atacó, para que tú vinieras a pelear contra mí.

— Sí... debo regresar, ¿En dónde estamos?

— La verdad, no lo sé. Mi única seña es ese planeta, "ASTURIÓN"— le contesté apuntando hacia arriba.

— Entonces mi hogar está lejos, al otro lado del mar.

Mi mejor idea, otra vez, crear un barco. Mauler me enseñó a crear un motor eléctrico. Le di forma al metal para que quedara según sus especificaciones. De entre la chatarra, buscamos algo llamado "alambre de cobre". Yo sólo "embobiné" el motor. También aprendí, ¡qué lista soy!, a hacer baterías, pues ella ya no tenía el poder de generar campos magnéticos. Después de varios días de trabajo, Mauler ya estaba en camino hacia su hogar. ¡Dónde debía de estar!

Yo me quedé un rato más, tratando de entender el escondite de las ballenas. Encontré varios "Pisos" que tienen gravedad independiente a la de la tierra. Solamente que parecían ser invisibles, no hasta que algo estuviese encima de esos "Pisos". ¿Cuánto me faltará por aprender? ¿Lo que aprendí en el colegio no fue suficiente? ¿O yo fui la distraída?

Liliana se formuló una pregunta en silencio: ¿Aprender a perdonar?
Sacudiendo su cabeza, Liliana mira que Verónica se ha quedado dormida. Se levantó y salió muy lentamente.

CAPÍTULO 5

Liliana termina de cepillar su cabello, casi seco. Frente al espejo, se suelta el pelo, luego lo recoge con la mano y decide recogerse el pelo, busca algún broche o una liga, pues no quiere llegar tarde al trabajo. No encuentra ninguno y se pregunta si Pamela tendrá alguna liga que le preste. Va a su cuarto, encuentra la puerta poco abierta y alcanza a ver a Pamela sentada en la cama junto a muchas cosas para bebés y que sostiene una de las camisitas. Liliana aleja y acerca el puño de la puerta, al fin, da unos golpes leves.

— Adelante— indicó Pamela.

Liliana entró, Pamela se apresura a guardar las cosas para bebé en una caja. Liliana levanta uno de los pantaloncitos blancos y dijo con pesadez:

— Hubiese sido lindo ser hermana de dos— Liliana esperaba que esto no le lastimara a Pamela.

— Le prometí un regalo a una amiga— dijo Pamela con una sonrisa humedecida por una lágrima—. Para su nene.

Pamela termina de guardar las cosas, Liliana se sienta de frente a Pamela, dobla el pantaloncito y lo guarda en la caja y comentó:

— Verónica necesita educación, amor, una madre que le demuestre lo que es una mujer— hizo una pausa. Pamela se limpia sus lágrimas que se hacen más presentes—. Yo seré la mejor hermana mayor que jamás haya tenido— Liliana retenía el llanto y con una poca sonrisa ahogada, continuó: —. Y necesita que le brinden el desayuno para irse al colegio— Ambas rieron.

Pamela ha sacado varios de los recipientes del refrigerador, Liliana entró a la cocina y pregunta:

— ¿Qué haces?

— Busco uno trozos de carne que guarde para la comida de hoy.

— Yo los tiré al piso, por accidente. Pero los guardamos en este recipiente. Laura dijo que te les diría a ustedes que tiraran esa carne de forma adecuada— dijo al sacar y destapar el recipiente con aluminio.

Pamela revisó la carne que ahora estaba blanca de la parte inferior y dijo:

— Pero esta carne no tiene hueso. Bueno, no mucho.

Liliana hecho un vistazo y verificó que el hueso se ha reducido. Quedó sin palabras. Pamela volvió a tapar el recipiente.

— Está bien. Yo tiraré esto a la basura orgánica, mañana.

Durante el desayuno, Roberto comía en pausas, incluyendo descripciones de película, en su anécdota sobre el incidente que le llevó a crear la fórmula perfecta del dulce macizo de guayaba. Su siguiente rango en la secta, es gracias a que los derechos de distribución se otorgarán a los vendedores de escasos recursos en todo el país.

— Oigan— interrumpió Liliana— ¿Y qué se hace en cada rango?

— Te apoyan en proyectos más complejos— contesta Pamela.

— Por ejemplo— incluye Roberto—: Pamela es de rango tres y yo soy de rango dos.

— ¿Se sube de rango por cada proyecto?— pregunta Liliana.

— No— contesta Roberto—. Tienes que completar tres fases. En la primera fase, tienes que inventar algo o desarrollar un programa que beneficie a las personas, sin fines de lucro; en la segunda fase es parecida a la primera, sólo que en la segunda fase debe beneficiarte a ti y a los demás, como yo y mi futuro negocio del dulce; y en la tercera fase debes inventar o desarrollar algo divertido.

— ¿Algo divertido?— preguntó Liliana sin querer parecer ingenua.

— ¡Es en serio!— contesta Pamela—. Debe ser algo que te ayude a relajarte. ¡Ah! Oye, en la junta, el maestro habló de ti y de tus pirámides que capturan agua. Y todos quedaron encantados.

Liliana ya se sentía parte de la secta, por lo que acababa de decir Pamela. El timbre de la puerta suena, Roberto va y abre. Recibe a Laura y la acompaña hasta el comedor. Roberto se acercó a Pamela y le dijo a Liliana:

— Mira, Pamela, Verónica, Laura y yo te tenemos una sorpresa.

— ¿Qué clase de sorpresa?

Por un largo rato, Laura ha descrito el viaje que emprenderán, con unas pequeñas restricciones. Liliana insistía en no entender. Entre los cuatro, convencieron a Liliana de que era un regalo de confianza y de su próximo cumpleaños. Liliana no pudo agradecer con palabras. Pamela y Roberto se sintieron nerviosos, pero estaban seguros de que el viaje le brindará paz a su inquietante deseo por conocer el mundo.

El retirarle el chip rastreable a Liliana, les provocó incertidumbre. Pero con el vaso medio lleno, Roberto y Pamela llevaron a Liliana a quitarle ese "instrumento de inseguridad", cómo le nombró Liliana al chip.

Roberto y Pamela querían mantener la sorpresa, en complicidad con Laura, impidiendo que Liliana viera el pasaporte, que no viera ni escuchara nada del destino en el aeropuerto y otras maniobras que le parecían incomodas a Liliana.

Con una palidez esquelética, Liliana corría varias veces al sanitario del avión. Una de las azafatas ha reconocido el problema y le provocaba gracia. En una de sus carreras, le quitó el paso a una mujer que apenas iba abriendo la puerta del sanitario.

Reposando el medicamento contra los mareos, Liliana va escuchando su música de violines con estruendosas liras que se mezclan armoniosamente; dejando lugar a solos.

Liliana se veía más colorida, nada mal para alguien que ha volado por bastantes horas, o tal vez, sólo era porque Liliana se tomó el tiempo de investigar el cómo evitar los mareos. Pero cada segundo que el avión tardaba en aterrizar, a Liliana le parecía una eternidad.

Gracias a la luz del medio día, semi-nublado, Laura miraba por la ventanilla; lograba ver a varias personas que vestían abrigos y demás ropas de invierno, vistiendo pieles sin pena o miedo a ser criticadas por personas como ella. Daba otro vistazo al comportamiento serio, pero inexpresivo de Liliana. Le provocaba una que otro risa, no por el mareo de Liliana, sino porque sabía del gusto de ella por vagar en el mundo. Y pensó que no lo lograría, no con esos impedimentos.

Han llegado al área del aeropuerto en dónde los locales reciben a sus visitantes y parientes. Laura busca, entre los carteles de bienvenida, a alguno con su nombre y encuentra uno que dice; LAURA DÍAZ NÚÑEZ. El hombre que sujeta ese letrero, reconoce a Laura y le llama con la mano, Laura también levanta la mano y las dos avanzan para allá.

Afuera del aeropuerto, un automóvil se va estacionando bajo las letras del INVERNESS AIRPORT. Liliana mira el nombre el aeropuerto, pero no reconoce de qué país es. Mejor se dedicó a admirar el paisaje.

A medio camino Laura hizo una pregunta a Billy:

— Are all ready?

— Yes, the guys prepare the cave.

— Fine!— concluyó Laura.

Liliana admiraba a cada edificio que fuera de su arquitectura favorita. Sin dejar de morirse de ganas por salir y jugar en la nieve que se distinguía por estar blanca y cristalina. Hasta le quitó el lugar a Laura, para ir disfrutando del lago que se extendía por gran parte de su trayecto. Lo que más le parecía extraño, era el ver a personas que andaban en botes, por varias partes del lago. Lo que Liliana esperaba, era ver a las personas caminado o patinado en el lago congelado, como lo vio una vez en una película.

Mientras bajaban, Liliana se enamoró del hotel, que más parecía una casa, con sus colores blanco con detalles azules y rosa salmón. El chofer espera en el coche, mientras Billy les acompaña al hotel. En la recepción están varias personas sentadas en sillones y sillas que rodean a la chimenea.

En la habitación están dos camas matrimoniales, acompañadas por adornos hogareños. Liliana corre hasta el balcón privado y le dan ganas de ir al lago, al que se puede llegar rápidamente caminando.

Laura busca algo en una de sus mochilas y va dejando sus cosas sobre la cama. Mientras Billy espera junto a ella. Liliana vuelve a la habitación y comienza a acomodar sus pertenecías. Mientras sigue buscando, Laura le pregunta a Billy:

— Do you see to MILI?

— No. Maybe she comes more later.

— Here. Take— indicó Laura a Billy, entregándole un sobre sellado—. Give it to William.

— Fine. Bye!— Billy se retiró y las muchas le despidieron.

Laura va acomodando lo que dejó en la cama.

— ¿Tienes hambre?— pregunta Laura.

— ¡Por favor!— contestó Liliana mostrando su vientre—. Con la vomitada quede más flaca de lo que yo quería.

En una de las tantas mesas que están afuera del hotel, pero al resguardo de paredes y techo de cristal, Liliana devoraba su comida. A diferencia de Laura, que comía su sopa con toda tranquilidad.

— ¿Cuándo iremos al lago?— pregunta Liliana.

— Pronto— contesta Laura.

— ¿Y quién es "MILI"?

— No te lo puedo decir. No ahora

Laura da un sorbo a su sopa.

— Ya me dirás en donde estamos. O al menos dime el nombre del lago.

— ¿No viste el nombre del aeropuerto?— pregunta Laura, Liliana le contesta afirmativamente con la cabeza y Laura prosigue: — ¿No te dice nada el nombre de INVERNESS?

— "INVIERNOLANDÍA"— contesta Liliana, lo que a Laura le provoca carcajadas.

— Oye— Laura cambia de tema—. Salvador me preguntó sobre ti. Quiere saber si tienes novio y si te gustan los genios.

— ¡Los que son de mal genio! No.

— No. ¿Qué sí te gustan los inteligentes?

— Pues sí, si me gustan los inteligentes. ¿Qué tan genio es Salvador?

— Es un loquillo tecnológico. Yo le he dicho que no es tan inteligente. Que si fuese inteligente, estuviese casado conmigo. Y él me reprocha diciendo que el no estar casado conmigo es ser súper inteligente.

— ¿Y por qué dice eso?

— Porque según él, no le gustaría andar con la nieta del líder de la secta.

Liliana se queda muda y como una gárgola. Y con torpeza, preguntó:

— Tú... la... eres... ¿Eres nieta del líder?

— ¡Sí! Yo le dije que eso no tiene nada de malo, pero él no me hace caso.

Liliana se quedó muda por otro rato, pensando en la sentencia, que, se supone, Laura ha cumplido. E indaga:

— A ver. Si eres la nieta del líder, ¿por qué tu mamá y tú fueron castigadas?

— Las reglas en la secta son muy estrictas.

Liliana se veía sin seguir entendiendo, Laura se dio cuenta de esto y dio una explicación más:

— Imagínate que yo hago un fraude, pensando que mi familia me cubriría; de inmediato creerían que la secta es una farsa, una de las tantas. A nadie le conviene eso, ¿no crees?

— Pues no. ¿Qué rango eres tú?

— Tres. Pero pronto podré seguir con mis próximos proyectos. Por lo pronto sólo puedo atender a mis actuales proyectos.

Liliana no quiso preguntar más. Deseaba ver por sí misma, que clase de secta castiga y compensa a sus integrantes de una forma poco creíble. Personas que hacen "farma-quinesis", Pamela es donante de sangre, Roberto hará dulces, y Laura es protectora de animales; aunque no conocía a Salvador, sólo sabe que le gusta la tecnología.

— No, no te veo— Se escucha en la eterna oscuridad, una voz femenina con efectos de eco.

Unos pies delgados y descalzos, se dejan ver por una leve fuente de luz, que le sigue en cada paso y movimiento. Se distingue que la persona gira y camina y la voz sigue gritando:

— ¿Ahora a dónde fuiste?

A lo lejos se distingue otro par de pies, más grandes y velludos, que corren para alejarse.

— Ya te vi— dijo la vos femenina ahora con más claridad.

Los pies delgados alcanzan a los pies grandes, que se han detenido y la voz femenina dijo:

— Iré contigo. Sólo espérame, papá.

— Liliana, ¡qué haces! Despierta, por favor.

Todo se vuelve oscuro y en ovalo, en horizontal, se va haciendo más claro y en él aparece Laura.

— ¿Qué pasa?— pregunta Liliana.

— Ya llegó Mili— contesta Laura, con celular en mano y cubriendo la bocina con la otra mano.

Liliana se sienta en la orilla de la cama, tallándose los ojos. Laura activa el altavoz y continúa hablando por el teléfono:

— ¿Y está estable?

— Sí. Los veterinarios están haciendo su mejor esfuerzo— contesta una voz masculina, de mediana edad.

— Bien. Llegaremos pronto— dijo y colgó.

Liliana se sintió más despierta y se apresuró a ponerse ropa adecuada. Laura también se prepara, pero ella se cuelga un carnet, que cubre con su chamarra.

Laura y Liliana se recargan más, por efecto del frenado brusco que se produjo en el auto en que el que van. Por la ventanilla, Liliana ve una gran bodega, afuera hay grúas, camiones de carga desmantelados, locomotoras sin ruedas, y muchos automóviles a los que les faltan partes. Y más cerca de la bodega hay autos estacionados. Todo, rodeado por una barda de alambre. En la entrada un vigilante les deja pasar, al mostrar Laura su carnet. Van pasando entre los autos desmantelados, Liliana corría en ratos, alcanzando a Laura, hasta llegar a la bodega. En la puerta sencilla, Laura usó una llave.

Entraron. Liliana se asusta y luego le sonríe a un hombre muy alto que cierra la puerta. Luego visualiza motores de vehículos de varios tamaños y montones de piezas en cajas de cartón, todo arrinconado junto a una sola pared. Del otro lado están dos mesas en dónde unas personas acomodan papeles y capturan datos en computadoras. Al fondo hay una fila de cuatro personas que esperan su turno para ser registrados como en los aeropuertos. Quienes traían objetos metálicos, se les pedía que los dejaran en unas gavetas, incluida la ropa más gruesa. Y a una persona que tiene botas de trabajo, le indicaron que se las cambiara por unas sandalias. Las gavetas se abren al pasar la misma credencial por un lector en la puerta de cada una. Dos oficiales resguardan la puerta del elevador y que también checan el detector de metales.

Laura llega a la primera mesa, en dónde deja su carnet, destruyen esa identificación. Luego le piden que apoye una de las palmas en una placa que digitaliza toda su mano. Luego le toman una fotografía, qué se visualiza de inmediato en la pantalla de las computadoras. Después le pasan un haz de luz, con una pequeña cámara, por un ojo y la imagen maximizada se pasa a las dos computadoras. La persona de la segunda mesa ajusta ambas imágenes, junto a un cuadrito de la huella del pulgar, la computadora las procesa y aparecen datos detallados sobre Laura, con un sobrenombre: "Visitante Alfa". Al coincidir todos los datos, la segunda persona imprime una credencial, muy parecida a las tarjetas de crédito, a la que le agregan un pequeño gancho de plástico para que Laura se la prense en su ropa. Liliana pasa por los mismos procedimientos que Laura, a excepción de la destrucción del carnet. Sin información previa, usaron los datos que están en la carta del sobre que Laura le entregó a Billy y que éste dejo previamente. Imprimen su credencial y se la ajustan en la ropa. Liliana no lo quiso decir, pero se sentía celosa al leer que en su credencial decía: "Visitante Beta". Laura y Liliana dejan llaves, monedas y los teléfonos celulares en la misma gaveta y pasan sin problemas el detector de metales.

Las cuatro personas que hacían fila ya no estaban, así que cogieron el elevador de inmediato.

—¿Qué clase de lugar es éste?— pregunta Liliana.

—Ya lo veras— contestó Laura—. Aguanta.

El elevador parecía una habitación, sin amueblar. El elevador bajaba con lentitud. Liliana ya quería correr y llegar hasta dónde estaba la supuesta "Mili".

De sólo ver las paredes del elevador, se aclara la vista al abrirse las puertas. Salen y el elevador sube.

Ahora se encuentran en un cuarto de paredes de color naranja claro. Al fondo se encuentra una puerta sencilla y junto, muy cerca de la pared, hay un portón que tiene varios seguros. Todo vigilado con cámaras. Hay dos oficiales que pasan las credenciales por un aparato que las lee y las valora. Los oficiales van dejando acceder a una persona a la vez, por la puerta sencilla que abre cualquiera de ellos.

La última persona, el hombre de las sandalias, es quien queda en la nueva fila que ahí se encontraba. Pasan su credencial por el lector. Lo que más le llamó la atención a Liliana, fue que debían dejar los zapatos y los calcetines en una banda transportadora, pero que él pudo quedarse con las sandalias. Luego, el hombre cruzó la puerta que le abren, la cierran y se escucha como se activa el sistema hermético. En varios segundos después, una alarma suena por toda la habitación. Uno de los oficiales abre la puerta y el hombre sale corriendo y se dirige al elevador, con desesperación, presiona el botón. Los dos oficiales desenfundan una pistola de plástico y sin advertencia, uno de ellos da un certero impacto en una pierna y en la espalda, como si los pantalones fueran de plomo, le provocan al hombre caer de rodillas para terminar acostado boca abajo en el suelo. Él intentaba quitarse los pantalones, pero ni siquiera podía moverse por efecto pesado de su camisa. Lo que le ha impactado en el pantalón y la camisa no era un proyectil letal, sino una bala que se revienta al impactar; para liberar una goma que endurece la ropa. Del elevador salen los oficiales que estaban arriba; lo esposaron, lo registran y le encuentran una pequeña cajita de plástico que traía pegada a la altura del pecho. Abren la cajita y encuentran un micro-cámara de fotografía. Y entre los oficiales que bajaron, lo subieron al elevador. Liliana no se había dado cuenta, pero todos los oficiales, incluidos los vigilantes, tenían una de esas pistolas.

— Qué bueno que no le impactó solo en la parte superior— comentó Laura—. El peso de la cintura para arriba le hubiese provocado una caída más fea.

Liliana se ha quedado pálida, jamás ha visto algo parecido.

Los otros oficiales vuelven a sus puestos. Dejan pasar a Laura, quien pisaba descalza cómodamente. Después de varios segundos, Liliana hace lo mismo y deja sus zapatos y sus calcetines, y pisa de puntitas y con los talones; los oficiales le piden que muestre las plantas de los pies. Al fin, consigue acceder. De la puerta cerrada herméticamente, se encontró en un pasillo bastante corto. En las dos paredes hay varios orificios y unos puntos como los lectores láser. Al fondo está otra puerta con un letrero digital que dice: “PUERTA CERRADA”. Una voz masculina le da indicaciones:

— Por favor, levante los brazos y separe un poco las piernas.

Liliana ya no se sentía cómoda, pero pensó que debía valer la pena. Una corriente de aire invade el pasillo y los láseres apuntan por todo su cuerpo.

En una habitación aislada hay cuatro monitores; en uno se muestra el cuerpo entero de Liliana, pero digitalizado por líneas sin ninguna distorsión; el segundo monitor muestra a la ropa de la que no presenta ninguna modificación o con protuberancias o partes extrañas, el tercero muestra a Liliana con todo y ropa pero con manchas de varios colores, como el azul, verde y amarillo. Si hubiese encontrado una mancha de color rojo, la alarma se activaría; y en el cuarto monitor se muestran los zapatos y los calcetines escaneados. En unos segundos se termina y la voz le indica:

— Puede pasar.

El letrero digital cambia y ahora dice: “PUERTA ABIERTA”. Liliana empuja está puerta.

— ¿“Otro pasillo”?, se preguntó Liliana al cruzar la puerta y encontrarse en un pasillo más.

Ahora estaba de frente a Laura, quien está oliendo sus zapatos y calcetines y expresa:

— ¡Qué rico! ¡Cereza!— dijo y le entregó los zapatos y calcetines a Liliana.

Liliana ríe sarcásticamente y le arrebata las cosas.

En el trayecto, Liliana hace una pregunta:

— ¿Qué fue eso?

— En una mezcla del aire y del láser, se logra un detector, que aunque es muy rudimentario, es mejor que el detector de metales y los rayos X.

— ¿Pero allá arriba pasamos por…?

— ¿El detector de metales? sí, pero ese es sólo un preventivo. Lo que le encontraron a ese hombre solamente lo detectaría el último punto de seguridad.

Al finalizar el pasillo de diez metros de largo, antes de cruzar la puerta final, Laura se detiene y dice al escuchar gruñidos y gemidos:

— Ya va a tener a su bebé.

Llegaron hasta un lugar espacioso; las paredes son de columnas de piedra negra cristalizada y grisácea. Unas de esas columnas son cortas y otras más largas, formando escalones, y otras más llegan hasta el techo. Varias columnas tienen perfiles en hexaedros, cuadrados y pocos son triangulares. Todo alumbrado, hasta el fondo de casi un kilómetro, por lámparas de luz LED. Hasta se distingue el techo, de unos treinta metros de alto, que tiene piedras con los mismos perfiles que las columnas, sólo que en partes más cristaliza y otras picadas. El piso fue cubierto con concreto hasta la orilla del gran charco de agua. Éste parecía estar dividido, por un portón, que ahora está abierto.

Detrás de una cortina de plástico se distingue una criatura con un largo cuello. Dos veterinarios son los que se encuentran ayudando a la criatura, Mili. Uno de los veterinarios es Melisa, hija de Carlos. Los esfuerzos de Melisa dan excelentes resultados después de varios minutos de parto; pues Mili ha tenido a su cría. Los gruñidos húmedos y cortados, provocan gritos de alegría entre los presentes.

— ¡Es hembra!— grita Melisa.

Liliana quedo inmóvil ante la criatura que parecía un ballenato de color gris con motitas más oscuras; sus cuatro aletas tocaban el suelo de la piscina hecha especialmente para ella. Liliana logra calcular que el cuello de ese ser es más alto que ella.

La cría se zambullía en una piscina cercana. Laura tuvo que esperar para que los veterinarios le permitieran visitarle, y al fin lo logró, acompañada por Liliana.

Liliana se va acercando poco a poco, conforme la cría lo permitía, tocando apenas, su sien. Mili ya se había retirado por el gran portón. Laura, desde un barandal, es quien empieza a lanzar pescados pequeños a la piscina. La cría ve los pescados flotando y asciende, nadando por toda la superficie de la piscina y tragando como pato. Liliana coge un pescadito y lo sostiene, estirando el brazo, por varios segundos. La cría le mira pero ni se acerca. Liliana deja colgando su brazo en el barandal, le hace una pregunta a Laura, pero ni termina la primera palabra, al sentir que le rebatan el pescadito, da un grito y un salto hacia atrás, al ver que la cría se alza por enfrente de ellas y con el pescado en boca; para al fin regresar a la piscina, con la mitad del cuello a flote.

— Yo no conocía estos animales— comenta Liliana.

— ¿Vivías en una cueva o qué?— preguntó Laura. Nota que Liliana no contesta y que solo lanza pescados a la piscina con seriedad: —. Perdón. No recordaba tu vida pasada. Son la clase de animales a los que yo protejo. Son de los que hablan en la criptozoología. En la red hay varios vídeos que muestran a un ser como Mili, paseándose en el lago que está encima de éste. Nosotros mismos creamos historias que demuestran pruebas falsas de la existencia de estas especies, para su protección.

— ¿Y cómo se pueden ir de este lago al de arriba?— pregunta Liliana, dejando de tirar pescaditos.

— Existe un ducto que conecta ambos lagos. Es algo muy complicado de explicar cómo funciona. Lo que sí te puedo decir es que este lago es casi un poco más grande que el de arriba; y hasta un poco más cálido. Gente que vive aquí nos ayudan, avisando si es seguro dejar subir a Mili y sus familiares.

— Me gustaría ver uno de esos vídeos— comentó Liliana y ambas siguieron tirando pescaditos— ¿Y aquí esconden a todos animales que protegen?

— Claro que no. Aquí solo vive Mili y su familia; y su actual hija que es un milagro. Bueno, solo queda esperar a que tenga una larga y prospera vida.

— ¿Por qué es un "milagro"?

— Hemos tenido malas noticias los últimos años de que Hula, la hermana de Mili, ha abortado en tres ocasiones. Y apenas hace unos meses se había confirmado el embarazo de Mili. Después, supe de tu hambre por la aventura, hablé con tus actuales padres y llegamos a un acuerdo, para que ahora disfrutes de presenciar algo que pocos pueden.

— Pues… es… invaluable tu amistad— expresó Liliana con una sonrisa insuperable.

Ambas siguieron tirando pescaditos a la piscina. Liliana se sentía incomoda de expresar el verdadero placer que le provocaba el viaje. Sabe que no podría enconttrar otra amiga que le brinde tanta confianza.

Una luz amarilla parpadea encima del portón que se va abriendo a una velocidad normal. Mili va entrando, haciendo olas que suben hasta el piso de concreto.

Melisa, con su laptop bajo el brazo; y otros presentes se acerca a la piscina, a un lado de Laura y de Liliana. Melisa enciende la laptop, conecta un cable y lo que parece ser un collar y abre un programa con datos de la cría; y con un espacio en blanco junto a la palabra: NAME.

— ¿Tienes un nombre para la cría?— pregunta Laura a Liliana y ésta contesta:

— Podría ser… ¿Vero?

Los presentes se miran unos a otros, sonrientes y asentando la cabeza. Melisa escribe el nombre. Y de la nada, un hombre y una mujer vierten vino encima de Laura y Liliana. Laura alcanza a quitarle una botella y bebe de ella.

Al terminar su loca pero breve celebración, y con la ropa aun húmeda, Laura y Liliana presencian cómo una grúa, va bajando unos arneses a la piscina. Dos hombres, con traje de buceo, entran a la piscina. Uno de los buzos ajusta un collar en el cuello de Vero, luego aseguran el cuerpo con los arneses. Con rapidez y delicadeza dejan a Vero junto a su madre. Entre gruñidos suaves se alejan. Laura corre y se lleva de la mano a Liliana hasta el charco. Desde donde ven a la madre e hija perderse en el gigantesco lago, hasta cerrarse el portón.

Laura y Liliana visitaban la cueva con frecuencia. Liliana llevaba una libreta, que ha comprado cerca de dónde se hospedan, y ha conseguido escribir varias páginas para su libro. En los últimos días Liliana se comunicó por teléfono y le contó una parte de su cuento a Verónica. Se sentía frustrada, al no poder contarle lo que ha visto. Pero no iba a corromper su confianza. Verónica le expuso las partes del cuento que no le gusto y Liliana prometió regresar con una parte del cuento arreglada.

Al pisar el INVERNESS AIRPORT, Liliana ni quería subir al avión. Pero Laura la convenció, cómicamente, que ya no tenían dinero y que deben volver a casa. Liliana se sentía con las pilas recargadas, no podía esperar a seguir escribiendo.

CAPÍTULO 6

En su regreso, Liliana le contó varias historias a Verónica, tratando de explicar la pérdida de su pequeño hermano. Liliana esperaba la depresión de Verónica. La cual no se hizo presente. Pero Liliana sabía que debe tener cuidado al hablar de la muerte en su cuento.

— ¡Ya es hora!— grita Roberto desde el pasillo.

Con éste tercer llamado de Roberto, Liliana se queda recostada de lado en su cama, abrazando una almohada y bostezando.

Entre las perchas de su ropero, Liliana encuentra una bolsa verde con zipper. Y una nota pegada en ella que dice: "No la abras hasta las ocho de la noche". Con rapidez sacó esa bolsa y bajó el zipper, de inmediato cerró los ojos, subió el zipper y devolvió la bolsa al ropero.

Con su ropa de trabajo, Liliana va bajando las escaleras y ve que Enrique entra y le saluda:

— ¡Qué onda, Enrique!

— ¡Qué onda, Liliana!— regresa el saludo y ambos chocan las palmas y los puños— ¡Qué buenas vacaciones te aventaste!

— Ya ves. Uno que tiene harta lana— contesta Liliana arrogantemente graciosa.

Ambos se ríen. Luego Enrique pregunta:

— ¿Ya viste tus paneles?

— No, llegué hoy en la madrugada.

Roberto y Enrique se pasean y Liliana corre por entre las pirámides y ve que los canales superiores están al ras. Los canales de la base sólo están a la mitad; "nada mal", pensó Liliana, al saber que la base es de mayor tamaño.

— Ahora muéstranos cómo funciona el drenado— pidió Roberto.

¿Cómo pudo olvidarlo?, se preguntó Liliana. Para Roberto fue incomodo el no haber visto los tapones que se desenroscan para drenar el agua. De los canales inferiores hasta los superiores, uno a uno, fueron drenados hasta el pozo. Roberto se fue hasta las pirámides más lejanas, y desde la pirámide que está junto a los árboles, él gritó:

— ¡Una rama cayó encima de esta pirámide!

Entre los tres quitan la rama, que ha destruido un panel completo, y por ente, toda la pirámide perdió el agua.

— Estuvo fuerte la lluvia— comentó Roberto—. O pudo ser un rayo.

— No. Miren— indicó Enrique— la rama es de este árbol y no hay seña de incendio.

— Algo peor, la cortaron con motosierra— confirmó Liliana, mostrando poco aserrín que encontró entre la tierra humedecida y que el extremo más grueso de la rama estaba muy lisa.

— ¿Pero quién la cortó?— cuestionó Roberto— ¿Y durante la lluvia?

Liliana y Enrique se han quedado. Van quitando el panel dañado. Y Enrique pregunta:

— ¿Se puede arreglar?

— Hay partes agrietadas en los otros paneles. Los canales se desprendieron un poco. Con pegamento especial sí se puede arreglar.

— ¿Algún enemigo te persigue?

— ¡Cómo crees, Enrique! Si no tenía muchos amigos, mucho menos enemigos. Pero ni modo, debemos poner una valla.

Terminaron de limpiar. En el resto de la mañana y parte de la tarde, volvieron a ensamblar la pirámide. Después fueron a checar el pozo. Enrique bajó, comparó las medidas con una regla que está en la pared del acuífero, volvió a la superficie y dijo:

— Está bien.

— ¿Es suficiente?— cuestionó Liliana.

— Claro que "chi"— contestó Enrique.

Al menos han capturado veinte mil litros de una sola noche de lluvia con las pirámides. Incluido un extra que se cuela directamente al acuífero.

Pamela Y Roberto esperan junto al final de las escaleras, vestidos con sus mejores ropas. Liliana sale de su cuarto, vistiendo la ropa que estaba en la bolsa verde. Esa ropa es un traje ejecutivo de color negro, pero con la solapa un poco más grande. Sus zapatos de tacón le combinan. Antes de comenzar a bajar las escaleras, Liliana agrega unos lentes para sol. Pamela da pequeños aplausos y Roberto levanta el pulgar, ambos mostrando su mejor sonrisa. Liliana compara los trajes que llevan sus padres adoptivos, notando que son iguales, con la diferencia de que ellos tienen una insignia en la solapa. Pamela tiene una insignia dorada con un corazón plateado y dos espigas doradas que le cruzan. La insignia y el corazón de Roberto es igual, solo que las espigas son de bronce.

Durante el trayecto, Roberto va contando sobre sus inicios en la secta. Roberto ha contado que su invento de la segunda fase de su primer rango, fue una lámpara de mano que funciona con cuerda, como los relojes.

Liliana miraba la esquina que tienen que doblar para llegar al Palacio. Pamela mira a Liliana dando golpecitos en la ventanilla y le pregunta:

— ¿Nerviosa?

— Un poco. No puedo dejar de pensar en el tipo de iniciación que se debe pasar— contesta Liliana al dejar los lentes junto a ella.

— Ehmm… — Roberto trata de contestar, mirando primero a Pamela—. Es un secreto.

— No te mortifiques— incluye Pamela—. No es nada malo. Sólo te pedirán que mantengas tu virginidad por varios años más— estas palabras le revolvieron el estómago a Liliana.

Pamela y Roberto ríen sin control. Ambos detienen su burla, al notar que Liliana no les seguía la corriente ni por poco. La seriedad de Liliana les pareció jocosa, pues estallan de nuevo en carcajadas. Liliana pensó que han enloquecido, hace gestos y solo mira por la ventanilla.

Roberto se ha acomodado en el estacionamiento, entre unos autos más, frente al Palacio. Liliana baja de la camioneta y encuentra al edificio más imponente. Dos personas de edad avanzada les dan la bienvenida, sin decir nada abren las puertas dobles. Estos hombres tienen los mismos trajes, pero con la insignia de oro, el corazón de plata y las espigas de platino. Dando paso a Liliana, a Pamela y al final a Roberto. Los hombres cierran la puerta, puerta que tiene un simple cerrojo. Pero nadie puede cerrar las puertas con llave, solo el Maestro. Liliana no se daba abasto, las paredes y el techo dejaban ver el exterior con claridad insuperable. Alrededor hay varios sillones adjuntos con mesitas, adornadas con floreros o pequeñas plantas. El piso era áspero, con diseños sencillos y de colores fríos. En medio del edificio están unas escaleras que llevan a un piso inferior. A cada lado de las escaleras esperan dos mujeres, vestidas igual que Liliana, pero ellas llevan una plaquita dorada, el corazón de plata y las espigas verdes. Ellas cumplen el papel de UNIFICADORAS, que por el momento son como el jurado que determinarán el ingreso de Liliana a la secta.

Una de las Unificadoras llama a Liliana:

— Acércate.

Liliana camina hacia ellas. Roberto y Pamela se quedan parados. Una de las mujeres se coloca en el primer escalón de arriba y dice:

— sígueme— dijo y comenzó a bajar las escaleras. Liliana le siguió y la otra Unificadora va al final.

Cruzaron un pasillo por el que una luz rebota en piedras de cuarzo que están a los lados y en el techo del pasillo, de origen desconocido, y que sólo se proyecta al paso de Liliana. Llegan hasta una puerta rustica de madera y la abre la primer Unificadora, deja pasar a Liliana y luego las dos Unificadoras entran, cierran la puerta y se integran al grupo de Unificadores que están alrededor de la habitación. Lugar que no destaca en detalles, salvo por El Maestro que se levanta de su silla para pararse frente a una mesa de madera tallada a mano.

— Bienvenida. Por favor, acércate— le pidió el Maestro y Liliana se paró frente a él.

Dos Unificadores dejan una cajita de metal con grabados en Art Deco, cada uno, en la mesa.

— Magistral tu invento— prosiguió el Maestro— ¿Comprendes el precio del poder? ¿Del poder ayudar a la gente ?— él posó sus manos en las cajas y esperó.

— Sí— contestó Liliana con total seguridad—. Comprendo que se debe apoyar a todas las personas que se pueda, para que en un futuro ellos ayuden a otros.

El Maestro vio a los Unificadores y todos estos asintieron con la cabeza y el Maestro abrió las dos cajitas; en una estaba la insignia de bronce, sin espigas ni corazón; en la otra estaba el corazón de bronce, los une de un clip que los adherirán para siempre, se acerca a Liliana y le abrocha la insignia en la solapa. Los unificadores aplauden y luego Liliana agradece al Maestro, de mano.

— Hazlo genial. Que no te roben tu sueño y que nadie se oponga en tu camino.

— Lo haré, Maestro.

El Maestro y Liliana vuelven a estrechar las manos y, uno a uno, los Unificadores se aceraron a saludar a Liliana.

De vuelta a casa, Liliana ha platicado lo que ya sabía sobre las fases que debe cumplir para ir subiendo de rango. Hasta le han dicho que si tiene un proyecto más costoso, lo guarde celosamente hasta llegar a un rango más alto, pues tendrá ayuda de otro integrante u otros integrantes. Pero que antes de seguir ideando más proyectos, debe darle continuidad al proyecto o los proyectos presentes.

Esa misma noche, Liliana se quedó un rato más viendo tele. Nunca ha visto los noticieros, lo que pasaba en ese momento la dejó atrapada. Era la parte de una serie de reportajes acerca de la vida hostil animal en África. A Liliana le punzaba la cabeza y rechinaba los dientes. Y no soltó una lágrima hasta que vio cómo cazaban a los rinocerontes y a los elefantes. No sabía que era peor; que los asesinen o que solo los amputen para obtener el marfil. "Vivir mutilado. ¡Qué vida! Bueno, sí a eso se le puede decir vida", pensó Liliana.

Con un coraje tan estúpido, Liliana logra imaginar que, quienes trafican con el marfil, van a reencarnar en elefantes. Y todo por una fea belleza que representa el marfil. Con fuerza sobre el control remoto, apagó el televisor.

Ya han pasado dos horas de desvelo, acostada, aun vestida con la falda y la camisa, miraba al techo, y de impacto, mezcló las imágenes de los animales mutilados con la experiencia del hueso reducido en el recipiente sucio. ¿Qué le pasó al hueso?, se preguntó. ¿Habrán sido los químicos que tenía el recipiente? ¿Esos químicos podrán desintegrar el marfil?

La visita del sol interrumpe el sueño de Liliana, quien da un sobre salto en su cama al ver la hora en su celular.

Con su ropa de trabajo, y con cautela, sale de su cuarto. En la puerta, hay un sobre pegado, con la frase: "Tus padres quieren verte relajada", lo abre y encuentra una tarjeta, pensó que era de crédito y la devolvió al sobre para dejarlo sobre la cama. Rogaba, con la esperanza de que Roberto se haya distraído. Hasta iba pensando en una excusa. Sale del castillo y se topa con Pamela, quien le mira graciosamente y le pregunta:

— ¿Esa es tu ropa de los domingos?

— No, es… ¿Hoy es domingo?

— ¡Ay Liliana! — expresa Pamela sonriente—. Ya ni sabes los días que vives.

— ¡Corran, mis niñas!— indicó Roberto al salir del castillo, acompañado de Verónica—. O llegarán tarde para que las dejen guapas.

— ¡Más guapas!— corrige Verónica.

Pamela va manejando su automóvil, Liliana va a su lado y Verónica va en asiento trasero, entretenida con un libro de acertijos. Liliana mira más a detalle la tarjeta que encontró en el sobre. Lee que es una tarjeta de cortesía para un tratamiento completo en un spa: el "Fresh Quality".

— ¡Qué buen regalo de parte de ustedes!— comenta Liliana con sinceridad.

— Roberto fue quien nos dio el mismo regalo a las tres. Él me hizo jurar que no te lo dijera. Pero, honor a quien honor merece, ¿no crees?

— Yo se lo agradeceré personalmente.

— Sí, luego. Porque hoy, sus princesas se pondrán bellas.

Pamela lleva una maleta de gimnasia. Han llegado al establecimiento. En dónde hay autos de varias partes de la república Mexicana. Pamela busca lugar, solo encuentra uno, alejado de la entrada del spa. Negocio de la familia Santos, familia perteneciente a la secta. El spa ha sido edificado sobre las ruinas de una hacienda. De todos los arreglos, han dejado una pared de adobe aislada en la que ha crecido un árbol delgado. Unas personas van llegando al spa, otras salen luciendo su esbelta figura. Hasta un par de mujeres de cuatro décadas, salen acariciando la cara lisa de la otra, luego de sí mismas.

La sala de espera está lleno de gente en sillas de ruedas, mujeres de la clase alta y personas con sobre peso, hasta con problemas severos de acné. Bueno para ellos que van pasando de hasta tres personas a la vez. Hay una mujer en especial que va entrando a uno de los cuartos, esta mujer lleva un gran camisón naranja con los botones y los ojales que se estiran para ajustarse a su talla.

Verónica nada más entra y saluda a la encargada:

— Buenos días, señora Santos. Quiero una manicura, por favor— pidió y entregó su tarjeta de cortesía.

— Muy buenos días, señorita Verónica. Siga a su manicurista, por favor.

Verónica sigue a la mujer y se despide de Liliana y de su mamá.

Después de saludarse y presentarse. Liliana repasa una y otra vez el catálogo de tratamientos. Pamela cierra el libro y dice a la señora Santos.

— Claudia, dos tratamientos reductores y abrasivos de cuerpo completo, por favor.

— Claro, síganme— dijo Claudia, se lleva una tableta electrónica y las guía hasta uno de los veinte cuartos, uno de los dieciocho que tienen un letrero que dice: "M.I.R." iniciales con significado secreto.

Pamela, con su traje de baño, se sumerge en uno de los cuatro jacuzzi, el número uno y se prepara un reproductor de MP3 que deja en una base de la orilla del jacuzzi.

— ¿Alguna zona en especial?— pregunta Claudia.

— Sí, en los pies y manos una abrasión más completa— contesta Pamela.

En la tableta electrónica, Claudia, elige el jacuzzi número uno, luego en ésta se muestra el cuerpo de Pamela, junto a varias opciones como abrasión, masaje, reducción y otras. La figura se divide en los pies, las piernas, cadera, torso, brazos, manos y cabeza; solo que la cabeza se muestra de color gris, pues a Pamela le cubre el agua del cuello hacia abajo. De las opciones, elige abrasión y masaje y las agrega a toda la figura, y ésta se torna de color verde; luego vuelve a elegir la opción abrasión y la agrega a la parte de los pies y de las manos, y estas partes se tornan de color amarillo. En instantes, una mezcla de arena de mar, aloe vera y la receta secreta de la familia Santos, comienza a fluir alrededor del cuerpo de Pamela, ésta siente cosquillas en los pies y manos. Claudia le deja y se dirige a con Liliana, quien ya está dentro del jacuzzi y le pregunta:

— ¿Quieres un tratamiento extra en alguna parte del cuerpo?

— Sí, ¿me puede quitar lo requemado del cuello y de las manos?

— Claro— contesta Claudia al usar la tableta para repetir el proceso y dejarle el tratamiento pedido para el cuello y manos.

La mezcla fluye en el jacuzzi y Claudia deja a Liliana con un MP3.

El tratamiento terminó. Liliana se veía en un espejo, su cuello y manos ya tienen una tonalidad más clara.

— ¿Buen tratamiento, no?— pregunta Pamela al checarse los pies sin callos.

— Es muy bueno.

Las tres llegan a la recepción y ven a la mujer del camisón naranja, que ahora le quedaba holgado.

— Aunque te falten siete tratamientos— le indicó Claudia a la mujer del camisón —, recuerda que tu nutriólogo debe enviarnos su aprobación para seguirte brindando servicio.

— Sí, está bien.

— Sigue así y hasta podrás terminar el tratamiento antes de tiempo.

— Me parece perfecto. Gracias. Adiós— se despide la mujer, Claudia le sonríe y se despide de mano.

— Olvide la maletita— dijo Pamela— Verito, ven a ayudarme.

— Liliana se adelantó, choca de hombros con una mujer joven de pelo rizado.

— Perdón, iba distraída— se disculpó la mujer joven.

— No yo...— Liliana hizo una pausa y rectificó: — ¿Eres tú, Laura? ¡Tu pelo!

— Ah, hola. Sí. Quise cambiar de look— confirmó Laura peinando su cabello con los dedos— ¿Qué tal?

— Te ves muy linda. ¿Vienes a por un masaje?

— No. Vengo para supervisar cómo Claudia se desase de los desechos que produce su spa. Oye, ya supe de tu ingreso a la secta. ¡Felicidades!— se abrazan.

— Y ya tengo una idea, pero quiero que me ayudes. ¿Puedes ir algún día a la casa?

— Por supuesto que sí.

Laura se despide y llega hasta con Claudia. Supervisar lo de los residuos es una de sus tantas tareas del día.

CAPÍTULO 7

Laura y Liliana han discutido el tema del marfil y de la idea de hacer creer que el marfil se desintegra después de un tiempo. Laura camina, de un lado al otro del cuarto de Liliana, leyendo una libreta con los pros y contras y una hoja con los resultados del laboratorio; que indicaban al ácido cítrico, al sodio y al flúor como los ingredientes que contenía el recipiente y que se desprendieron para desintegrar al hueso. Ella estaba convencida de que hacer una prueba con estas sustancias puede tener más problemas que soluciones.

Liliana mantenía indiscutiblemente su propuesta para desintegrar el marfil. Agregando que los coleccionistas ya no querrán algo que tiene fecha de "vencimiento", y así, el mercado del marfil decaerá.

Laura pensó en que, sí se sabe que todo es un truco, la volverán a castigar. Cerró la libreta, la dejó sobre la credenza, se sentó en la cama y comentó:

— Bien. Ya sabemos que ingredientes son necesarios, pero nos falta saber la cantidad exacta.

— Otra— incluye Liliana—, necesitamos una o varias historias que ataquen a la colección de marfil.

— Pero necesitamos hacer una prueba en la colección real de alguien famosos y… ya está. Yo conozco a ese alguien.

— El testimonio de alguien más…

— Listo él nos ayudará. Salvador es el indicado, tiene a tantos seguidores qué alguno no se negará a fingir un testimonio.

— Ese salvador. ¿Pues qué tanto hace para permanecer en la secta?

— ¿Qué, que hace? ¡Qué no ha hecho! Ya lo conocerás mejor.

Estoy tan asustada, no he visto el próximo planeta. Una neblina, que ha durado ocho soles, me ha obligado a esperar.

— Cuando dices ocho soles— interrumpe Verónica—, ¿te refieres a ocho días?

— Sí— contesta Liliana—, es una referencia que se utilizaría en casos como en los que se encuentra Casandra.

— Y si está nublado por mucho tiempo, ¿Cómo se sabe si es de día o de noche?

— Es muy fácil. El sol proporciona bastante luz, que, aunque esté nublado se distingue el día de la noche.

— Está bien, pero esperaré a verlo por mí misma.

Pamela quiso escuchar el cuento, y junto a Liliana, ríen ante lo que acababa de decir Verónica. Liliana sigue leyendo textualmente:

Me he refugiado en una casa por los últimos seis soles, o lo que queda de ella. Tiene unas escaleras que llevaban a un piso que ahora es el techo. Me gusta su jardín trasero, tiene pasto y yerba muy crecida, que es lo más colorido que he visto estos últimos soles.

El lugar me quitó el sueño por unas noches; y no solo el lugar, las cobijas que encontré en la casa se deshilachaban entre mis dedos. Una pila de harapos me sirvió de cama para otra noche más. No soportaba el olor a humedad, pero al parecer el cansancio ganó, porque no recuerdo haberme dispuesto a dormir cómodamente. ¿Pero con quién me quejo?

De lo que si me acuerdo fue que, me recosté de lado, sentí algo en los pies, alcé la vista y me levanté tan rápido como si me hubiesen tirado agua helada. Los harapos de los pies se levantaban como lo hace un volcán naciente. Por entre esos harapos se asoma una nariz puntiaguda, alargada y con bigotes. Y de pronto los ojos. Me reí tanto de mí misma al ver que solo era una rata. Tan simple que sólo tenía unos setenta centímetros de rabo a nariz.

Mi pecho no dejaba de retumbar, creía que mi corazón quería fugarse.

Quité los trapos y encontré un enorme agujero, la madera del piso se veía recién ruñida.

A la rata no parecía incomodarse con mi presencia. Hasta se acercó y oleó mis pies descalzos. El temor que me mordiera no me dejaba sonreír del todo. Lo que me distrajo fue una manchita negra que parecía una ratita vista de lado y como si estuviese echada, lo parecía siempre y cuando mantuviese el lomo quieto. No creo que yo tenga tan mal olor de pies, pero igual, la rata corrió hasta la puerta que da al patio trasero.

Al fin el sol parecía reclamar su estelar entre las nubes. La rata seguía junto a la puerta, sólo que ahora se paró en sus patas traseras y comenzó a olfatear, para concentrar su atención en las afueras de la casa. ¿Acaso es comida? ¿Habrá para mí?

Salió corriendo, yo me puse mis zapatos, corrí hasta la puerta y vi cómo la rata se perdió entre la maleza. Unos chillidos me pusieron a pensar en que un depredador atrapó a la rata. "Al menos alguien consiguió comida", pensé. Me quedé un rato parada, disfrutando de los rayos solares. Unos movimientos entre la yerba me provocaron no adentrarme en la maleza. Volví y me llevé mi mochila.

No quería ir cruzando la maleza. Ya iba a la puerta delantera y... Los gritos de dos mujeres me hicieron volver a la puerta trasera. Sentí presión en la cabeza, ¿eran ellas? ¡Claro! Los primeros pasos fueron difíciles, pero dejé atrás a la maleza. ¡Y ahí estaban! Mi madre y mi hermana, ¿en una jaula? ¿Carlota estaba aquí, bajo este planeta "Linberful"? ¿Carlota era la próxima rival?

Corrí hasta ellas. Cada paso valía mil. Pero también costaban mil más. ¿Cuánto corrí? Avancé, ¿qué, veinte, treinta metros? El lodo se hacía más espeso, alzaba demasiado los pies. Pisé una parte más profunda y el lodo me cubría hasta la cintura, luego hasta el abdomen. De la nada, algo me elevó. Unos barrotes me aprisionaron y uno golpeó mi guante. Y lo que me elevaba, era solo la base de la jaula. ¿Y la qué aprisionaba a mi familia? ¡Ya no estaba! Mi jaula comenzó a avanzar por sí sola. Hasta el lodo se drena hacia los lados.

No hallaba la falla en mi guante. Ni me di cuenta hasta dónde me ha llevado la jaula, hasta que oí el rugir de leones. Miré que no sólo hay leones, también hay patos, gallos, elefantes, otros animales más.

¡Qué pena! Ahí estaba la rata de la manchita. ¡Junto a un león! Quedé más impresionada al ver al león paseándose por toda la jaula sin hacerle caso a su acompañante. ¿Qué pasaba? ¿El león ha comido suficiente? ¿O no le gustaban las ratas? Y a todo esto, ¿El qué me capturó me veía como un animal?

A lo lejos vi una enorme silueta que se dedicaba a acomodar una de las tantas feas jaulas solas y...

— ¡Espera!— interrumpió Pamela en voz baja—. Verónica ya está dormida— indicó en voz más baja.

Liliana ayuda a acostar a Verónica. Pamela acomoda la sábana hasta el cuello de Verónica. Luego ambas salen del cuarto, poco a poco. En el pasillo, Pamela cierra la puerta y le quita la libreta a Liliana.

— ¡Me gusta tu cuento!— da un vistazo rápido y nota que quedan muchas hojas en blanco—. ¿Lo terminarás pronto?

— No lo sé. Podría llevarme mucho tiempo.

— podrías publicarlo.

Para cuando la mayoría de las personas usaba ropa más fresca, Liliana visitaba el tercer pueblo en donde han dejado pirámides capturadoras de agua. Cómo en los anteriores pueblos, le han acompañado el Maestro, varios Unificadores y por supuesto, Pamela, Roberto y Verónica.

Uno de los campesinos, responsables de cuidar y dar mantenimiento a un kilómetro cuadrado de pirámides, es el que ha estado hablando, para terminar agradeciendo:

— Y en representación de las cincuenta idos familias que habitan en El Arenal, ¡que ahora podrá cambiar de nombre próximamente! , les estamos infinitamente agradecidos.

Entre los habitantes presentes aplauden. El Maestro se acerca al campesino que ha hablado y le confirma:

— Todo fue gracias a la señorita Liliana y su interés en ayudar. Por favor, pasa— pidió y aplaudió, seguido por los demás.

— Realmente espero que les sirvan estas pirámides. Como ustedes, hay otros beneficiados que nos permiten ayudarles. Se necesita más, y sabemos que se logrará— aplaude, seguida por todos los presentes.

Todos se unen en una gran mesa, disfrutando de los platillos que los habitantes de El Arenal han preparado. Cada quien acompañaba su plato de mole poblano con lechuga, ajonjolí y piernas de pollo. De las botellas de cerveza, Liliana coge la tercera, Roberto le alega las demás.

— Con tres no me embriagare— afirma Liliana, riendo con Pamela.

— Sí pero no. Con esas tienes— rectifica Roberto, riendo más serio.

Gracias al horario de verano recién aplicado, Roberto se dio el lujo de llegar casi a las ocho de la tarde a casa. En la entrada, junto al rastrillo, Laura esperaba. Roberto se detiene a un lado de ella.

— ¿Dejarían que Liliana me acompañe?— pregunta Laura.

— Pero ¿A dónde?— pregunta Roberto, volteando a mirar por un segundo a Liliana.

— La llevaré con Guzmán. Él quiere ser su socio en su nuevo proyecto.

— Ahí lo tienes— dijo Roberto, con orgullo, a Liliana—; tendrás a tu primer socio.

Liliana y Laura pasaron primero al laboratorio de Emilio, amigo de Laura; su larga cabella era poca cosa al relucir rubio. Emilio está tecleando las últimas palabras en el programa que da los resultados de la cantidad del químico que se necesita para desintegrar el marfil.

— ¡El esmalte, puff! Desapareció como si nada— confirmó Emilio al ver y mostrar la simulación de computadora, sobre el marfil.

Liliana no dejaba de dar golpecitos con los dedos en la mesa. Emilio corta y pega el programa simulador y los resultados en una memoria USB.

— Tengan cuidado— sugirió Emilio antes de entregar la memoria—. Lo que está aquí es un peligro en manos equivocadas. Yo no he dejado ninguna copia de esos programas en mi computadora. Ni se les ocurra subir los resultados a internet. Podrían crear una nueva arma química con esto.

En el automóvil de Laura, Liliana consulta los resultados en una laptop. Liliana ya quería hacer las pruebas definitivas, ni dejaba de ver el simulador, que muestra a un cuerno que se deshace parcialmente, aunque ella esperaba que en la prueba real, desaparezca un poco más. Al detenerse en la luz roja, Laura pregunta con seriedad:

— ¿Todavía quieres seguir?

— Ya dimos un paso importante, ¿no?

Laura no responde, mira la laptop. Aquí, sabía que aún se podría retractarse y evitar otro castigo. Pero de inmediato se dijo a sí misma: — No importa. Lo haré— y sigue conduciendo.

Van entrando a la plaza en dónde se celebran la fiesta brava. Liliana mira con grandes ojos al edificio.

Un empleado local les acompaña hasta cerca del ruedo, en dónde está un hombre mayor, con ropa deportiva, manejando una carretilla con una cabeza disecada de un toro. Uno de los dos adolescentes que se preparan, hace uno de sus mejores movimientos. Y las personas que están ahí para ver la cátedra, gritan: —“Ole”

— ¡Señor Guzmán!— grita el empleado— Lo busca la “señito” Laura.

— ¡Ya voy! — contesta el hombre de la carretilla, la cual se la deja a otro hombre más joven.

— Dichosos los ojos que te ven— expresó Guzmán al saludar a Laura.

— Sólo para que no digas— expuso Laura sonriente—. Así cómo las reglas de la secta castigan, también compensan.

— ¿Y quién es la damita?— pregunta, extendiendo la mano hacia Liliana.

— Es la socia que esperabas, Liliana. Liliana, él es Leo Guzmán.

— Mucho gusto señor— saluda Liliana y Guzmán le responde con un beso en cada mejilla. Ella queda sonriente, junto a Laura.

Liliana ha recordado que ser socia, en la secta, es el ayudar a un integrante desertor o expulsado, para regresar a la secta con un proyecto en conjunto.

— ¿Aun enseñando a matar toros?— pregunta Laura con seriedad.

— Ya sabes que hay mañas que no se quitan de la noche a la mañana.

Laura se quedó complacida con la respuesta de Guzmán. Pues el tema a discutir es otro y no quiere echar a perder la oportunidad.

— Está bien— dijo Laura más calmada— necesitamos tu colección de marfil para hacer pruebas.

— Sólo tengo una duda— expuso Guzmán—. ¿Después de esto regresare con mi último rango?

— No— contesta Laura—. Tal vez te quiten dos rangos. Pero ya sabes cómo ascender nuevamente.

— ¡Pos hagámoslo!— expresa Guzmán.

CAPÍTULO 8

Laura ha dejado que uno de sus cuartos solos, sirva de laboratorio improvisado. Liliana veía cada una de las figuritas de marfil que Guzmán ha donado a su proyecto. Una tiene un grabado del apellido Guzmán. Y otra fue tallada para tener el retrato de Leo, su esposa e hijo; y una más de un elefante con su cría. Ambas se colocan dobles guantes de látex, hasta doble ropa anti químicos peligrosos. De haber podido, se hubiesen puesto doble mascarilla o dobles filtros anti gas.

Laura ya tenía una muestra del químico, según las especificaciones de Emilio. Liliana elige la figura del elefante con su cría para la prueba y la sumerge en los químicos. Temblorosa, Laura le ayuda.

— Necesitamos esperar— confirmó Laura. Dejando una cámara de vídeo que enfoca a la figura de marfil—. Yo la iré revisando.

Esa misma noche, Liliana con el cuento en mano, pregunta.

— ¿Hasta dónde escuchaste?

— Desde: "A lo lejos"— contesta Verónica—. Y de ahí no recuerdo más.

Liliana busca la página, ella sabe de qué parte es. La encuentra y sigue:

A lo lejos vi una enorme silueta que se dedica a acomodar una de las tantas feas jaulas solas. ¡Qué susto! Tiene piernas de al menos dos metros, que doblaba para levantar otras jaulas, la talla de su ropa me hiso pensar que es muy corpulento; tan solo sus palmas podrían cubrir mi cabeza; y su rostro, como la de un humano, sólo que su largo cabello parecía que jamás se despeinase. Del poco tiempo que le vi su rostro, no parecía gustarle el estar acomodando esas jaulas.

Se acercó a mi jaula, con un tablón y un trozo de carbón. Sin dejarme de mirar, escribió algo en la madera y a éste lo ató en lo alto de los barrotes. Me era imposible leer su texto. Él se aleja y le grité:

— ¡Oye, espera!

Él volteó y me miró por unos segundos, sin decir nada, se alejó y se perdió entre las jaulas solas. ¡Qué mal educado!, pensé. Es el primer enemigo con el que quiero dialogar y él ni me dice algo.

¡Pues qué más da!, a sentarme. De repente, un león sale corriendo de entre los árboles y una leona le persigue. Son la pareja perfecta, pensé al verlos juguetear. En segundos, unos barrotes los rodearon y el león se esfumo. La leona rugía con todas sus fuerzas. Su jaula avanzó hasta la mía. ¡Ahora sí, yo estaba con los pelos de punta!

El choque de las jaulas me heló las venas, era otra jaula que se alineó con la mía. Al fin me pude mover, al ver que eran gallos y gallinas. ¿Los capturaron todos juntos? Pues yo conté cinco parejas.

Una parte de los barrotes descienden, al menos ahora hay más espacio. Las aves picoteaban el piso, encontrando el poco alimento. Yo me les acerqué, pero ellos se alejan y no como lo hacen las gallinas, corriendo de un lado a otro, sino que se arrinconaron en su jaula. Me alejé y ahora se disiparon en una pequeña área. El rugido elevado al cielo me dejó paralizada. La leona pasó a mi lado y se echó entre los ovíparos y yo.

— Son todos tuyos— le dije a la leona, alejándome sin dejar de mirarle y probando mi guante. Quedé asustada e intrigada; asustada porque mi guante aún no funcionaba e intrigada por que la leona no nos ha atacado.

Los ovíparos se paseaban alrededor de la leona. Una gallina, a la que le brillaban sus plumas, la seguí, la quería tocar, me golpeé la espalda contra los barrotes al retumbar la jaula a causa del nuevo rugido. La gallina se alejó.

— ¡Ya te dije que son tuyos!— le grité a la leona.

La leona se volvió a echar, descansando los ojos. Las gallinas seguían paseándose alrededor. Y yo; mejor no digo nada, hasta mi corazón ya ni se sentía.

¡Pero qué susto! Me desperté tan cerca de la leona. Sin mis agallas, me hice a un lado, y me golpeé mi mano paralizada. La leona se movió poquito y yo me puse a gatear. ¿A gatear con las dos manos? ¡Sí, así fue! Mi respiración se aceleró. Con la mejor de las sonrisas me burle de mí misma. ¡Lo único que debí hacer, era darle un golpe leve a mi guante!

¿Y los gallos y gallinas? ¡Ya se los comió! Y ahora que quedé yo, seré la próxima.

— ¡Adiós!— me despedí al ir doblando dos barrotes.

Ya casi salía, un cacareo me hizo mirar hacia la leona. ¡Una gallina!, me alegré al ver a ésta. Me acerqué y todos los ovíparos están echados del otro lado de la leona. Recogí un poco de maíz y les llamé la atención, poco a poco me seguían. Ya estábamos reunidos en la última jaula, pero no a salvo; fui doblando los barrotes para separarnos de la leona, que no me fue fácil con tantos rechinidos. Miré cómo las gallinas se volvieron locas, cacareando sin parar. Volví la vista a los barrotes y la leona ya estaba parada en sus patas traseras, pasó una de sus garras entre los barrotes y me golpeó.

¿Otra pesadilla?, me pregunté al levantarme con mucho esfuerzo. No, me respondí sintiendo mucho dolor abdominal. Necesitaba más ropa, pues ahora tuve que vendarme las heridas con una camisa. Como toda una adolecente berrinchuda, quite más barrotes y los arrogue tan lejos cómo el coraje me obligó. Los ovíparos y yo salimos, pero ellos huyeron. Yo también quería correr, era mejor que no lo hiciera, cada paso me lastimaba.

Recordé el letrero que colgó el ser, lo leí y decía: "especie en peligro de extinción. Nivel de peligrosidad: siete". Miré el letrero de la leona y decía que no estaba en peligro de extinción, y era nivel cinco. ¿En serio soy más peligrosa que una depredadora?

— Se te escaparon tus presas.— me dijo el ser, que estaba a mis espaldas—. Tanto que esperaste y por poco eres tú la presa, ¿no las atraparas?

— ¿Quién eres?— le pregunté, mirando sus ojos azul profundo.

— Joshua, el pacificador— me respondió cruzando los brazos—; y tú eres Casandra, la cazadora.

— ¿Yo la cazadora?— le reclamé una explicación.

— Tú y tu especie. Matan a los menos peligrosos para satisfacer sus asquerosos hábitos alimenticios.

— Pero yo no cazo ni como carne— le expliqué.

— ¡Que extraño!— exclamó Joshua, mirándome de arriba a abajo—. Toda tu especie disfruta de cada animal que encuentra comestible. Y si no eres carnívora, ¿por qué esperaste tanto a por las gallinas?

¿Esperar, yo? Por mí, ni siquiera me hubiese dejado atrapar.

No me había dado cuenta, pero Joshua tiene una voz muy grave y lenta, pero muy clara.

— Antes, en mi casa, teníamos gallinas y las correteaba por pura diversión. Las de aquí me parecieron muy bellas y las quise apartar de su depredador.

— ¡Muy típico en los humanos!— alzó la voz Joshua—. Tú eres la devoradora; las gallinas, tus presas; la leona es la protectora.

Quedé muy confundida. ¿Se supone que ahora los leones no comen carne? ¿Entre los animales se protegen?

— Hay algo mal en tu acusación; la gente come carne para sobrevivir en este mundo hostil. Yo jamás he comido ni comeré carne. Si los animales se protegen entre sí, de los humanos, lo entiendo.

— No, aún no lo has entendido. Yo debo mantener a todas las especies, con vida, pero los humanos no son fáciles de tenerlos alejados de los problemas. Estoy cansado de enjaular y estudiar a cada especie que pasa por aquí. Mi peor disgusto es tener que enjaular a ciertas especies para alejarlas de otras. Y tú, fuiste la más difícil de estudiar. Carlota me dijo que serías todo un problema.

¡Carlota! ¿Con que ella fue?, me pregunté sin mucho asombro y sí con rabia.

— ¿Por qué una persona tiene rabia hacia alguien?— interrumpe Verónica.

Liliana se le queda viendo a Pamela, piensa en una aceptable respuesta y contesta:

— Casandra se siente muy mal porque Carlota le ha dejado enemigos que ni se merecen ser atacados.

— Aun así, una persona no debería sentir rabia contra otra persona, ¿no crees?— expuso Verónica.

Liliana y Pamela se quedaron mudas por un rato, Pamela le da una explicación a Verónica:

— Tienes razón, — luego le reprochó a Liliana: — esa frase no debe existir. ¿Verdad?

Liliana contestó positivamente con la cabeza, miró la libreta y siguió con el cuento:

— Algo extraño si pasó— explicó Joshua—, la leona no te atacó primero. Carlota también me dijo que cualquier especie reconocería un arma con la que tú destruyes a tus rivales.

— ¿Un arma?— pregunté al buscar entre mi ropa y tocando mi mochila.

— Sí, algo que llevas siempre contigo y que es la fuente de tu poder.

Ahí supe que se refería a mi brazo ortopédico, el cual le mostré. Él lo miró con asombro, luego con mal gesto. Quiso tocarlo, se detuvo y se alejó.

— Hay una sola explicación— le dije—, uno de los barrotes golpeó mi guante y eso lo descompuso. Yo jamás la hubiese atacado primero, sólo me hubiese defendido.

Joshua se posó un paso atrás y dijo:

— Sigue con tu camino.

— ¡En serio! ¿No pelearemos?

— No. ¿Tú quieres luchar?— me preguntó en tono desafiante.

— No. Se supone que debó derrotar a cada contrincante que Carlota ha dejado, o al menos eso supongo, bajo los cuatro planetas, los cuales también son mi guía para llegar hasta ella. Ya me he encontrado con dos rivales, aunque solo el primero, ¡primera!, terminó en convertirse en roca. Tú eres el tercer enemigo.

— Yo no vivo aquí. Viajo por todo el mundo. Carlota me convenció de quedarme aquí y esperarte. Y todo por contarle sobre lo que sé hacer: crear proyecciones sólidas con sonido y olores. Que sirve de señuelo para capturar y estudiar cada especie.

— ¿Y tú a que especie perteneces?— le pregunté con ánimo a no enfurecerlo.

— Mi… escasa especie es el resultado de las dos últimas guerras.

— ¿Cómo qué de dos guerras?

— Éramos humanos cuando al tiempo todavía se le reconocía por fecha y hora. Una guerra en la que llovían explosiones terminó. Luego, aun cuando la gente veía con ternura a sus enfermos y mientras nos refugiábamos bajo tierra. Llegó la segunda guerra, sólo que esta vez ya no llovía, sino que se alzaba y retumbaba desde nuestro, hasta entonces actual, subsuelo. Ahora ni se quiere hablar de quien lo empezó todo. Pero si se sabe, que a ese alguien, se le ocurrió que sería una buena idea arrasar a los pueblos enemigos desde abajo. Los enfermos sufrían más, ¡adaptándose! Para concluir en una mutación, es decir, nosotros. Mis familias más viejas hablan de que regresamos a la superficie al terminarse los últimos tres millones de años. Yo no lo creo tanto, pero yo no soy el que debe dudar, ¡jamás guardé el tiempo en objetos!…

— ¿Qué significa eso de guardar el tiempo en objetos?— volvió a interrumpir Verónica.

Entre las tres intercambiaban miradas. Liliana se quedó mirando a Pamela.

— Se refiere a los relojes— contestó Pamela.

Liliana estaba satisfecha, no solo por la respuesta de Pamela, sino porque ésta le entendió que respondiera. Pamela comprendió que si ella era la que estaba leyendo el cuento, ella misma debía responder ésta y otras preguntas, dando su propia opinión. Liliana prosiguió en donde Joshua daba su respuesta.

— No tenemos nombre para nuestra especie. ¿Y por qué? No lo sé, tal vez sea por engreídos. Pero así nos separamos de tu especie y de las otras.

— Pues, no sé qué decir— ¡y lo dije en serio!

— Lamento no ayudarte en más. Yo seguiré con mi propósito, tú con el tuyo y Carlota...— Joshua hizo una pausa, mirando su puño— será mejor que ni la vuelva a ver. Me mintió para usar mis poderes contra ti y eso no es correcto.

— Te juro que ella pagará.

— Tú no esperes a que yo te crea. Yo sí esperaré buenos resultados de ti— como una mariposa, una sonrisa se posó en su cara y siguió acomodando jaulas.

Quise despedirme más formalmente. Él se quedó tan atento en sus deberes, sin hacerme más caso. Mejor lo deje así, entendí que esa era su forma de despedirse.

Liliana cerró la libreta, Verónica se queda pensativa.

— Me gustan los cambios. Así déjalos.

Liliana le responde afirmativamente con la cabeza.

— Sí, a mí también me gustan.

Verónica se recuesta y le dice a su madre:

— ¿Bajarías un poco el frío?

— Sí, ahí va— contestó Pamela al ajustar el termostato a una temperatura más cálida.

Del termostato de la habitación de Verónica, nos vamos hasta el termostato del laboratorio improvisado de Laura, en el cual, ella busca una temperatura más fresca.

En la grabación de la cámara, Laura busca una imagen que le indique que el marfil se fue desintegrando, pero la solución se volvió muy opaca. Liliana, con sus dobles guantes de látex y con unas pinzas, agita la solución gris de los químicos, en busca de un trozo de marfil. Laura logra ver unos trozos que nadan en el líquido y ayuda con otras pinzas.

—Tengo algo— afirmó Laura—. Pero está muy resbaloso— reafirma al intentar elevar ese trozo.

Liliana encontró el trozo de marfil, guiándose por las pinzas de Laura. Sincronizas, elevan poco a poco el marfil. Laura se estira y consigue coger una charola metálica que sostiene junto al recipiente de los químicos, para depositar el marfil.

— ¿Será suficiente?— pregunta Liliana.

— Tú dímelo.

Las patas, la trompa y los cuernos de la figura del elefante y de sus crías, han quedado reducidos a nada; la cabeza y el torso son una versión más pequeña de lo normal, pero sin forma. Liliana recarga sus manos desnudas en la mesa y su mentón sobre las manos, ve la pieza más grande y otras pequeñas y filosas, y dice:

— Los cazadores y los compradores de esto no querrán algo que se desintegre en sus manos y que las partes pequeñas los lastimen.

— Sí, son piezas muy peligrosas— expuso Laura—. Podrían cortarte las entrañas.

— ¡Ahora necesitamos una frase inspiradora y desgarradora!

— ¡Ya sé!— propuso Laura— "Si no dejan de cazar elefantes, se desintegrará todo el marfil en sus manos"

— Sí— aprueba Liliana. Queda pensativa y rectifica: — No, mejor no. ¿Qué tal? "Marfil mal ganado, marfil de fin incierto"

— No, mejor: "Un presente tallado en marfil, es un futuro sin elefantes"

— Es bueno, pero puede mejorar. Nos quedaremos con esa frase por ahora.

— Vayamos a la casa de Salvador.

Entre un invernadero bien cuidado, hogar de bellas plantas. Y una bodega descuidada pero sin puerta al exterior, la casa de salvador resalta por sus esquinas curvas, los dos pisos superiores sobresalen un poco de las orillas. En la azotea hay paneles solares que siguen al astro rey como unos girasoles.

Al abrir la puerta, Salvador lleva su ropa llena de pintura multicolor. Salvador es reconocido en foros, por sus proyectos en busca de la "verdad". En uno de sus proyectos más famosos ha buscado los indicios que dejó Nickola Tesla para recrear la verdadera máquina que captura la electricidad de la ionosfera. Salvador y sus seguidores solo han encontrado pistas falsas. Seguirán, pero sus esperanzas se van cortando.

En la sala, Salvador les ha invitado una bebida de varios sabores que él inventó, pero que no ha querido patentar ni comercializar.

— ¿Aún no terminas de pintar tus esculturas?— cuestiona Laura.

— Las esculturas ya las terminé de pintar desde hace mucho— contesta Salvador mirando su propia ropa—. Ahora estoy pintando un automóvil.

— Salvador también es artista— le comenta Laura a Liliana—. Fue a la chatarrería de mi abuelo y casi se compró todo lo que vio.

— ¿Ya sabías?— preguntó Salvador mirando a Liliana—. El Maestro es el abuelo de la Laura.

— ¡Sí, yo se lo dije!— contesta Laura con enojo gracioso.

— Y gracias a ella me hicieron un descuento. Esperen, voy a cambiarme— dijo y subió por las escaleras.

Liliana no dejaba de admirar la pantalla plana, que en su marco tiene bronce oxidado, en su parte superior le sobresalen bulbos que indican la hora, el canal actual y el volumen. En un vistazo más detallado encuentra un escritorio en un rincón; el escritorio parece ser de madera, pero es metal martillado; el monitor es parecido a la pantalla, pero éste tiene remaches en el marco; la torre pc es más parecida a una pequeña estufa de leña, sostenida por tubos de cobre que salen de la pared; y el teclado se veía como una máquina de escribir antigua. Muchas cosa modernas a su alrededor han sido modificadas para aparentar ser viejas. Hasta hay un mueble con libros, a los que les ha puesta una cubierta con diseño de madera y metal. También, sin dejar de pasar a las innumerables antigüedades que decoran las paredes, en las repisas, estantes y sobre los muebles.

— Pues bien— dijo Salvador al ir bajando las escaleras— ¿El objeto de su visita es?

Laura le da un golpecito en el hombro a Liliana y ésta contesta:

— Tengo un proyecto para mi segundo rango.

— Se adelantó, pero es bueno su proyecto— complementó Laura.

— Y te necesitamos para que divulgues unas historias sobre el marfil. Queremos que la gente crea que el marfil es efímero y hasta peligroso. Por… no sé, diciendo que la naturaleza está cobrando factura de nuestros actos.

— Pero que no es cierto, ¿cierto?— confirma Salvador, ellas solo le miran directamente a los ojos y él entiende la respuesta.

Salvador notó que ellas esconden su tensión y les pregunta:

— ¿Tienen miedo?

Ellas se miran con rapidez y convulsionan entre carcajadas.

— No, ¿por?— cuestiona al fin Liliana.

— Se ven un poco…

— No— interrumpe Liliana—. Mi único miedo es caer de una motocicleta o de una bicicleta y quedar paralitica. Me siento como una persona súper, muy vida.

Salvador y Laura comparten una mirada y ríen, seguidos por Liliana.

Después de tres semanas, han conseguido que Simón, un maestro universitario, diera su testimonio, con ayuda de un vídeo en el que se muestra a su colección de marfil desquebrajarse, soltando diminutas espinas; Maira, ex directora de la casa de la cultura y actual comerciante de marfil y otros cuantos más han dejado su vídeo. Con esto, Salvador prepara su presentación.

La filmación comienza cuando Salvador está frente a su computadora, con su mejor ropa.

— Protestar seriamente por la inseguridad, la falta de oportunidades y por la pobreza que sufre este país, ahora tiene un nuevo amigo— él muestra la charola con los trozos de marfil que Laura y Liliana obtuvieron de su experimento—. La madre naturaleza reclama, nos llama la atención, expresándose de maneras poco ortodoxas. Por lo que tengo aquí, no cabe duda que la sobreexplotación del marfil ha llegado a su límite. La naturaleza grita: ¡No más! Y sí esto no les es suficiente, vean esto.

Salvador prepara el primer vídeo, en éste se ve a Simón mostrando su marfil destrozado en su mesa y narra:

— Jamás creí que esto pudiese pasar, jamás lo hubiese imaginado. Ahora me arrepiento de comprar la belleza material de algo que no nos pertenece.

Guzmán es quien sigue, mostrando el retrato de su familia tallado en el marfil, éste se ha convertido en pequeñas piezas desde adentro del marco y narra:

— Yo he pasado mis últimos treinta años dando batalla, en donde casi siempre el ganador es el torero. Consumiendo las ovaciones que esto me daba como alimento espiritual. Un elefante no se podrá torear. Pero un elefante si dará batalla para defenderse y proteger su familia. Que deprimente es darse cuenta, tan tarde como yo, de que la comercialización del marfil nos hace ver como deportistas elegantemente falsos y semilleros de nuestro propio necrópolis.

Y Maira muestra su edificio, tallado en un cuerno entero, que se ha rajado y soltado espinas.

— Yo tengo un trato especial con cazadores furtivos: adquirir las mejores piezas de todo el mundo. ¿Y saben qué? ¡Cancelaré todo! No quiero ser partícipe de la nueva crisis. De la que seguramente habrá bajas humanas. ¡Por favor! Únanse, antes de que sea tarde.

Salvador cierra su presentación con una frase, la que han mejorado:

— Las pruebas ahí están, amigos. Deseo de todo corazón que se comprenda, se reflexione, pues recuerden que: "Un estilo de vida grabado en marfil, es un trágico destino grabado en nuestras vidas".

En todo México se ha desatado la polémica en los pocos días que ha circulado el vídeo de salvador en la red. Hasta llegar a manifestaciones que reúnen a cientos de personas de varias partes de Latinoamérica.

SALIA133 se ha sumado con un vídeo en el que relata que la colección de marfil de su padre se ha hecho trizas. El grave problema, es que esa colección había sido comprada por un narcotraficante y éste, al ver la colección apilada en astillas, ordenó la muerte de su padre. SALIA133 cerró el vídeo con la frase: "Y todo por el maldito marfil"

Y STEBAN´S_CREW demostró que los fragmentos que perdía su única figura de marfil, eran tan finos, que si se inhalaban o se ingerían, podrían cortar la garganta o las vías respiratorias. Con fotografías dio a conocer las heridas de sus propias fosas nasales ensangrentadas.

Defensores de la salud pública resaltaron el peligro de comprar marfil. Liliana pensó fríamente en que con todo esto será suficiente para evitar la matanza de animales. Aunque Laura presiente que falta algo más.

CAPÍTULO 9

Salvador sube a su automóvil, lleva consigo un estuche mediano, que deja en el asiento del copiloto. Viste una camisa azul y un pantalón de seda con un planchado impecable, algo que hasta le incomoda. Con su peinado perfecto, al que le dedicó media hora. Y rematado con un perfume que su última novia le había regalado unos días antes de su ruptura amorosa. Él pensaba que no tenía nada de malo el usar ese perfume.

Desde lo lejos, Salvador vio que unos trabajadores están desmantelando las vallas que resguardaban el ganado de Roberto, negocio que mantenía por los últimos ocho años. Salvador tardó unos segundos en recordar la promesa de Roberto, la que Laura le hiso jurar, que al obtener el apoyo en su negocio del dulce macizo de guayaba, se desharía del negocio del ganado.

Bajo el techo estelar, recostados en sillas en medio del patio de armas, Liliana y Salvador han dejado de reír de su última plática. Salvador cruza los dedos entre ambas manos, se reajusta el cuello de la camisa, una y otra vez. Liliana le miraba cómicamente de vez en cuando. Hasta que ella decide romper el hielo:

— ¿Y tu futuro amoroso?

— Eh, yo— Salvador reacciona torpemente, se ajusta la espalda y continúa con calma: —. Se puede decir que no tengo prisa.

Salvador se peinaba con ambas manos, frunciendo la boca y en espera de que su última respuesta no le haya molestado a Liliana.

— ¿Así lo ves tú?— preguntó Liliana en espera de una mejor respuesta.

— Mí pasada relación fue una locura, en el mal sentido. Y ahora quiero despejar mi mente.

Liliana se sentía incomoda. Esperaba que Salvador hubiese tenido contemplada una bella relación entre ellos dos. Salvador realmente estaba enojado con su pareja anterior, pero no iba a permitir que todo eso le impida vivir con la pareja de sus sueños.

Salvador miró que la luna está en su punto más alto y de cuerpo lleno, se levantó, seguido por Liliana y le pidió a ella:

— Espera aquí y cierra los ojos, por favor.

Liliana siguió estas órdenes, escuchó que se abrió y cerró la puerta del coche. Y como si una caja golpease el piso. Ahora escuchaba que se abría un maletín, lo supuso por los broches metálicos. Luego distinguía como si estuviera acomodando o instalando algunas piezas metálicas.

— Listo, ya puedes abrir los ojos— ordenó Salvador.

Lo primero que vio Liliana fue un soporte de cámaras, en donde se apoyan unos binoculares muy ostentosos con grabados de plata. Salvador está parado junto a estos, con una tableta electrónica en su mano izquierda.

— ¿Binoculares?— cuestiona Liliana— ¿Para qué?

—Te encantará— contesta Salvador—. Veras que hasta en el espacio eras una reina.

Ahora Liliana ya escuchaba proposiciones amorosas, pero no quería apresurarse a dar malas interpretaciones, no frente a él.

Salvador enciende la tableta y activa los binoculares; en la tableta abre una aplicación llamada: MOON MASTER, él hace varios ajustes con esta aplicación; en los binoculares se escucha un ruido de servomotores, ruido acompañado con una luz que se torna roja, cambia a amarilla y luego queda de color verde.

Salvador quita los binoculares del soporte y se los entrega a Liliana y le da indicaciones:

— Mira a la luna con ellos.

Liliana baja, por unos segundos a los binoculares y mira con grandes ojos a Salvador. Su sonrisa no cabía en su rostro y volvió a mira a la luna.

— ¡No te lo puedo creer!— expresa Liliana sin dejar de mirar a la luna— ¿cómo hiciste eso?

— Pues— contesta Salvador, pero se pone a pensar a que se refiere ella y le pregunta: —. ¿Cómo hice los binoculares?

— ¡No!— contesta Liliana con manos temblorosas— ¡Para poner mi nombre en la luna!

— Yo. Nada. Sólo las encontré.

— ¿De verdad? ¡Es increíble!— expresa Liliana sin dejar de admirar la luna.

— Sí, por eso te dije que hasta en el espacio eras una reina.

Y así es, unas rocas de pocos metros de largo, forman la palabra: "Lili" en la superficie lunar, claro, escondida entre otras rocas.

Salvador, mirando el rostro de Liliana iluminado por la luna, le comenta:

— Tal vez es una casualidad o a lo mejor los lunáticos ancestrales idolatraban a una diosa llamada Liliana, que, solo por amor, la nombraban Lili.

— ¡Eso es fantástico!— expresa Liliana dejando de mirar por los binoculares—. También en la tierra me pueden idolatrar.

Y como un rayo, Liliana chocó sus labios con los de Salvador, y así de rápido, se alejó. Acelerada y con torpeza, Liliana trató de disculparse:

—Ah... yo... no. Lo siento.

— ¡Gracias!— agradeció Salvador con un posterior candado en la garganta.

Salvador fue más cauteloso al robarle un certero beso a Liliana. Ambos quedaron refugiados en los brazos del otro por tiempo indefinido. Salvador se calmó, acercó el soporte a Liliana y le dijo:

— Es un invento mío. Las lentes son de diamante, yo mismo los tallé. Hay un láser que invade al diamante y así se pueden alcanzar ese zoom y la alta definición. Y te lo quiero obsequiar. Con la condición de que busques en la luna, en Marte, Júpiter, Saturno y hasta en las estrellas, mi nombre. Para que nos convirtamos en los amantes intergalácticos.

Liliana se burla ligeramente de lo último que dijo Salvador, él se da cuenta y afirma:

— ¡Ya sé, no soy bueno nombrando las cosas!

Salvador le dio unas clases rápidas de cómo guardar las coordenadas y las imágenes en la tableta electrónica. Y demás usos.

Por varias noches, a veces en compañía de su familia, Liliana ha buscado por varias partes de la luna y Marte; concentrándose más en la luna. Ella ha registrado las coordenadas de lo que, para ella, ha sido lo más interesante.

Han encontrado las pirámides y los míticos bosques de los que tanto se habla en la red. Hasta encontraron lo que parecen ser unas ruinas. A Liliana le pareció una buena idea subir un vídeo con imágenes de sus descubrimientos.

Los visitantes del vídeo de Liliana se ven ochentaiocho porciento a su favor. Siendo el primer vídeo que sube por su cuenta y desde el principio, trata de pasar por alto a los comentarios negativos. No trataba de convencerles, ni por error. Pero explicó que las imágenes son sólo descubrimientos independientes y que por lo tanto no tenía una explicación.

Liliana dejó de leer definitivamente hasta que encontró un comentario que decía: "Es increíble la desesperación de unas personas por llamar la atención. Yo no veo con respeto a esta gente, y menos sí las conozco en persona", éste comentario está bajo el seudónimo de: Sandra_#_one.

En su media jornada de trabajo, Liliana conduce la camioneta cargada de la cosecha de elotes. La lleva hasta el fuera de la fortaleza del castillo, en espera de Roberto, él la llevará a venderlos. Laura llega en su auto, y tan pronto reconoce a Liliana, se baja y se para junto a la ventanilla y le pide:

— ¿Podemos hablar?— su voz es acelerada y forzada.

Roberto se fue solo. Liliana y Laura se quedan a conversar, en la sala del castillo. Liliana ha contado lo que pasó en su vídeo. También le contó sobre el seudónimo del usuario: Sandra_#_one, con éste, Laura ha confirmado su sospecha.

— Esta tipa ha estado fregándoles la vida a Salvador y a sus amigos desde que terminó con él.

Ahora Liliana ha comprendido porque lo de Salvador.

— Y eso no es lo peor— incluye Laura—. La misma Sandra dice que va a desmentir el proyecto que tú tienes actualmente funcionando contra el marfil. Y que pronto mostrará pruebas.

— ¡Maldita Sandra!— exclama Liliana.

Laura ni se asusta con lo que dijo Liliana, ella también quería decir otras cuantas malas palabras.

— ¡No me digas que pertenece a la secta!

— Lamentablemente— contesta Laura suspirando profundo—, sí.

— ¿Y la podemos detener?

— Sí. Yo te aviso cuando tenga algo en mente.

Sandra es reconocida por un fraude que ella misma orquestó años atrás. Había elaborado un proyecto para vender calentadores solares a un precio muy reducido, apoyada por patrocinadores. Al principio fue un gran éxito. Varios meses después, empezaron los reclamos. La vida útil de los calentadores había llegado a su fin, nadie pudo respaldar las garantías. Sandra fue señalada cómo la única culpable. Ella obtuvo buenas comisiones, aunque se arrepintió y devolvió sus ganancias, fue degradada. Éste fue su principal enojo. Salvador terminó su relación con Sandra, ésta quiso volver con él. Salvador se mostró determinante en su decisión, y para ella, esto fue la gota que derramó el vaso.

Liliana sentada a un lado de Verónica; Pamela y Roberto del otro, pero ahora Pamela es quién leerá el cuento. Liliana ha pasado una parte de su cuento a la computadora e imprimido en cuatro hojas, para que Pamela no tenga problemas al leer.

— No es un cuento muy largo— expresó Verónica—. Pero estoy ansiosa de conocer el desenlace.

— Yo sólo espero que no haya contenido inapropiado— dijo Pamela un poco seria, mirando a Liliana.

Liliana sonríe penosa, recordando que Pamela leyó la parte de la repoblación.

— Hoy no dormiré— expresó Verónica con energía.

— No— reprochó Pamela al acomodarle la sábana—. Sólo te leeré una parte— confirmó y empezó:

Después de tanto caminar, de pasar hambre, sueño y frío; y claro, de pelear contra mis especiales rivales, he llegado a una estación de tren. Me dio más frío al ver a tantas familias abrigadas. Era razonable, nadie negaba que en la noche se concentrara más el frío.

Recordé cuando me quedé jugando con las lágrimas congeladas de las nubes. Luego ayudé a unas familias a limpiar la entrada de sus casas, me dieron de comer, me pagaron con ropa y con un poco de dinero.

A mi nueva terca hambre la calmé con dulces que compré con una vendedora en la estación. No pude retener una que otra lágrima, ante tantas familias unidas. Necesitaba una distracción y me puse a leer las envolturas de los dulces.

El tren llegó, expulsando más vapor de lo que yo sabía que echaban. Esperé hasta que mucha gente subiera. En el vagón de en medio me subí. No necesité buscar asiento, pues era el único disponible. En donde no había lugar era en los maleteros: maletas sobre maletas, bolsas atadas a los lados y canastas colgando, ¿qué pasaba, se mudaban a otro poblado? ¿Esta gente huía de alguien o de algo?

Me quedé con mi mochila y hasta descubrí un compartimento, en el que había una libretita deshojada. La acomodé, cómo pude y leí que Carlota no solo fue desterrada de su hogar, sino que también sufrió el despojo de la mayoría de sus poderes. ¡Qué bueno! Ahora sé que ella no es tan poderosa. Quise pensar, al instante, que mi mamá había dejado esa libreta, en la mochila, a propósito.

Golpes de maletas y de tantas cosas, más los gritos, sirvieron para despertarme, y no solo a mí, también a muchos más. El tren ha frenado sin remedio. La gente recogía y acomodaba sus cosas. No sé cuánto me quedé dormida, miré por la ventanilla y aún seguía oscuro, acompañado de un manto gris. Yo me acurruqué.

Al fondo del vagón, la gente gritaba pidiendo auxilio. Una mujer gritaba pero sin ton. Con mi mochila en hombros, corrí hasta allá. Un asiento había colapsado y prensado la pierna de una niña casi de mi edad. ¡Pero por supuesto que el asiento colapso! Las patas estaban muy oxidadas.

— ¿En qué puedo ayudar?— le pregunté a la madre de la jovencita lastimada.

— ¡No estorbes niña!— me gritó la señora al empujarme.

Unos señores tratan de levantar el asiento, sin ningún buen resultado. Uno de ellos miró detalladamente y confirmó:

— La pata se dobló y se atoró con los resortes.

— ¡Necesitamos una barreta!— gritó otro señor.

La mayoría de los curiosos se dedicaron a buscar la barreta esa, así que me dejaron ver a la jovencita y a su cara pálida. Hasta la mamá de ésta se retiró. Aproveché y levanté el asiento. La jovencita gritó un poco cuándo retiró su pierna. El señor que encontró la barreta, fue quien llegó primero y parecía un muñeco, mirando el asiento, luego a mí, otra vez al asiento y después a mí. Los demás llegaron y me preguntaron:

— ¿Tú hiciste eso?

La madre de la jovencita llega luego, cuándo yo dejaba el asiento en su lugar. La señora se da cuenta que su hija ya tiene ambas piernas acurrucadas junto a su pecho y se inca frente a ella para cubrirle la herida.

— Volví a hacer otro intento y lo logré— les conteste al fin. Mintiendo, la pata estaba muy atorada con los resortes.

Algunas personas me miraron y me adornaron con felicitaciones y gratitudes. Otros sonrieron entre sí y aplaudían. La señora me sujetó de los hombros, no pudo el evitar tirar sus lágrimas, me abrazó mientras se disculpaba y me agradecía.

Nos enteramos que una de las vías se había separado. Quise ayudar pero ya estaba trabajando en eso un equipo de mantenimiento. Los pasajeros se quejaban, regresando al tren.

Después de aplicarle un antiséptico y de darle un medicamento para el dolor, la jovencita fue bajada del tren y se la llevaron a toda prisa al condado más cercano, que curiosamente es el poblado de ellas. Yo les acompañé, ¿qué tanto me podría tardar? El médico estaba muy cerca de donde se quedó el tren, pasando una colina. Mientras esperamos. La madre, quien se llama Dii, y yo platicamos.

— ¿Con quién viajas?— me preguntó Dii.

— Yo sola— le contesté al cubrirme las manos con las mangas de mi suéter—. Voy al condado de ALVIN.

— ¿Al condado de ALVIN? Pues quédate, con este clima no es bueno viajar. Si mañana está mejor, yo misma te acompaño. Ese es nuestro condado vecino. ¿Qué te parece?

Yo quedé un poco sería, Dii sonríe y me anima:

— ¡Ándale! Te compraremos el boleto para tu próximo tren

Yo acepté. Realmente no quería volver al helado tren. La jovencita, Syna, es curada. Le prestan una silla con ruedas y así nos vamos a su casa. El alumbrado público era la única guía para pasar las calles. Me tarde un poco para darme cuenta de que íbamos a cruzar un puente, miré a los lados y me recargue en el barandal para poder sentir el fulgor del agua calientita. No lo vi bien, pero algo pasó a toda prisa por debajo del puente. La gran manta blanca de neblina no me dejó ver hasta donde llegaba el gran charco. Casi tropiezo con unas escaleras que llevan al agua. Con esto, recordé que leí sobre un pueblo en el que por sus calles no caminaba la gente, sino que andaban en valsas para llegar a su destino.

Dii se adelantó y con sus llaves abrió la puerta de su casa. Detuvo la puerta para que yo metiera la silla de ruedas. Un hombre, de casi la misma edad que Dii, va bajando la escalera a toda prisa, se inca junto a Syna y le pregunta a Dii:

— ¿Qué le paso?

— Fue un accidente en el tren— contestó Syna al sujetarme de la mano—. Pero mi amiga Casandra me ayudó.

— ¿En verdad?— preguntó él, al instante en que se ponía de pie—. Pues, gracias— me estrechó la mano.

Aunque no era hora, devoré dos platos de comida. Luego me dieron alojamiento en una habitación.

Después de un buen baño, ¡un buen baño!, ¡cielos! hace muchísimos soles que no disfrutaba del agua limpia, y de un desayuno apropiado. Dii me acompaña. Su esposo y Syna se despiden de mí, desde la puerta de su casa.

Con la claridad que solo el sol es capaz de presentar en este día, vi el último planeta, que está muy cerca, en dirección al condado de ALVIN.

¡Qué lindo pueblo! La gente trabaja para levantar más casas de madera y fabricar muebles, muchas cosas son de madera. Ahora vi que el charco de agua es tan grande como una casa, hasta tiene un barandal por todo su alrededor. Me corregí a mí misma, al no ver valsas, lanchas o góndolas, ni nada parecido que sirviera de transporte.

— Ahora sí es un buen día para viajar, ¿no crees?— me expuso Dii.

— Sí— le contesté, busqué la libretita y un lápiz en mi mochila—. Quiero saber si…

Alguien me arrebató el lápiz… es un niño, ¡casi blanco!, corrió hasta el puente.

— ¡Tim!— le llamó Dii— ¡Ven acá!

El niño no hizo caso y desde las escaleras se tiró al agua. Ambas nos asomamos desde el barandal, el agua nos dejó ver al niño en el fondo. Él tenía su vista fija en nosotras. Dii le hacía señas, que el niño entendió, ya que él negaba con la cabeza. Una señora, de menor edad que Dii, se acerca y pregunta:

— Dii, ¿qué pasa?

— Qué bueno que llegaste, Laris. Tim no quiere devolverle el lápiz a mi amiga.

Laris encontró a Tim, hizo casi las mismas señas que Dii, el niño volvió a negarse y se escondió bajo el puente. Laris bajó por las escaleras. Para cuando el sol ya molestaba, Laris salió, con el lápiz en la mano, me lo dio y se disculpó:

— Perdona, perdónalo mucho. Mi niñato había perdido su único lápiz, pensaba quedárselo, pero lo convencí y listo.

— Se lo regalo— le dije a Laris, entregándole el lápiz—. De todos modos ni lo usaba.

¡Casi me espantó! El niño aparece detrás de su madre y extiende la mano, se lo dejé a él. Rayó una de sus uñas con el lápiz, me dijo adiós con la mano, yo le respondí y corrió hasta las escaleras. Antes de bajar, otro niño se le acercó, le quitó el lápiz y se alejó. Tim le cerró el paso.

¡Y eso! Los dos niños cobraron una postura desconocida para mí; su torso casi tocaba el suelo, y se movían con los pies y las manos. De frente, cada uno se retaba a quitarse el lápiz, ambos ganaban una y una, Tim movió el lápiz girándolo y el otro niño ya no pudo quitárselo, éste se fue y Tim bajo por las escaleras. Se quedó tanto ahí, que me provocó hacer la pregunta más obvia.

— ¿No se ahoga Tim?

— No— me respondió Laris—. Podemos vivir dentro y fuera del agua.

A paso lento, vamos saliendo del condado. Laris nos acompañó y me explicó que su familia, al igual que muchas personas más, se adaptó a vivir en ambas condiciones. Si debían escapar, se escondían bajo el agua; para buscar comida, salían.

Pasamos la colina. Un temblor nos hizo parar, Dii regresó hasta la cima y gritó con mucha preocupación:

— ¡No, otra vez no!

Dii volvió al pueblo y le seguimos. Mi tranquilidad se esfumó por completo al ver una especie de simio, tres veces mi estatura, éste golpea con poca fuerza a las casas y éstas caen sin mayor resistencia. ¡Casas tan débiles!, pensé. Yo no podía creer que con poca fuerza, las casas cayeran sin más.

La gente se alejaba, hasta salir del condado. Dii gritó con total pánico, al notar que el monstruo se dirigía a su casa. Yo dejé mi mochila en el suelo y corrí. El monstruo dio un golpe, pareció no gustarle que algo le haya impedido destruir la casa, quitó su puño y me miró. ¡Realmente no le gustó! Volvió a dar un golpe, golpe que muy apenas me movió. ¡Yo la fortachona! Le empuje y éste cayó de espaldas.

Más enojado que antes. El monstruo se levantó, corrió hacia mí, y con un puñetazo en vertical, trató de golpearme, ¡qué… lo esquivé por poco! No quería hacerlo, pero le di uno de mis mejores golpes, aprendido por tanta violencia contra mí.

El monstruo cayó al agua, miré como se recuperaba, nadó, y de un solo intento salió expulsado. Su sombra me cubría. Cayó.

Con vista nublada y el polvo alrededor mío, me levante tosiendo, entre los escombros. Sentí cómo la mano del monstruo me cubrió de la cintura al abdomen, me elevó. Con la vista mejorada, vi su rostro muy de cerca. No lo pensé tanto y le di un puñetazo. ¡Mi guante no sufrió daño! Él cayó, destruyendo dos casas. Y yo, bueno, caí con tan poca gracia, golpeándome las rodillas.

El simio parecía derrotado. Mucha gente volvió al pueblo. Laris y Dii me ayudaron a levantarme. El monstruo se movía, tembloroso de los brazos. La gente retrocedió y el monstruo quedó acostado entre las dos casas. ¿Qué el monstruo golpeaba lentamente? Sí, pero al parecer sus puños son muy pesados.

Dii me lo dijo, pero yo no quería ni mirar, pues se supone que quede muy herida. El doctor del pueblo me curó. Me sugirió que descansará. Yo no acepte, porque verdaderamente no me sentía tan mal.

Con la ayuda de los lugareños, quitamos al monstruo de las casas, lo dejamos sentado y lo atamos de pies y manos. Él despertó; la gente se alejó, pocos se escondieron detrás de las casas y de los escombros. El monstruo hace varios esfuerzos por desatarse. Yo me acerqué y él me preguntó:

— ¿Cuál es tu nombre? Tú, la humana con gran fuerza

— Casandra— contesté, aguantándome el dolor.

— ¿Casandra? Ahora lo veo.

— ¿Y tú quién eres? ¿Y por qué peleas contra esta gente?

— ¿Qué quién soy yo? Pues Leonas. ¿Pelear? Peleo la tierra, que no les pertenece a ustedes.

— ¿Y a quién le pertenece?— le pregunté con determinación.

— ¿A quién? No a quienes la maltratan.

— ¡Nosotros no la maltratamos!— grita mucha gente— ¡Sobrevivimos gracias a la tierra!

— Es cierto— intervine— Familias como la de Laris necesitan del agua y de la tierra.

— ¿Sobrevivir? ¡Mira a tu alrededor!— me dijo, yo vi las casas y lo demás, que no me pareció algo malo—. Han talado tantos árboles, que desaparecieron un bosque completo.

Yo lo tenía que ver por mí misma. ¡Era cierto! Hasta donde alcanzaba la vista, solo quedaron las bases y las raíces de los árboles.

No me di a la tarea de checar cuantos soles pasaron, pero al fin logré demostrar que se puede vivir en esa extraña secciones elevadas con ley de gravedad independiente. Hasta descubrimos, que allá arriba, se puede purificar agua sin necesidad de máquinas.

— ¿Qué te parece? — le pregunté a Leonas.

— ¿Qué que me parece? Yo quería eliminar a cada ser humano, para impedir que se destruyeran los unos a los otros, y de paso a la tierra. Jamás creí que vería de buen modo a los humanos. ¿Qué los humanos merecen sobrevivir? Sí, pero alejados de la tierra. Y tú niña de poderes sobrehumanos. Qué bueno que no te maté. Carlota te vio con malos ojos.

— Te dijo que yo era la mala— le confirmé furiosa.

— ¿Eso me dijo? No, me aseguró que eras la líder de los malévolos humanos.

— Pero ya sabes que no somos tan malévolos, ¿verdad?

Leonas fue el enemigo más difícil, claro que no luchamos a muerte, pero sí tuve que convencerle de que los humanos pueden aprender a vivir lejos de la tierra. Para cuando los árboles más pequeños han alcanzado su fortaleza, ya había colonias que sabían cosechar sus alimentos; para cuando sus casas de metal ya eran refugios, aprendieron a reutilizar los desechos del pasado. Y sólo hasta entonces, Leonas les dejó en paz

¿Carlota sabrá qué no he eliminado a todos mis enemigos? Ya me he preguntado si querrá que les elimine para quedarse con sus poderes. ¿O solamente querrá ser la única con poderes sobrehumanos? No lo sé.

Pero me gusta cómo se ven en las alturas todas esas casas con sus jardines, lagunas y ríos. Y toda esa gente investigando para evitar los desastres naturales. Un maestro dio cátedra sobre diseños especiales contra ciertos peligros, los pusieron en práctica y hasta ahora han funcionado. Yo no podía estar más orgullosa. ¡Yo ya era muy famosa! Pero seguiré mi camino.

Ésta parte del cuento fue dividida en dos fracciones. Pamela ha dado el visto bueno. Pidió que se cambiaran ciertas frases, pero Liliana la convenció, asegurándole que no tiene nada de malo y que no se puede ser tan ñoño. Roberto dio un punto a favor de Liliana. La angustia devora la mente de Liliana, en pensar cómo terminará su cuento. Pero hasta Verónica le ha sugerido que se tome su tiempo.

CAPÍTULO 10

Salvador ha solicitado la presencia de Liliana y de Laura. Todos reunidos en la casa de Salvador, él les muestra un vídeo, aunque nuevo, ha provocado comentarios muy negativos: Sandra ha expuesto pruebas en contra del proyecto de Liliana.

Nadie esperaba que se movilizaran grupos para desaprobar el plan de Liliana. De todos, un grupo autoproclamado: "Amos de la verdad", ha amenazado públicamente con destruir la vida social de Liliana y la de sus cómplices. Varios de estos cómplices se retractaron y confesaron haber fingido sus historias, otros le pidieron a Liliana que terminara su proyecto, y muy pocos le siguieron apoyando. Liliana no quiso seguir y pausó su proyecto.

Salvador y Laura trataban de comunicarse con Liliana por varios medios, ella les contestaba en ocasiones diciendo: "Estoy bien". Aunque la mayoría del tiempo dejaba sonar el teléfono o simplemente lo dejaba apagado. A su familia solo les escuchaba; ellos le repetían que no debía dejarse vencer, pero no hacía caso. Y todo el tiempo sólo bajaba por comida.

En un par de ocasiones, Laura y Salvador visitaban a Liliana en horas de trabajo, ella les pedía un tiempo para arreglar su mente. Ambos le dejaron sola. Ellos aún no tenían planes para detener a Sandra. Sólo querían aportarle ánimos y consuelos a Liliana.

Mientras tanto, sin muchos problemas, Sandra ha convocado a dos organizaciones más; una es "Pro-vida salvaje", su líder ha comentado qué ninguna mentira frenará la masacre de animales, aunque el fin justifique los medios. Pues tarde o temprano se sabrá la verdad. Y toda acción quedará mal parada.

Y la más importante: "Quality of Life". Siendo la más pobre pero, aun así, la más influyente del mundo. Su parte en México dijo que no alzaría la voz, a ningún nivel, para promover la preservación de las especies en peligro de extinción, no apoyando a Liliana. Han asegurado que el proyecto de ella no servirá más que para elevar la caza.

Para cuando Liliana dejó al fin ese proyecto, Quality of Life se encargó de difundir un mensaje: "El proyecto anti-marfil fue un fracaso. Pero se seguirá protegiendo a todas las especies". Aunque la matanza no disminuyó favorablemente, sí se creó una organización que pelea contra los cazadores furtivos. Ha habido varias bajas humanas, pero ambas partes siguen su lucha.

Vemos a Laura sentada en su cama, ordenando unos papeles, y de otros, hace capturas en su laptop. De varios sobres, encuentra una credencial y recuerda su próxima reunión en el extranjero. El timbre de la casa suena, ella observa un monitor que se encuentra junto a la puerta de su cuarto, cambia la imagen, hasta encontrar la de la puerta principal. Y cómo si hubiese visto un fantasma, Laura salta al ver a Liliana ahí parada.

Ya se abrazaron, ya lloraron, ya se disculparon y ya se rieron. Laura era la más contenta al ver el rostro fresco de Liliana. Laura sabe que es mejor no mencionar a Sandra: comparándola con una medicina caduca.

Liliana comía más papas fritas que Laura, ésta no quería seguir comiendo, sabiendo lo fácil que le engorda cualquier comida. Hasta sentía celos de Liliana, quien le confirmó que su metabolismo es de primera.

— ¿Y qué es lo que sigue?— Preguntó Laura, comiendo su última papa frita.

— Quiero inspiración.

— ¿Para la segunda fase de tu rango?

— Claro— contesta Liliana, se queda pensativa mirando el monitor de la habitación sencilla de Laura—. Vamos a visitar a Salvador.

— ¡Ya vas!— dijo Laura, comiendo la mitad de un papa.

Tenemos a Laura y a Liliana frente al interfono de la casa de Salvador. Antes de oprimir el botón del timbre, Laura le pide silencio a Liliana, luego Laura es quien habla con él:

— ¿Salvador?

— Él mismo.

— Vamos a visitar a tu novia.

— ¿Cuál novia?— contesta Salvador muy sorprendido.

— No te hagas el que no sabe. Todos se enteraron que tú y la loca Liliana son íntimos.

Ellas ríen pero callan sus propias carcajadas. Salvador hace una pausa, para responder determinantemente:

— Cómo te atreves a decirle loca.

Las dos se quedan satisfechas con esas palabras.

— ¡Entonces sí es tu novia!— expresó Laura muy melosa—. Pues los felicito a los dos.

— Sólo somos muy buenos amigos— mientras él decía esto, Laura le deja el lugar a Liliana y ésta se preparaba para decir algo—. Me gustaría que fuera mi novia pero no tengo tanta suerte con alguien como ella.

— Podríamos serlo. Tú dices sí o sí.

Las palabras de Liliana le sonaron como un canto celestial, claro, después de sentirse apenado.

El abrazo entre Salvador y Liliana duró lo infinito, lo irreprochable, lo justo.

Ellas decidieron acompañarle mientras él continuaba con su trabajo de pintar su automóvil. Liliana miraba a su alrededor, encontrando una figura de un oso gris, de más de tres metros de alto, de un color marrón y detallado con azul, negro y verde militar. Mas a su alrededor hay herramientas de herrería, carpintería, hojalatería y pintura, y demás. Algunas están en orden y otras quedaron regadas por las varias mesas de la orilla del almacén.

A Liliana le ha llamado la atención una parte de la escultura, en común, que él ha repintado. Ella pierde un poco el equilibrio al pegarse la suela de su zapato en el piso.

— ¿Qué hay en el suelo?— pregunta Liliana al retroceder.

— Es pintura— responde Salvador—. Es de la brisa que se esparce por el aire.

— ¡Debe desperdiciarse mucha pintura!— comenta Laura.

— De hecho, no— confirma Salvador—. Si se sabe aplicarla, te rinde bastante. Y créanme que no es fácil.

— Ok, pero...— dijo Liliana, se queda pensando y luego comenta: —. Si hubiese una manera de no desperdiciarla o por lo menos casi nada. Sería mejor, ¿no?

— Sí— contesta Salvador— ¿Cómo un cuarto que le adhiera la pintura a lo que se quiera pintar? O...

— No— interrumpe Liliana—. Algo así como esa pistola— señaló una de las cuatro pistolas para pintar que están en una mesita con ruedas.

— ¿Y cómo podrías mejorar estas pistolas?— cuestiona Salvador.

Liliana mira detalladamente al cuarto. Tontamente quería combinar algún artilugio con la pistola para pintar. Después recordó cuando imprimió una parte de su cuento y comentó:

— Si hay impresoras láser, ¿Por qué no hay una pistola láser para pintar autos, casas u otras cosas?

Salvador se recarga en una mesa, como si se sentara y luego dice mirando a Liliana:

— Da gracias a que el protocolo Alfa esté activo.

— ¿Qué es eso del protocolo Alfa?— cuestiona Liliana.

Salvador se queda con mirada fija y muy abierta, hasta esconde los labios entre los dientes.

— ¿Qué te pasa? dime— insiste Liliana.

— Ahora explícale— exige Laura—. Si ya mencionaste lo del protocolo, termina con tu interesante plática.

— Sí, ya voy— dijo Salvador con arrepentimiento de haber mencionado aquellas misteriosas palabras—. Existen dos protocolos; el Beta y el Alfa; El Beta es para cuando la tecnología es moderna y novedosa. Pero no ves que se sobrepase a la tecnología de la época. Por ejemplo: las primeras computadoras no podían ser de pantalla táctil, hasta que el protocolo Beta se haya implementado.

— Eso es obvio— menciona Liliana—. No creo que la tecnología táctil haya existido en aquel entonces.

— ¿¡No!?— preguntó Salvador con una gran sonrisa y ojos brillantes.

Liliana entendió y dejó que él continuara con su explicación.

— El protocolo Alfa es parecido al Beta. Pero antes del protocolo Alfa no se permite combinar ambas tecnologías. Y solo te diré este ejemplo verídico: a alguien se le ocurrió inventar la primera impresora láser, pocos años después de que las impresoras y la tecnología láser habían coincidido. Pero el protocolo Alfa aún no se había implementado. Tuvieron que pasar muchos años para algo así.

Liliana había entendido, pero quedó más enojada por eso de los protocolos.

— A ver— comenzó Liliana, tratando de no insultar para hacer preguntas— ¿Quién o quiénes implementan esos protocolos?

— Es una organización mundial. Y milenaria— contesta Salvador.

— ¿Y por qué no quieren que la tecnología sobrepase a la de la época? ¿Y por qué dos tecnologías no deben fusionarse?

— Hay una respuesta para ambas preguntas: tecno-compatibilidad. Desde hace miles de años antes de cristo; la organización NO-COMP ha visto como la tecnología, que sobrepaso a la tecnología desde que se empezó con esto, ha provocado guerras, enfermedades, conspiraciones e involuciones tecnológicas.

— ¿En verdad? Yo pensaría que el ¡no! dejar que algunas tecnologías se dieran a conocer, sería la involución tecnológica.

— Pues ya ves que no. NO-COMP se prepara para "arreglar" todo eso de la tecnología. En mi opinión, eso es una locura. Desde el saber que no va en tal época; hasta que es lo que provocaría una inestabilidad industrial o social.

Liliana se quedó dudosa, pero solo hizo una pregunta:

— Pero, ¿cómo se sabe cuándo hay un protocolo habilitado o no?

— Ese es un gran problema. No sabes de eso antes de idear algo, desarrollarlo, patentarlo y tratar de comercializarlo. NO-COMP tiene infiltrados en las oficinas de patentes. Hasta utilizan los medios de comunicación actuales, como las redes sociales para enterarse de lo que se inventa y de lo que se trata de inventar. Y muchas veces, la gran mayoría, ni se escucha de los protocolos ni de la organización. Debes conocer a alguien que haya sufrido de esto.

— Te puedes enfermar con tan solo pensar en eso— complementa Laura—. Mucha gente ha perdido sus creaciones sólo por haberlas hecho antes de que se implementaran esos protocolos. Y lo peor es que otros aprovechan esto para robar los inventos, planos y prototipos que hasta hoy son muy conocidos: el automóvil, el teléfono.

— Hay algo que te puede tranquilizar— dijo Salvador—. Ambos protocolos están habilitados desde hace mucho. Y se dice que se quedarán así por muchos años más.

— Al cabo que no hay muchas nuevas tecnologías que deban preocupar a NO-COMP— complementó Laura.

Liliana ya quería olvidar todo lo anterior. Y bien hecho.

Para NO-COMP varias de las tecnologías que se consideran muy nuevas hoy en día, son sólo la reinvención de prototipos olvidados o guardados. Y otras son mezclas de pasadas y/o nuevas.

Por alguna razón, Liliana ha pedido que le permitan construir una pequeña bodega en el patio de armas. Pamela lo permitió hasta que Liliana le dijo el propósito: para trabajar en sus proyectos.

Con las mentes recargadas, Salvador ayudó a Liliana a crear la primera pistola láser que pinta madera, autos, metal y muchas otras superficies. Cumpliendo con todos los estándares de seguridad.

En los últimos meses de trabajo, Liliana se ha olvidado de terminar su cuento. Verónica es quien reclamaba con regularidad. Liliana solo se excusaba diciendo que el trabajo se había vuelto más pesado, pero que ya pronto seguirá escribiendo. Verónica disfrutaba de otros cuentos clásicos, adquiridos por Liliana.

Con la pronta comercialización de la pistola para pintar, Liliana ya pensaba en algo para la tercera fase de su rango, teniendo en cuenta de que no le será tan difícil. Con el proyecto del marfil fallido; Guzmán era quien más se quedó decepcionado. Laura se disculpó a nombre de ella y de Liliana, está no lo pudo hacer en persona, pues Guzmán había vuelto a los Estados Unidos.

Sandra seguía atacando a Liliana, ahora con el invento actual. Después de varias acusaciones, sin reacción, demostró en un vídeo, cómo una persona perdió la vista por mal funcionamiento de la "LASER PAINT", nombrada así por Liliana.

Esta vez Sandra ha perdido, y por mucho, pues la persona qué se supone fue la afectada perdiendo la vista por culpa de la "LASER PAINT", demandó a Sandra. Ésta había utilizado una concentración de limón para provocarle una ceguera temporal, que al fin terminó con una ceguera permanente.

Salvador y Laura querían que Liliana demande a Sandra, por difamación. Liliana no veía más que una fuerte venganza que quisiera cobrar Sandra. Solamente le pidió que le dejara en paz. Gratificantemente, Sandra accedió muy apenada.

Con la gran aceptación de la "LASER PAINT", Liliana vendió los derechos, quedándose con una suma considerable y cobrando regalías. Liliana no quería comenzar levantando una empresa, no hasta lograr otras creaciones.

Para inspirar a Liliana en su siguiente fase, Laura la ha llevado al sótano de su casa. Liliana miraba a cada hombre y mujer que se movía por el amplio sótano, que más parecía un centro de comando. Laura la ha dejado sentada en una de las bancas, mientras ella arregla la credencial para el acceso.

Después de esto y de pasar por los puntos de seguridad, muy parecidos a los que encontró en Escocia. Llegaron hasta las instalaciones donde hay un tranvía. Liliana queda más boquiabierta al descubrir de lo que se puede lograr, cuando las personas ayudan.

En los últimos metros de viaje. Por el estruendoso frenar del tranvía, Liliana se desliza por la banca, mira por una ventanilla que no estaba cubierta. Solo logra ver muros de concreto que se separan por gruesas columnas. Con el tranvía en velocidad cada vez más lenta, el espacio a su alrededor se va ampliando. A Liliana le gustan los murales de jirafas, elefantes, camellos y muchas otras especies más, todas en un solo paisaje: Urbano.

El tranvía se detiene.

Laura, haciéndole cosquillas a Liliana, le dice:

— Anda, sígueme.

Del amplio lugar, llegan hasta la puerta más pequeña y en donde un guardia checa sus credenciales. Pasan a pie por un pasillo recubierto de concreto granulado. Laura abre la puerta y… Lo que Liliana vio, no lo creería sí se lo contaran.

CAPÍTULO 11

Estamos frente a un león de melena más corta de lo normal; y a su pareja, ambos de pelaje de negro dorado que hace ilegible su rostro a simple vista. Único por tener una cruz de color verde militar en el lomo. Con patas totalmente greñudas, desde los tobillos hasta las garras. Este león es conocido por Laura y su gente cómo el "león Jesús". Originario de Sudáfrica, que, hasta 1972, había ocho parejas en cautiverio. Y para el 2009, sólo cinco leones fueron censados y dado refugio por Laura y su grupo de preservadores y por una organización local de Sudáfrica.

Separado por una muralla de rocas, vemos a una pareja de caballos cabalgando, por la extensa pradera artificial, en compañía de sus dos crías. Apenas se le distingue una protuberancia que tienen encima de los ojos. Pareciendo un doble cuerno enredado entre sí. A los potrillos se les tiene bajo observación de los veterinarios, pues sangran un poco de la frente. Los primeros especímenes de estos, fueron rescatados y resguardados en España, en los años 30. Esto, después de pocos siglos manteniéndolos escondidos.

Muy aislado en el fondo de la inmensa cueva, está un can con sus colmillos superiores más largos de lo normal, y curveados ligeramente hacia dentro. Cazado y repudiado por su forma de matar. Y no por nada, pues se le atribuye la habilidad de dejar casi sin sangre a sus víctimas. Algo muy característico de este animal es que cuando muere, queda petrificado. Y cada vez que se le captura muerto, da la impresión de ser resultado de la manufacturación y de la imaginación del hombre. Esto deja lugar a historias míticas.

Liliana seguía a Laura por el balcón que se extiende por casi todo el alrededor de la cueva, que está a unos treinta metros de altura. Liliana mira un patio de tierra, que limpian. Varias gallinas y gallos se alimentan de los largos comedores. Estas gallinas y gallos son los únicos que pueden alcanzar a volar a alturas superiores a los ocho metros, y de recorrer una distancia de trescientos metros. En pruebas, se registró un vuelo de trescientos veinticinco metros de distancia.

Lo que hacen estas gallinas ha sido un tema de debate entre Laura y su grupo: unos apoyan la teoría de la evolución en el vuelo; unos cuantos afirman que solo aletean con mucha fuerza y con gracia, pero que era imposible tomar esas acciones como vuelos reales.

Este refugio temporal, no podía estar en mejor lugar, que debajo del cadáver de piedra, el cerro del muerto.

— ¡Esto es incre...!— Liliana queda con un nudo en la garganta— ¡No lo puedo creer!

— Sí, es increíble— expresa Laura— ¿Pero sabes que sería más increíble?

Liliana contesta negativamente con la cabeza, sin dejar de admirar a los animales.

— Pues que estas especies no vivieran escondidas. Y todo porque alguien quiere demostrar que es el mejor cazando a especies como éstas— dijo, señalando al león.

— Sí. Tienes razón— dijo Liliana compartiendo una sonrisa apagada pero consolante.

— Y— comenta Laura, recargándose en el barandal y de frente a Liliana—. Espero que este ejemplo de pequeña ayuda que hacemos al planeta, te sirva de inspiración para muchas cosas. Y a darte cuenta de que cada integrante de la secta vence los obstáculos más difíciles que se le presenten. Porque no creas que esto de ayudar especies en peligro de extinción deja contentas al cien por ciento de las personas.

— ¿En qué ocasión tuviste problemas?

— Cuando íbamos a salir del continente africano: ya nos faltaba por sacar a la última pareja del león Jesús. Unos cazadores nos tendieron una trampa afuera de la reserva. Nos atacaron a balazos, solo descompusieron el motor del camión-jaula. Bajaron a los leones, no tuvimos de otra, pues los cazadores tenían a uno de nosotros como rehén. Uno de nuestro equipo sacó un revólver, le apuntó a uno de los cazadores. Nuestro compañero disparó por error, y sin puntería. Los cazadores lo tomaron como agresión y mataron al rehén. Nuestro compañero volvió a disparar, hiriendo a otro cazador armado, aprovechamos y todos forcejeamos y ganamos. Cómo pudimos, sacamos a los leones.

Ambas quedaron de cabeza baja y sin ánimo de sonreír. Laura da un puñetazo al barandal.

Al verse más tranquilas, Liliana preguntó:

— ¿Y quién construyó este lugar?

— Fueron...— contesta Laura, haciendo una pausa para limpiar sus mejillas— Fue construida en base de lo quedó del poblado de los Chichimecas.

— ¿De la leyenda qué se cuenta?

— Sí. Para que veas, que cuando una civilización desaparece por cualquier razón, siempre se le puede aprovechar.

Con esta respuesta, Liliana se quedó pensando en muchas ideas.

Salvador checaba los vídeos en su laptop, los que estaban como populares en la red. Él rechinaba los dientes y se pasaba, con fuerza, las manos por el cabello. Hasta miró a su alrededor y en a la altura del techo. Hasta fijar su vista en las paredes y los cuadros. De inmediato se comunicó con Laura.

Con los puños bien formados, Laura y Liliana veían el vídeo señalado por Salvador. En la mesita de café hay dos pinturas desarmadas, junto a unos cuadritos negros de plástico.

En el vídeo se muestra a ellos tres en la sala de la casa de Salvador, discutiendo del tema del marfil.

Liliana se echó para atrás, recargándose en el sofá y mirando hacia el lado opuesto de donde se encuentran Salvador y Laura. Laura iba a pedirle a Liliana que siguiera viendo el vídeo. Pero ella descubrió que la fecha del vídeo es muy reciente. Ahora Laura entendió que Liliana se sentía traicionada de la poca fe que había plantado con Sandra.

Laura cerró la laptop e hizo una pregunta a Salvador:

— ¿Y no subió un vídeo en el que Liliana proponía su proyecto de la pistola láser? Puede hacer un fraude con los derechos de autor, de muchos modos.

— No— contestó Salvador con determinación—. Ella jamás quiso entrar a mi almacén de trabajo, dijo que no le gustaba el olor a grasa y el tiradero de herramientas.

— ¿Y no pudo entrar luego para esconder una cámara?

— No. Para cuando yo terminaba de trabajar, cerraba con una única llave.

— Va— expresa Laura, mira una de las cajitas de plástico y pregunta: — ¿Y no hay más cámaras cómo ésta?— preguntó y observó la parte de los cuadros en la que estaban escondidas las mini-cámaras.

— No. Revisé muy bien.

Liliana se levanta, se para frente a sus amigos y les dice con gran ánimo.

— Pues hay que seguir, ¿no? Esa mujer no nos detendrá, ni aunque se ponga para arrollarla.

Laura y Salvador se miran mutuamente y dice al unísono:

— ¡Ya vas, maestra!

El sonido de granadas de fragmentación y la lluvia de balas, es esquivado por un par de piernas que corren en un terreno cascado, con pilas de escombros y varios cadáveres. Liliana es quien va corriendo, lleva su uniforme de color verde militar, con manchas irregulares de negro y azul pero en varios tonos. Aunque prefirió llevar una camisa de manga corta, ésta, de gris liso.

Pasa por enormes pilas de escombros, pocos proyectiles pasan a su lado, hasta ni escuchar cómo desaparece la balacera. Sudorosa, sucia y con una herida en el brazo derecho, Liliana se deja caer y se recarga en una pared a medio derrumbar. De un bolsillo de su pantalón, saca un pequeño sobre con polvos y lo esparce por toda su herida. Con los dientes pegados, los ojos cerrados hasta notarse las arrugas y gruñendo levemente, espera un poco y rápidamente se venda la herida.

Con el dolor olvidado. Liliana checa su pulsera del mismo color de su piel, le quita la tierra y se queda respirando con tranquilidad. Mira a su alrededor. Encuentra un cadáver, con el uniforme del mismo color que el suyo. Junto a él está su rifle de asalto. Ella temía que hubiese un enemigo, el cual le haya tendido una trampa, y se queda recargada en la pared, esperando a que el día nublado empeore. Ella mueve el cadáver con sigilo.

Desde la mira de un rifle, y desde lo alto de un edificio. Ahora vemos que el tirador hace una observación por todo el horizonte, por el que le permite su posición en la esquina de su escondite. Regresa la mira a la pared de medio caer, al notar por poco a una mano, aplica un zoom y encuentra el brazo y la manga corta. Por el color, define que es el enemigo detrás de los ladrillos destrozados. Calcula la posición de la cabeza detrás de los ladrillos, mientras hace unos ajustes en el rifle.

Se escucha que su respiración se torna cada vez más calmada, hasta no escucharse más; después, un estallido. El proyectil cruza el aire húmedo e impacta en su objetivo. Con la mirilla, el tirador observa cómo el enemigo cabecea y luego cae de lado.

Con la respiración al límite, Liliana se cubre la boca y cierra los ojos. Hasta daba gracias de que el cadáver le haya servido de señuelo. Pero ya sabe que tiene pocas probabilidades de escapar.

De su radio comunicador, se escucha una voz femenina, cortada y distorsionada. Liliana arregla la señal hasta escuchar un poco más claro a la voz:

— Eddie 2, Eddie 2. ¡Responde!

— Aquí Eddie 2— responde Liliana ajustando el volumen del radio.

— ¿Cuál es tu posición?

— Cerca de K93— contesta, alzando la vista por encima de los escombros, a su lado derecho y mirando la bandera que ondea en una varilla.

— ¿Del lado del M32?

— No, del lado del Z34— respondió mirando el edificio alto, por el reflejo de un charco de agua, del que solo podía ver si se movía un poco de lado.

—Entonces…— iba a responder algo, susurró, pero no se le entendió. Hasta cortarse por completo la señal— ¡Me lleva!

— ¿Eddie 1?— reclamaba Liliana una respuesta— ¿Eddie 1?

Liliana deja su radio a un lado. Recarga la cabeza en la pared y hace gestos, preocupándose de que Eddie 1 haya caído.

Vemos cómo las botas de soldado y el pantalón del mismo color al de Liliana, van subiendo las escaleras de un edificio. Ahora camina por el pasillo, con cuidado de no empujar la madera destazada de varias cajas.

Con el pie hace a un lado una tabla ancha que se balancea, ésta cae encima de un hilo que activa una trampa que estaba en el techo. Va cayendo una maza. La maza quedó a unos centímetros antes de aplastar unos cascos de botellas. El soldado que iba por el pasillo, ha detenido el mango de la maza y lo deja a un lado. El soldado lleva el uniforme completo, cubriéndose la cabeza con un pasamontañas y unos lentes oscuros.

La mirilla del rifle nos muestra el borde de la cabeza de Liliana, el tirador ajusta el zoom, se prepara para apretar el gatillo, y con voz muy grave, dice:

— ¡Liberí!

El filo de un cuchillo corta el aire hasta quedar en el cuello del tirador, y con suma rapidez, le degolló. El tirador cae de lado mostrando el rostro de Salvador, él se lleva las manos al cuello, vemos que tiene una pulsera parecida a la de Liliana. Él trata de moverse, hasta dejar la mirada muerta en su verdugo. El soldado rival se quita el pasamontañas y los lentes oscuros, su cabello rizado se esparce por su espalda.

Se inca junto al cadáver de Salvador y le cierra los ojos. Saca su radio comunicador.

— Aquí Eddie 2 ¡Ganamos! — dijo con su voz rudamente femenina.

— ¿Y él cómo está?— se escucha por el radio.

— Bien muerto— contesta Laura, mirando el cuerpo inerte de Salvador—. Vayamos al K93.

En un cuarto de una casa caída a la mitad, y con la bandera ondeando en lo que ahora es el techo, Laura y Liliana llegan corriendo, Laura mira primero su pulsera y le pregunta a Liliana:

— ¿Lista?

Liliana le contesta asentando la cabeza. Ambas presionan un botón en la pulsera.

Laura, Liliana y Salvador se acomodan en sus sillas, frente a sus laptops correspondientes, en el cuarto de Liliana. Los tres dejan sus pulseras en la mesa.

— ¿Duele mucho morir?— pregunta Liliana mirando a Salvador.

— ¡Mucho más de lo que te puedes imaginar!

— ¿Y la herida?— pregunta Laura mirando a Liliana.

— Dolió más que mi herida real de cuando me lastime la pierna.

— ¿Se imaginan un vídeo juego de miedo?— pregunta Salvador.

— Sí— contesta Liliana—. Si se trata de un asesino que te persigue. Allí sí que sabrás lo que es ser víctima de un demente.

— Ese yo no lo jugaría— afirmó Laura cubriéndose brevemente en Salvador.

Este juego de realidad virtual, no era ninguna novedad, pero a Liliana le pareció buena idea el tener un vídeo juego en el que se sintiera dolor real. Y con la pulsera, han logrado transmitir esos y otros sufrimientos. Ellos saben que lo pueden mejorar. Aunque Liliana no quiere comercializar este invento, sus amigos le apoyan, sabiendo que se prohibiría, al provocar la agonía de la muerte.

Con este invento, Liliana ha completado su primer rango. Hasta el Maestro y los Unificadores están de acuerdo en no comercializar: "La Muerte de los Valientes".

Liliana se ha ganado las espigas de bronce que cruzan el corazón en su insignia. Ella misma propuso que, por la primera fase se les entregara la insignia, para la segunda fase se añadiera el corazón, y por la tercera se ganaran las espigas. El Maestro y los Unificadores estuvieron de acuerdo.

Aunque la insignia ahora sería de bronce del rango uno al cinco; del seis al diez sería de plata; del once al quince sería de oro; y del dieciséis al veinte sería de platino. El corazón y las espigas se irían combinando entre la plata, oro y platino para cada rango. Nadie ha llegado al rango veinte, ni siquiera al quince. Pero de necesitarlo, esperan encontrar una solución para los de rango veintiuno en adelante.

Liliana había soñado que moría atrapada en una casa triturada por un tornado. Liliana no ha perdido ningún pariente o un amigo en ningún desastre natural. Pero supuso que se podría detener a estos monstruos de viento. Pamela y Roberto no podían estar más orgullosos, pues Liliana va a pasos agigantados. Verónica está feliz por su hermana mayor, pero sigue esperando el desenlace de Las Travesías de Casandra.

Salvador y Liliana trabajarán en la pequeña bodega que ella ha mandado a construir. Laura les visitará con regularidad, pues ahora está planeando irse de vacaciones. Aunque se encargará de otra especie marina "extinta".

Salvador ha preparado una cámara de aire, prefabricada. Ésta tiene tres metros de alto y una base de veinte metros cuadrados. La primera prueba fue con discos llenos de cientos de perforaciones. Salvador arregló una maqueta completa, hasta agregó unos animales de juguete con sonidos reales.

Todo está listo, Salvador controla el viento en la cámara desde una tableta electrónica. El remolino va tomando forma. De cuerpo entero, el remolino pasa por unas vallas que apenas mueve. Las casitas se estremecen. Hasta que el torbellino cumple con su cometido y derriba dos de tres casitas. Ya lleva unas paredes, sillitas; un televisor es atrapado para tener cómo destino final el suelo.

Liliana ha dejado un disco, el remolino le da alcance, el disco fue elevado y arrogado como un platillo volador. En otros intentos más, el disco salía rodando.

Liliana prepara otro disco, ahora con la esperanza de que unas perforaciones en diagonal, separadas y cruzadas, detengan al remolino. Nuevamente el remolino derribó las casitas y se llevó muebles, para arrogar unos cuantos. Liliana miró, con grandes ojos, cómo el remolino calzaba en el centro del disco, giró por varios segundos y luego lo levantó pocos centímetros; el disco volvió a acostarse y el remolino siguió su camino. Se rindieron al contar diez intentos y mejor dejaron el disco a un lado.

Luego Liliana ideó y vio cierto potencial al crear un disco, pero curveado, como una parabólica y con el mismo tipo de perforaciones del disco anterior.

Entonces, el hijo bestial vuelve a arrasar con las casitas. La parabólica ha sido dejada al ras del suelo y con la curva hacia abajo. En medio de la parabólica, el tornado planta su pie. Los dos quedan boquiabiertos al ver que el torbellino va perdiendo cuerpo desde su pie. La parte superior siguió avanzando hasta bajar otro pie y continuó su camino. Salvador sintió cómo el generador irradiaba mucho calor. Limpiándose el sudor, dijo:

— ¡Uf! Mejor hasta aquí le dejamos.

— Fallamos— expresó Liliana cayendo sentada en una silla.

— Esto es solo el comienzo— consoló Salvador. Apagando el generador, se acercó a ella y la levantó de la mano. Liliana esperaba que fuera sutil, pero él le dio un jalón graciosamente brusco.

CAPÍTULO 12

Verónica se terminó su última col hervida, llevó sus cubiertos a la cocina y subió las escaleras gritando:

— ¡Todos, corran!

— ¿Qué pasa?— pregunta Roberto.

— Le dije que ya estaba listo el final del cuento— comentó Liliana, llevando sus cubiertos a la cocina.

Pamela esperó a que Liliana regresara a la cocina y le preguntó:

— ¿Cuándo lo terminaste?

— Ayer en la tarde. Estuve escribiendo mientras trabajaba en mis proyectos. No le dije nada porque quería que fuera una sorpresa.

— ¿Y dura mucho?— preguntó Roberto.

— Sí. Pero lo dividí. Y tú serás quien leerá estas dos partes del final.

— Si no sabes de qué trata— dijo Pamela a Roberto—, sería bueno que leyeras luego el resto del cuento.

— Pero sí ya lo leí.

— Entonces, ¡andando!

Verónica ya estaba lista; Roberto está a un lado de la cama; Pamela y Liliana están del otro lado. Roberto comienza:

De los poquitos periódicos existentes, uno era muy curioso, hablaba de las guerritas de lodo y de cómo lo querían hacer un deporte internacional. ¡Era tan bobo! Yo imaginaba que los conflictos terminarían con una gran explosión de lodo, cubriendo a todos y dejándolos hundidos. La palabra guerra, era solo un mal recuerdo. ¡Malo en verdad! Pero ahora se le tomaba en juego. Yo sólo quería que eso no les diera ideas para crear otra clase de guerra. ¡Ya que! Todos necesitaban una distracción.

En una caminata por el atardecer, me acompañaban aves de azul tornasol y con su trinar de tanta armonía. Solo faltaba un cantante. ¡Lástima que yo no sé cantar!

Así vi el origen del enojo de Leonas. Él no era malo. Sólo quería, ¡sí, acabar con la humanidad! Pero porque él creía que éramos la peor amenaza de este mundo.

Me he enterado que quienes no pueden vivir en las casas de las alturas, viven enterrados, ¡como los topos! "Topos", reí tanto pensando en esa palabra. Era más curioso pensar en vivir de esa manera en las alturas.

¿Y Leonas? ¿Laris?, son nombres muy raros. De lo que recuerdo de la escuela, es que hay nombres milenarios, y que otros han sido creados hace, ¡casi nada! Qué bueno que yo no tengo que inventar nombres.

Los que sí han inventado cosas, han hecho un tren propulsado con el magnetismo de piedras naturales extraídas de la tierra, claro que con el permiso de Leonas. Ellos mismos se las arreglaron y lo convencieron de que era necesario: ¡Para no utilizar combustibles! Lo único detiene a eso trenes son otros imanes que se alinean. Y para la reversa, se deja el segundo grupo de imanes y listo. ¡Qué piedras tan magnificas! ¿Por qué no se le han encontrado otros usos? Yo ni lo sé. O tal vez muchos en el mundo tampoco lo saben, no por ahora. ¡Nos falta tanto por aprender!

Entre los paisajes a mi frente, el mejor para llegar a mi destino, es un espeso bosque.

Iba muy despacito. Al principio corrí y caí entre unas ramas que me rasparon los brazos. Tantos árboles y tantas ramas me iban dejando tiempo de escoger una parte segura en donde pisar. Bueno, en la infinita alfombra de ramas y hojas.

Cuando llegué a un claro, logré ver un castillo, que, en su fachada de piedra cristalina, se reflejaban los cuatro planetas como si estos estuvieran pegados a la tierra.

¡Qué torpeza la mía! Sí me hubiese fijado más en el suelo y menos en el castillo, no hubiera caído en una zanja. Lo único que me amortiguó la caída, fue una pila de hojas y ramitas. No me pude levantar hasta encontrar una raíz que salía de la pared de tierra. Me salí y ¡casi me golpeo con un árbol! Al darme cuenta de que unas costillas de algún animal pequeño se habían atorado en la agujetas de mis zapatos. Me recargue en un árbol para quitarme esos huesos, y me retire del árbol a toda prisa ¡Estaba frío! Le di varios golpes con el pie y sonaba hueco. Golpeé otro árbol y sonaba como un poste de luz. ¡Todos! Todos eran iguales, al menos los que yo golpeé. Corrí hasta un árbol más lejano y a éste si le pude quitar corteza. Seguí buscando y descubrí que, tres de cada diez eran reales. No pude hacer un conteo detallado, pero supuse que así era todo el bosque.

¡Qué bueno! Al fin he llegado al castillo ese.

Sin murallas que le rodearan, pase por el puente. Debajo de éste, hay un foso lleno de agua negra que se movía levemente por su espesor. Y hasta tenía un brillo multicolor muy curioso.

Con su largo vestido, Carlota estaba ahí, al abrir la enorme puerta chirriante del castillo. Tenía que decirlo, su vestido estaba decorado por encaje negro. Y su corona, ¡nada mal!, era de hueso limpio, que cubre su blanco-negro cabello. ¿Es en verdad muy alta o tiene algo en los pies que le hace parecer alta? No lo sé. Lo que si sabía es que ella es de edad avanzada, aunque su bello rostro contradice eso.

Detrás de ella logré ver que hay varillas, totalmente torcidas hacia adentro, quise pensar que este castillo fue destruido, luego Carlota lo reconstruyo, ¡mal hecho!, pero lo reconstruyo.

Las primeras palabras de Carlota, fueron:

— ¡Al fin!

Yo retrocedí, ella me siguió. De las varillas, movió varias y las lanzó hacia mí. Yo hice un escudo con la varilla que golpeó mi brazo lisiado; y las demás varillas se enredaron con el escudo y entre sí; otras pocas pasaron a mis lados y por encima de mí.

Salí y me fui a un lado del castillo. Vi que había unas varillas más gruesas, recargadas en la pared. Corrí hasta allá y Carlota me siguió a pasos agigantados. Tuve que brincar el foso, cogí un puñado de varillas y la arroje contra Carlota. Ella, como si fueran ramitas de árbol, las cortó al golpearlas con movimientos de sus puños. No vi más cosas, me fui a toda prisa, hasta detrás del castillo. Me cubrí en la pared, miré de reojo y Carlota no me seguía. ¡Había desaparecido!

El sol de la tarde se opacó al paso de nubes negras y grises. ¡No podía ser! Las nubes solo se formaron encima del castillo y de sus alrededores. Las nubes se iluminaban por los rayos que les cruzaban; y los truenos me dejaban sorda por unos segundos. Pero jamás cayó una sola gota de agua.

— ¿Cuántos poderes tiene Carlota?— me pregunte, mirando las nubes y cubriéndome los oídos en ocasiones.

Un rayo cayó y encendió el foso. Di la vuelta. Pensé que ella ya no estaría dentro del castillo. Debí saberlo, el puente era de madera y ahora es leña ardiendo.

Entré al castillo. ¡Grave error! Carlota me esperaba. Y sin advertencia, me alcanzó, me levantó del brazo lisiado y sin el menor cuidado, me quitó el guante y mi aparato ortopédico. Y tan rápido como yo caí, ella se puso el guante y el aparato ortopédico. Quedé tendida en el suelo, pensando en todo lo que había hecho, mis peleas, las amistades que logré, y yo ya estaba vencida, ¡así nomás!

Ella se elevó. De sus dos brazos, salieron rayos que destrozaron parte del techo. Yo me arrastre hasta la pared y poco a poco me levanté. Desde ahí vi cómo los rayos llovían, hasta que Carlota volvió a tocar el suelo. Mientras ella caminaba hacia mí, yo le grité con todas mis fuerzas:

— ¿Eso es lo que querías? Ya lo tienes. ¡Ahora libera a mí familia!

Carlota modelaba su brazo. El equipo ortopédico se le ajustaba finalmente. Y vi cómo sus venas se resaltaban en todo su brazo. Con tenebrosa velocidad, ella acercó una varilla y la clavó en la pared, rodeando mi cintura.

— Hagamos una prueba— dijo ella al acercarme su mano electrificada.

La tierra se elevó como una ola de mar. Carlota se alejó. El techo terminó de desaparecer; Leonas entró por la puerta, con lentitud, golpeó el suelo y provocó olas más grandes. Carlota se elevó. Leonas lanzaba varios trozos de piedra y ella los esquivaba con maestría insuperable. Los que si parecían golpearle, los destrozaba con los puños.

Desde el techo, se pegaban pedazos de metal en todo alrededor de las paredes. Destellos blancos y azules se concentraron en el techo. En el centro de estos, va bajando Mauler, que hasta me dedicó una sonrisa. Carlota no esperó más e hizo que varios rayos cayeran encima de Mauler. ¡Qué bien! ¡Mauler recuperó sus poderes! Hasta demás. Mauler formó un campo que le cubría desde un amplio margen. Mientras Carlota elevaba más sus brazos, más rayos golpeaban a Mauler, hasta lanzarla afuera. La tierra retumbaba. Leonas mantenía su equilibrio. Con mi brazo bueno me cubrí de oído a oído, y de paso, los ojos.

La tierra se quedó quieta. Yo muy miedosa, me descubrí los oídos, luego los ojos. No había nada arriba. ¡Qué bueno que yo estaba debajo de las escaleras! El metal cayó y se regó por todo el suelo. Piezas más grandes se clavaron en la tierra.

Leonas se levantaba apoyándose en sus rodillas. Un golpe repentino, hundió a Leonas. Carlota descendió poco a poco, de frente a él, y con un rayo duradero, quemó la tierra su alrededor y lo dejó cubierto hasta el cuello de tierra cristalizada. A Leonas se le distinguía forcejear. Cuando la tierra cristalizada se agrietaba, Carlota le aplicaba más tierra y con un rayo lo cristalizaba, hasta cubrirlo por completo.

Yo le gritaba a Carlota, le insultaba, bueno, eso creo. Porque le decía palabras que aprendí de unos niños. Ella sólo me miraba. Hasta alejarse.

— ¡Vuelve! ¡No seas cobarde!— le gritaba con todas mis fuerzas.

Yo forcejeaba sin parar. Terminé por lastimándome el abdomen. No sentí el dolor hasta que Carlota se fue por el techo destruido.

¿Otra vez? ¿Carlota volvió a manipular la mente de Mauler? Pues sí. Mauler con la vista fija en mí y Carlota a su lado, van descendiendo hasta frente mío.

— ¿Qué?— le pregunte a Carlota— ¿Quieres que luchemos de nuevo, Mauler y yo?

— Ya para que— me contestó, tocándome el rostro. Y yo le evitaba con total desprecio—. La prueba ya está hecha.

— ¿La prueba de qué o de quién?

— Pues de esto— me contestó al modelar el guante y el equipo ortopédico—. Tu mamá hizo un buen trabajo al concluir lo que empezó tu padre. El que él ya no pudo seguir fabricando. Porque, ¡desapareció!— está última palabra la dejó tan alegre, que hasta se rio por un buen rato.

— Ellos no lo fabricaron— le expuse—. Se lo compraron a un artesano, que…

— ¡No es cierto, niñita!— su grito amplificado, aunque no tan fuerte, hizo temblar a la tierra—. Este guante me devolverá mis poderes, más unos cuantos extras— dijo babeando, como si le provocara un excelente placer al paladar.

Carlota veía a detalle ese guante. Tal vez le gustó que, después de varias batallas, esté no se vea tan mal. Y era cierto, no tenía rupturas, no estaba descosido… En pocas palabras, no pasaba de estar sucio. Hasta era cómodo. ¡Qué tonta se ve Carlota! Dando vueltas y abrazando su propio brazo.

Algo debió molestarle, se detuvo e hizo gestos muy feos. Con el guante, su mano se queda hecha un puño. Con la otra mano, se estiraba los dedos.

— ¿Qué le hiciste a esta cosa?— me preguntó muy furiosa.

— Nada. Me pasó algo parecido cuando un barrote golpeó el guante.

Ella seguía forcejeando con su mano. Y así como así, su mano volvió a moverse. Carlota se reía, mirando el guante y luego a mí.

— Las dejare ir a las tres, hasta que tu madre repare este guante. Tú y tu hermana serán la garantía de que quedará bien.

Ella se alejó. Apuntó, con su mano mejorada, a un montón de escombros, estos se adhirieron a su brazo y se fueron comprimiendo. Estiró la mano y los trocitos cayeron. Hasta sonaron curiosos.

— Ya está arreglado— reclamé—. Ahora déjanos ir.

Brizas del fuego se metieron por la puerta, y enseguida Joshua. Carlota hizo un movimiento brusco con una mano y me amordazó la boca. Yo intenté quitarme la mordaza, pero nada pude hacer. Él se quedó parado a un lado mío. Me miró por unos segundos, hasta que Carlota le llamó:

— Te tardaste, Joshua.

Ellos se vieron directo a los ojos.

— Sólo lo necesario. ¿Qué es eso?

— Es mi nuevo aditamento para recuperar mis poderes.

Y como pensando que yo le regalé el guante, Joshua me miró con todo el desprecio plasmado en su rostro. Sabía que Joshua me ha traicionado. Y, ¡con toda sinceridad! Diré que ahora estoy más confundida que enojada. Todos saben que Carlota es la enemiga del planeta.

Él regreso su mirada a Carlota y le dijo:

— Eso es lo que querías. Pues ahora cumplirás con tu trato.

— Ya lo cumplí. ¿Qué no has visto todos esos árboles alrededor? Los planté de pequeños y ahora son todos unos robles.

— Sí, los vi desde arriba. Y no, no vi animales, ¿en dónde están?

— Para eso necesitaré ayuda. Traje a muchos animales, ¡todos se fueron! Muy mal agradecidos.

— Yo traeré personalmente a más.

— ¡No!— gritó Carlota. Por alguna razón, se cubrió la boca y cerró los ojos. Después de una respiración alargada, continuó: — Sólo mándalos, yo debó aprender a ser pacificador como tú, ¿o no?

—Tienes la total razón— dijo Joshua después de unos segundos de pensamiento. Y luego se retiró. De inmediato volvió y pidió: — Oye, Carlota, ¿podrías quitar el fuego y arreglar el puente?

Carlota no dijo nada, sólo fue hacia la puerta, según los ruidos que se escucharon y con movimientos de sus manos, movió unos metales y los puso de puente, y cómo el fuego se apagó.

No lo creía posible, pero así fue, me había quedado dormida. Pero lo que me despertó fue la estampida de todas las especies que he conocido. Esperaba a que yo no fuera la cena. Y no fue así. Leones y leopardos pasaban frente a mí; elefantes entraban en compañía de pumas y tigres; hasta los patos brincaban por encima de los zorros y de los lobos. Cada especie se formó en hileras. Todos se quedaron mirando hacia el fondo del castillo. Y de más allá, de un cuarto, aparece Carlota.

— ¡Aquí vivirán como reyes!— gritó—. Aquí, nadie les molestará. En cualquier caso, cada uno decidirá si quiere vivir aquí, sí o no.

¡Obvio! Yo entendía el idioma de Carlota, pero también cada animal parecía entenderle. Todos se disiparon y caminaron por el lugar, otros salieron del castillo. Y yo aquí, dejada como un sebo.

Dos gallinas se posaron en los brazos de Carlota, y ella tan sonriente y fea; su belleza natural es indiscutible, ¡pero para mí era la más fea del mundo! Carlota se fue por la puerta de la que había salido.

¡Esperen! Joshua dijo que mi guante provocaba temor entre algunos seres. ¿Y en Carlota no? ¡Oh si, ya! Ella tiene otros poderes.

Yo miraba cómo los patos corren, molestando en ratos, a los pumas.

Y esos cacareos, no, ¡los patos no cacarean! Era una de las gallinas que se fueron en los brazos de Carlota, se ha salido y... ¡Carlota salió y mató a la gallina! Y de un portazo, se metió con todo y gallina. Muchas plumas iban cayendo. Pasó un rato. Carlota salió y con el puño, comprimió las plumas, se las llevó adentro de aquel cuarto y volvió, limpiándose la boca, sacudiéndose el vestido y las manos.

Joshua volvió a entrar y dijo:

— Los animales parecen no incomodarse aquí.

— ¡Claro lo es!— dijo Carlota mientras se acercaba a Joshua—. Pero les dije que si alguno decide irse están es su derecho. Así que sí nos visitas con regularidad, podrías ver a menos animales. Pero tú sigue trayendo o mandando más especímenes. Aquí será su hogar, no su prisión.

Yo no tenía una buena palabra, es decir una palabra amable, para decirle a ella. Aunque si sentía que me acaloraba del coraje.

— Yo me voy— dijo Joshua—. Seguiré siendo pacificador en otros territorios. En muchos soles volveré, para ver cómo sigue esta armoniosa convivencia.

— Y yo ya descubrí una habilidad, la comunicación unitaria para todas las especies.

— Eso se sabrá en todo el mundo.

Los dos se estrecharon las manos. Joshua ni quería verme y pasó haciendo muy malos gestos. Yo no pude creer que eran para Carlota, sino para mí.

Carlota parecía no poder aguantarse la risa, pero sí lo hizo. Solo le miraba las espaldas a Joshua. Yo sabía que mi silencio me condenaría. Bueno, el que me provocaba éste trapo en mi boca. Con esfuerzos exagerados trataba de hablar. Finalmente Joshua me puso atención y me quitó el trapo.

— ¡No! Aun no te vayas— dije, pensando en algo que le detuviese en verdad— ¡Los animales no están seguros aquí!— le grité sin miramientos.

— ¿Qué?— preguntó Joshua, muy confundido. Y en seguida, un leopardo alzó la cabeza, miró a Joshua y atacó a Carlota. Ésta no se quedó quieta y se defendió con el guante. El leopardo le mordió la mano. Joshua, con un movimiento extraño de brazos, pareció darle órdenes al leopardo y esté se fue. Carlota cayó, Joshua se le acercó y trató de levantarla. Nada pudo lograr.

¿Le habrá pasado lo mismo que a mí?

— Aquí espera— le dijo Joshua, dejándola recargada en una de las columnas—. Te ayudaré, pero debo aprender sobre heridas.

Él ya se iba.

— Debes dejarla así— le dije—. No le ayudes.

— Tú quieres que muera. ¿Cuál es tu problema?— reclamó Joshua.

— No. Ella quiere a estos animales como alimento.

— ¡Qué gran mentira! Ella demostró que puede ser Pacificadora.

— Ella acaba de comerse a unas gallinas.

Joshua nos miró a ambas.

— ¡Ves!— gritó Carlota—. Te dije que ella es una gran mentirosa.

— ¡Demuéstralo!— dijo Joshua, mirándome a los ojos.

Recordé que Carlota había recogido las plumas de afuera de aquella puerta, y supuse que las ha escondido.

— Revisa aquel cuarto— le hice una indicación con la mano—, ahí debe haber restos de las gallinas que se comió.

Joshua va para allá. Carlota le detiene de la mano, pero ni poco le detiene.

— ¡No!— le gritó, pero con voz seca.

Joshua entró al cuarto ese. Se tardó. Salió, con las manos vacías.

— No, no hay nada. Nada más que una chimenea ardiendo.

— ¡Quemó los restos!— dije entre dientes, pero con voz exaltada.

Le di una patada a la pared, me dolió el pie y lo levanté para sobarme. Noté que mi agujeta estaba desatada y recordé lo que me pasó en la zanja.

— ¡Revisa los árboles y las zanjas!— le grité—. Verás que no miento.

Joshua no dijo nada, ni se regresó. Yo sólo me quede a ver cómo Carlota se levantaba y hace esfuerzos por recuperar la movilidad de la mayoría de su cuerpo. Y de pronto queda completamente inmóvil.

¡Qué envidia! Los animales si pueden moverse sin restricciones. Pero parecen caminar sin rumbo fijo. Pensé que la mente de Joshua estaba atormentada, y que provocaba ilusiones para ellos.

— ¡No más!— gritó Joshua, entrando al castillo—. Carlota quedará encarcelada por el resto de su vida. Eso que está allá afuera es una aberración.

Joshua quiso quitar la varilla que me apretaba contra la pared. No la movió.

— ¡Libera primero a Leonas!— dije, señalando al suelo, que estaba del otro lado de unos elefantes.

Joshua, con una herramienta puntiaguda, quitaba cristal sobre cristal. Para cuando llegó a la cabeza, le rodeó.

— ¿Quién me ha liberado? Pues tú, Joshua— se escuchó la voz de Leonas.

Los animales comenzaron a mover las cabezas, en sentidos encontrados. Luego todos se movían a la par, y ahora sus ojos se fijaron en Joshua.

Uno a uno, los leones golpeaban con sus garras a Joshua y éste huyó, trepando por las paredes. Del cielo cayeron rayos que formaron un nuevo techo.

Dos gorilas le alcanzaron y lo sujetaron de los pies; Joshua se zafó y siguió trepando hacía los lados. Tres Águilas le agarraban de la espalda y de la cabeza. Joshua, con una mano, la apuntó a un lado, y ahí aparecieron unos ratones. Las Águilas se fijaron en los roedores. Pero así de fácil, las Águilas siguieron de nuevo a Joshua, quien descendió con rapidez, esquivando cada ataque de cada animal, en su camino.

De un salto, llega a la puerta del castillo, varios elefantes le cubrieron la entrada. Del techo, va bajando Mauler. Con la vista perdida, perdida hasta fijarla a Joshua.

Los animales le rodean a Joshua. Mauler seguía descendiendo, el campo electromagnético se termina. Joshua mira a su alrededor, con su mano, apunta a un lado de Mauler y ahí aparece un niño, que dice:

— ¡Mamá! ¿Por qué te fuiste otra vez? ¡Vuelve!

Mauler une sus dos manos y las mueve, ¡como si juntara nieve para hacer una esfera! Pero eléctrica. El niño se acercó más y un rayo le golpea, el niño cae bastante lejos. Mauler se da cuenta, y como toda una madre, va en su auxilio.

Ni me di cuenta, Carlota, de seguir tratando de levantarse, se elevó hasta el segundo piso. Moviendo el brazo derecho, apuntándolo hacia Mauler.

Mauler cambia su llanto maternal a una cara seria y fría. Y de nuevo vuelve a unir ambas manos y fija su vista en Joshua.

Joshua apunta su mano hacia el niño y éste se levanta, lastimado y cojeando se va acercando de nuevo a Mauler. El pequeño le dice frases que solo ella debía reconocer, pues sus ojos y su boca se movían para poner sus emociones al máximo, ¡luchando con la cruda indiferencia que iba ganando!

Joshua parecía hacer mucho esfuerzo, le temblaba la mano. Logré ver que Carlota apuntó su mirada hacia los animales, hizo varios movimientos de ojos hacia los animales y hacia Joshua. Hasta que un puma saltó y mordió la mano de Joshua. Lo soltó con cierta rapidez, ¡pero su mano sangraba mucho!

Ahora sin el niño a su lado, Mauler caminaba más de prisa. Carlota, con la vista fija en los leones. Y yo saliéndome por debajo de la varilla, sentía un ardor en mi brazo bueno, ¡pero bueno! Ya estaba libre.

Levanté la pica y di un golpe en el piso. Carlota apenas levantó su brazo mejorado y me dedicó una mirada de muerte. De un golpe en la cadera, un alce me lanzó hasta la pared.

Ahora ya tenía a alces, lobos, leones y leopardos rodeándome. Por encima de los alces, vi cómo Mauler tenía una esfera eléctrica entre sus manos, amenazándole a Joshua con la pura mirada. Yo podía sentir el aliento de los lobos y la sed de sangre proyectada en sus ojos.

La tierra parecía una cuna, escombros nada grandes caían y la tierra se abrió frente a mí. Cada bestia que me resguardaba, se alejó. El resto de los animales huyó por la puerta.

Yo me levanté, doliéndome de la espalda. Seguí el trayecto de la grieta del suelo y vi cómo Leonas se levantó de su tumba de cristal. Joshua y Mauler me gritaban algo, ¡pero yo, nada podía entenderles!

El polvo empobreció mi vista más y más, y mi brazo bueno se quedaba menos bueno, ¡caí! Logrando ver que el castillo perdía más partes y los animales escapaban. Y los escombros me rodeaban, hasta que un gran trozo de pared me caía.

Abrí los ojos y el gran trozo de pared estaba aún frente a mí. Mi vista se aclaró y vi algo, a alguien. Algo decía, pero perdí la conciencia. Sé cómo es un cuarto de hospital, por los equipos que parpadean, la ambientación pobre, las camas sencillas y con sus sábanas blancas, ¡y las muchas manguerillas conectadas en los brazos.

Por lo que no me pareció un cuarto de hospital, fue porque Leonas, Mauler, Joshua y un doctor, tenían suficiente espacio para moverse. Cada uno me miraba cómo si yo hubiese tirado el castillo. Joshua y Mauler se hicieron a un lado para dejar pasar a mi mamá y mi hermana.

Creo que despertamos a alguien con nuestros gritos y llantos pavorosos. ¡Pero eran sinceros! Sin ataduras y hermosos, por el significado de nuestro reencuentro.

Teníamos las caras hinchadas por tantas lágrimas y las narices congestionadas. Pero al fin nos calmamos y después las preguntas no faltaron.

— ¿En dónde estaban presas?— pregunté.

— En el castillo que se derrumbó— contestó mi madre—. ¡Pero eso sí! Bien escondidas en un cuarto hecho de metal sólido. Era una cueva en la que se había derretido muchísimo metal y así se formó la cueva.

— Sí, y nada tonta— continuó mi hermana—, Carlota la dejó para hacer una celda. Pero si fue muy tonta al no hacer un castillo más resistente.

— ¿Carlota murió?— pregunté, no tan triste, no tan alegre. Aunque a todos les pareció que yo estaba preocupada.

— ¿Qué si murió? Claro que no. ¿Qué si está viva? No por mucho— me alegré de escuchar la voz de Leonas.

— Carlota está en su nuevo hogar— confirmó Joshua con su voz imponente pero muy clara—. En las alturas, en un nivel con ley de gravedad elegido especialmente para ella.

— ¿Y le quitaron mi guante?

Todos se retiraron un poco, mirando a mi madre y dejándole espacio para que me diera una explicación.

—Ese equipo ortopédico es muy especial, demasiado para Carlota. Pero hecho para que tu brazo pueda moverse— aquí mi mamá se puso muy triste—. Espero que no me odies por lo que te voy a decir— y aquí, yo me acomodé mejor en la cama—. Carlota y yo éramos amigas, hasta su familia me quería mucho. Carlota me contó todos sus planes. En varias ocasiones vi pruebas que ella hacía para demostrar sus poderes. Yo sabía que sus habilidades eran infinitas e insuperables. Para cuando, casi destruía la casa de su familia, sus padres quedaron aterrados. Carlota les dio muchas explicaciones, pero ellos quedaban paralizados ante los planes que ella les narraba. Con pocos de sus tantos poderes, a Carlota la mandaron a una escuela especial, pero mejor huyó. Ella me dijo que sólo sus padres tienen la habilidad de devolverle sus poderes. Y…

Mi mamá se quedó paralizada, mirando el suelo.

— Lo que sigue fue solo un error— explicó mi hermana.

— Sí— continuó—. Yo le había contado que mi hija, Casandra, tenía un equipo ortopédico, hecho especial para ella, no solo para ayudarle a recuperar la movilidad de su brazo, sino que también para desarrollar sus habilidades, ¡sus poderes! Con engaños, nos invitó a mí y a tu hermana al castillo. A ver la cueva que se supone era muy increíble. ¡Y sí! Era muy increíble, tanto, que hasta nos salvó de aquel derrumbe.

— Pero había algo peor— continuó mi hermana—. A mí me torturó para que mi mamá dijera todos los secretos del equipo ortopédico. Y así cómo así, te retó a que fueras a salvarnos. Y que les enfrentaras a los cuatro rivales que te esperaban bajo cada planeta.

— Y cada vez que luchabas— explicó Joshua—, adquirías o mejorabas uno o varios poderes.

— ¿Y para qué? Para que le ahorraras el trabajo de mejorar el guante— dijo Leonas, dando un golpe en el suelo. Todos se asustaron, y él se dio cuenta y detuvo sus puños a poca distancia del suelo— ¿Perdón? Sí, perdón— enseguida todos reímos, seguidos por Leonas.

— Aunque, gracias a que ese guante dejará paralizada a Carlota— dijo mi mamá, sonriendo consolablemente, pero muy forzada—, ya no podrás tener tus poderes.

— Tú me puedes fabricar otro guante.

— Yo no lo terminé de fabricar, ni tu padre lo empezó. Fue una mentira que le dije a Carlota. En realidad lo fabricó un vecino nuestro, él fabricaba equipos únicos e increíbles. Hasta que murió pocos soles después. Le conté a Carlota, con mucho detalle, el trabajo que yo le había dedicado. Siendo muy amigas, se la creyó así de fácil. Y cómo ya te dije, el equipo era el ideal para inmovilizarla y evitar que cumpliera con sus malévolos planes.

— Pero el guante se descompone— expliqué, pensando que eso sería malo para nosotros y bueno para ayudar a Carlota.

— ¡Tanto mejor!— siguió mi mamá—. Sí la dejaba paralizada cuando funciona ese guante; imagínate cómo la dejará al estar descompuesto.

— Y así se quedará, ¡descompuesto!— concluyó Mauler.

Ya pasaron diecisiete años, ¡lo sabemos porque un hombre invento el reloj digital y el calendario! Yo no entendía eso de "digital" pero mi esposo me explicó y solo así entendí, ¡Y sí, me casé con ese inventor!

¡La vida sigue! Lo único que yo necesito es la compañía de mi familia. Y la comprensión de la humanidad por adaptarse a un plano ajeno a lo establecido y seguido por nuestros antepasados.

Conseguí otro equipo ortopédico, ¡me ha servido!, para mover mi brazo; y no para desarrollar mis súper poderes.

No ha sido fácil vivir en las alturas. Las cosechas se han secado y retoñado en cierta cantidad de tiempo. Con esto, la gente ha protestado. Pero poco a poco han aprendido a reconocer las temporadas de cosecha.

La población mundial ha crecido. Lo sé, gracias a mi hermana y a su esposo, ellos van de ciudad en ciudad, dando clases de regulación poblacional. Muy difíciles de convencer, pero lo entienden después de muchas explicaciones, ¡crueles!, pero directas.

Mi mamá se desempeña como una excelente maestra para cien niños. Yo no he conocido a alguien que, siquiera enseñe a treinta niños. Ni yo podría mantener la concentración de veinte niños.

Y yo, estoy que brinco de gusto, mi hijo va a cumplir cuatro años de edad. Para cuando tenga cinco, será alumno de su "abue".

Con estos y muchos conocimientos más, que vamos descubriendo, tenemos visto el principio de una mejor civilización.

FIN

Yo también inventaré cosas que mejoren al mundo— dijo Verónica, estando tan fresca, como la noche anterior.

Liliana ponía atención a las explicaciones que daban Roberto y Pamela ante las interrogantes de Verónica. Para Liliana, la mayoría de las explicaciones, fueron buenas; solo una fue excelente; y una que otra fue muy deficiente.

Pamela acomoda la almohada de Verónica y le dijo:

— Ahora descansaras— le da un beso—. Y mañana serás una gran inventora como tu hermana.

Verónica agradece.

—Descansa mi cielo— expresó Roberto, acomodándole la sábana y dándole un beso en la frente.

— Tú serás mi inventora favorita— dijo Liliana, besando la frente de Verónica y luego pegando las mejillas de ambas.

Liliana era la única en quedar impresionada con la reacción, tan favorable, de Verónica ante el cuento. Pues notaba que ni siquiera se veía asustada, enojada o mal impresionada con las aventuras de Casandra.

CAPÍTULO 13

Laura va conduciendo; Liliana va tecleando en su laptop, hasta llegar a la bodega de trabajo. Junto a la puerta, está Salvador, recargado en la pared. Él desenvuelve uno, más, de los dulces que ha creado Roberto. La envoltura la tira al suelo. A su alrededor hay otras ocho envolturas, esto lo nota Liliana y reclama:

— ¡Cuanta basura!

— ¡Es que no se puede dejar de saborear estos dulces! ¿Por qué se tardaron tanto?

— Fuimos a conseguir cartón— contesta Laura, bajando unas tablas muy delgadas de cartón comprimido— dame un dulce.

— No. Llegaron tarde, se acabaron pronto.

— ¡Tú solo te los acabaste!— reclamaron Laura y Liliana al unísono.

Salvador carga la mayoría de las tablas, Liliana abre la bodega y entre las dos se llevan el resto.

Él se queda barriendo la entrada y en voz alta, pregunta:

— ¿Para qué es ese cartón?

— A Liliana se le ocurrió hacer casitas más pesadas— contesta Laura, acomodando las tablas.

Terminan de hacer las maquetas. Liliana llega después, con una esfera perforada; unos agujeros fueron hechos de lado a lado, otros solo fueron hechos a varias profundidades de la esfera. Salvador prepara la cámara de viento. Laura decide quedarse a observar, por lo menos, esta prueba.

Salvador ha preparado unas cortinitas de tela para las ventanas y otras de hule para el baño. Muestra estas cortinitas a las muchachas y ellas comentan, con ternura:

— ¡Qué muchachito tan detallista!— dijo Laura.

— ¡Se irán volando muy bonito!— dijo Liliana.

Al terminar de adornar las casitas, continúan con las pruebas.

El remolino roza la esfera y ésta sale volando como bola de cañón, destruyendo una de las casitas.

Liliana asegura la esfera, al suelo, con una cadenita. El remolino levanta la esfera, forcejeando la cadena. Ésta se parte en dos. La esfera se eleva como un globo, hasta llegar a la mitad del remolino. Y es tirada a un lado.

Liliana perfora la misma esfera, pero ahora le deja un centro hueco. El remolino pasa por un lado de una casita y luego lucha con la cadenita, la esfera es elevada y se queda centrada en el remolino. Los tres quedan en silencio absoluto porque lo que están viendo, hasta quedan aislados de los ruidos de su entorno. El remolino se va desvaneciendo. Árboles, puertas y partes de las paredes son arrojados, junto a pequeños escombros. La esfera va cayendo.

Laura ve con las cejas muy caídas y ceño fruncido, pero muy cómica, a Liliana, observando cómo la esfera cae encima de una de las casitas. La esfera solo desacomoda el tejado. Y termina aplastando a dos arbolitos delgados, del jardín.

— A tamaño natural— iba a preguntar Laura, acercándose más a la pared de la cámara de aire—, ¿esa esfera si hubiese aplastado la casa?

— No— contesta Liliana rápidamente.

— Podría destruirla parcialmente— confirma Salvador.

Liliana retrocede y se sienta en una de las sillas y dice con gran decepción:

— Ahora si estamos como al principio.

Salvador apaga la cámara de viento. Mira a Liliana con la preocupación de que ella vuelva a caer en otro estado depresivo. Se sienta junto a ella y le comenta:

— Yo tengo un material tan ligero, que una pieza al tamaño de un ladrillo de hormigón, puede posarse como una abeja sobre una flor.

Liliana se queda pensativa. Preocupándose más porque, al parecer, se está volviendo dependiente de la ayuda de Salvador. Conocía el punto a tratar: de que igual debía o necesitaría un material para ese otro prototipo.

— Suena muy bien— comenta Liliana, poniéndose de pie y abrazando de lado a sus dos amigos—. Tú sólo me dices— pide, mirando a Salvador— como funciona ese material y yo sola me encargo de hacer un prototipo, ¿va?

— Sí. Sé que lo harás bien, eres tan lista como yo, y… como Laura.

Todos ríen sin par. Laura es quien se calma primero y comenta:

— Lo de su inteligencia es cierto. Cada integrante de la secta ha sabido aprovechar cada uno de su propio rango. Pero Salvador ha inventado más de la cuenta.

— Pues sí— comenta Salvador, recargándose en la pared de la cámara—. Todo el que siga el sendero de Prometeo, trazará un glorioso porvenir en su vida. Pero muchos de mis inventos no son precisamente mis "orgullos".

— ¿Pero por qué? Si todo lo que creas es increíble— expresa Liliana.

— Me refiero a que algunos de mis inventos son un peligro, ¡literalmente hablando! Hasta espero que esos de NO-COMP me vayan a boicotear por esos inventos. Aunque muy pocas personas conocen esas creaciones.

Todos quedaron cabizbajos. A Liliana le vino a la mente, esa organización, y volviendo a pensar en cada invento o proyecto que se prohibió. Casualmente, Laura pensaba lo mismo que Liliana, sólo que Laura sabía que, ciertas compañías, eran las responsables de la pérdida o de la desaparición de inventos verdaderamente revolucionarios.

— Bueno. Dejen lo traigo— dijo Salvador y luego se fue en su coche.

Pasaron un par de horas de aprendizaje y de pruebas solo para hacer algo con ese material. Material llamado "INTRAGENIO". Una amalgama de plástico, látex y una formula denominada: "GENIUM". Es de un color verde oliva, pero sin un tono uniforme.

Liliana hizo otra esfera, similar a la pasada. Encadenan la esfera al suelo de la cámara. El remolino va en camino, sembrando su desastre. Llega hasta donde está la esfera, elevándola. La cadena se troza. La esfera se centra en el remolino. La esfera se ve cómo toma varias formas, estirándose como un globo. En pocos minutos, el remolino se va desvaneciendo. La esfera va cayendo, tal cual pluma. Y el remolino vuelve a recuperar cuerpo y sigue su camino.

Estamos dentro del agua, mirando hacia arriba. Un rostro se sumerge, las burbujas que escapan de su nariz y los largos cabellos que ondulan, dejan irreconocible a la persona.

Ahora estamos frente a un espejo biselado que cuelga en una pared de mosaicos de azul claro con manchitas que parecen gotas de agua.

Desde abajo del espejo, aparece un rostro cubierto por pelo mojado. Con ambas manos, se hace el cabello hacia atrás y los lados. Liliana se recarga en el lavamanos, luego se seca con una toalla. Espera a calmar su respiración y el temblor que le provocó el agua. Se termina de secar, se peina y se mira al espejo tomando una postura firme.

Liliana sale del baño, de la misma bodega de trabajo y avanza hasta la mesa en donde esperan sus amigos.

— Olviden las esferas— dijo Liliana, sentándose en una silla—. La mejor forma de cubrir más cuerpo del tornado, es con un manta.

Salvador y Laura quedan sin palabras. Ambos, no podían esperar a ver esa "manta". En una hora, Liliana hizo una manta, que se agranda, pero con varias bolsas. La manta es doblada y puesta de trampa.

El remolino toma fuerza, arrojando como tortillas voladoras a sus trampas, varias veces. En ocasiones si se elevaban, pero eran arrojadas de inmediato. Sólo dos veces la manta llegó a formarse y luchar contra el tornado, sin pasar de finar al remolino por no más de unos segundos.

Los tres estaban sentados a la mesa, revisando planos y bocetos de cometas. Liliana, con todos los papeles que tiene en las manos, da un golpe en la mesa y comenta:

— Mejor que se desplieguen tres mantas.

Y así, Liliana dirigió el nuevo plan. Ahora ya tienen tres mantas en una lata de papel, que dejan dentro de la cámara. El remolino ha llegado hasta esa lata; pero Liliana había preparado un cometa de cajón, atándolo a la lata, que el remolino ha tragado. Las tres mantas se despliegan y cada una se abre como un acordeón, pero con varios micros bolsos. Cada manta se estira, ajustándose al ancho del remolino. Los tres amigos no podían dejar de observar el cómo las mantas frenan al remolino.

Aquellos pliegues caen ondulantes, y hasta se van reduciendo a su tamaño original. Y quedan tendidos en el suelo de la cámara. Salvador apaga los motores y pregunta:

— ¿Qué les pareció chicas?

— Falta la prueba definitiva— contestó Liliana.

Roberto propuso hacer una pequeña reunión en el patio del castillo. Dicho y hecho: Laura lleva un tazón con papas fritas y rodajas de cebolla empanizada. Ella misma ve con desprecio al tazón con cueritos encurtidos. Y mejor aleja su tazón y se retira unos metros. Liliana ayuda a Roberto a acomodar las botellas de cerveza en una hielera. Verónica y Pamela acomodan las sillas.

Salvador lleva sus herramientas para armar una especie de juego mecánico. Con la ayuda de Enrique y de los demás muchachos, levantan cuatro postes, muy curiosos por parecer resortes, pero que están cubiertos con un material plástico. Estos tienen unos siete metros de alto y en la punta tienen un foco rojo y les cubre un pequeño domo.

Después llevan, en una carretilla, una jaula esférica de metal y la acomodan entre los postes y encima de una plataforma que está, casi, al ras del suelo.

En su centro, la jaula tiene un asiento y cinturones de seguridad. Y a su alrededor, tiene unos cubitos envueltos con papel celofán de color azul acompañados por unos pequeños cilindros, de los cuales, Salvador revisa la presión.

Salvador conecta una caja amarilla a un generador de extraña fabricación. De la caja amarilla, ajusta una pequeña antena. Los cuatro postes y la plataforma, los conecta a la caja. Y los focos se encienden. Ahora Salvador activa su tableta electrónica y abre una aplicación para controlar ese juego.

Laura estaba a punto de dar una mordida a una papa frita, cuando de pronto, Salvador le sujeta del hombro y le dice:

— ¿Quieres hacernos el honor?

— ¡Eh!... ¿yo?— dice Laura entre risas titubeantes.

— ¡Anda! Antes de que comamos, debemos marearnos.

— ¿Ya está todo listo? ¿Todo es seguro?— pregunta y Salvador le responde afirmativamente con la cabeza— ¡Va! Pero después le toca a Liliana.

Liliana veía de reojo a Laura y a Salvador. Aunque quería suponer que Laura ya sabía a lo que se enfrentaba.

Laura entra a la jaula y se ajusta los cinturones de seguridad. Salvador acciona, desde la tableta, los postes y la plataforma. La jaula se va alineando gracias al campo magnético de los postes y de la plataforma. Ahora la jaula se va elevando poco a poco. Laura se aferra a unas manijas que se encuentran encima del asiento.

Como en un videojuego, Salvador hace que se eleve la jaula y junto con los gritos de Laura, alcanza los diez metros de altura. Vuelve a caer entre los postes, pero no toca la plataforma. Ahora los gritos se escuchan menos, al alcanzar los quince metros. Cada vez que Salvador hacía un movimiento en la tableta, la jaula alcanzaba alturas cada vez más superiores.

Liliana sentía escalofríos. Se alejaba, pensando que la jaula caería encima de ella.

La jaula va perdiendo altura hasta tocar, al fin, la plataforma.

— ¡Te toca, Liliana!— grita Salvador tenebrosamente gracioso.

— ¡No, yo no!— contesta Liliana, retrocediendo lento. Corre hasta el castillo, riendo y gritando cómicamente. Salvador va en su caza. Y entre gritos más altos, él lleva a Liliana sobre el hombro. Él baja a Liliana, justo antes de llegar a los postes. El escándalo de Liliana se apaga al ver a Sandra sentada dentro de la jaula y ajustándose los cinturones.

— Esto es para mujeres con actitud y coraje— expresa Sandra.

Muy pocos reían. Pamela y Roberto sólo se veían animados. Laura encogió los hombros. Liliana no tenía palabras amables, así que se quedó callada.

— ¡Dese prisa mijo!— grita Sandra. Salvador sólo camina, toma la tableta y comienza a activar el magnetismo.

— ¿Qué hace esa tipeja aquí?— pregunta Liliana mirando a Roberto y a Pamela.

— Yo la invité— confirmó Pamela en tono agradable.

Pamela sabía de los problemas entre las dos chicas, pero pensó en que sería bueno comenzar una amistad con otra oportunidad.

Liliana se llevó a Verónica a la mesa de la comida. Preparándole papas con cueritos y un poco de salsa casera.

Liliana solo escuchaba los gritos y frases incoherentes que Sandra pegaba en las alturas.

Para cuando la jaula llegaba al punto más bajo, Sandra daba indicaciones a Salvador:

— ¡Ándale… niño… quiero… alcanzar… las nubes!

Todos ríen, excepto Laura y Liliana. Salvador voltea riendo, hacia Liliana. Ella le mira pero no le responde, él cancela su risa.

La jaula ya alcanzaba los treinta metros de altura. Temiendo que la jaula se saliera de los parámetros, después de unas docenas de metros más. Salvador le da más potencia y ahora la jaula alcanza los cincuenta metros.

— ¿Eso es todo?— grita Sandra.

Ya no quería, pero Salvador le aplicó otros diez metros más. Las risa se apagaron y las caras se alargaron al ver cómo la jaula se desviaba desde lo más alto. Sandra se aferró más que antes y gritó lo prohibido, al darse cuenta de que su destino no era bueno.

Unos gritaron, y otros se cubrían la cara al escuchar el metal impactando afuera del castillo, y el callar de los gritos de Sandra.

Roberto, Laura, Salvador, Liliana, Enrique y otros fueron hasta el lugar del impacto.

— ¡Eso es!— gritó Salvador, con gran alivio, notando que la jaula esta rellena de las bolsas de aire— ¡Funcionaron!

Todos se acercan. Salvador raja las bolsas, y con ayuda abre la puertilla. Se revela el rostro de Sandra que está tan pálida como el algodón.

CAPÍTULO 14

Vemos cómo, en el grueso vidrio, van cayendo gotas que hacen caminitos. Gotas acumuladas por la brisa mañanera.

Laura y Liliana están sentadas en el lobby del Palacio, en espera de Salvador.

Tenemos a Salvador sentado frente a un escritorio, y junto a él, está su abogado. A tres metros, junto a ellos están Sandra y su defensor legal. Detrás de ellos están el Maestro y los Unificadores invitados. Frente a todos, está el juez, acompañado por personas del jurado. Para esto, han arreglado el salón de ceremonias.

Después de media hora. La demanda de Sandra en contra de Salvador, va ganando credibilidad. El juez, para dejar en claro todo lo discutido, le pregunta a Sandra:

— ¿Y usted por qué retó a Salvador?

— Pues— contesta Sandra, tratando de no mirar fijamente a Salvador—, creí que él no lo haría. Que usaría su criterio y su inteligencia moral para evitar lo que ha pasado— dijo con voz ahogada.

— ¿El acusado tiene algún argumento ante esto?

— Sí— contesta Salvador al ponerse de pie—. Yo le tomé la orden como cierta. Conociéndola por varios años, en los que fuimos novios, yo sabía que hablaba en serio— comenzó a alzar la voz—. Si ella tuviese miedo, ni se hubiese acercado a la jaula.

— ¿Qué tanto sabía de ese invento?

— No solo lo conocía— contesta Salvador al mirar fijamente a Sandra. Ésta solo se limitaba a mirar su escritorio—, sino que me ayudó a hacer varios test.

— Y usted dijo que la jaula alcanzó los sesenta metros de altura— tratada de dejar en claro el juez—, ¿cierto?

— Sí. La misma aplicación en la tableta electrónica que sirve para controlar la jaula, me indica que altura estoy aplicando y si alcanza una superior al límite de seguridad. Y los sesenta metros fueron los registrados.

— Pero esos test no fueron suficientes— interrumpió el abogado de Sandra.

El juez decide dar la palabra al abogado de Sandra, pero primero le pregunta:

— ¿Tienen pruebas que justifique su interrupción?

— Sí— contesta el abogado, llevando un folder al juez—. Esto, los resultados del médico.

El juez le da un vistazo al documento. Expedido por un doctor del centro de la ciudad.

— Todo se ve en orden— dijo el juez, al leer que se indicaba que Sandra ha sufrido una fractura de cráneo lineal—. Y usted señorita Sandra. ¿Cuánto tiempo estuvo en observación médica, para cuidar su fractura de cráneo?

— Ningún tiempo— contesta Sandra, con la vista perdida en el techo.

— ¿Fractura? — alza la voz el abogado de Salvador.

— ¡Disculpe! Estoy hablando— el juez hizo un gesto, insatisfecho por la interrupción del abogado. El juez se cerró los ojos, se tocó la frente y recargó su brazo en el escritorio. El silencio se apodera del salón. Los abogados sabían que a ese juez le disgustaban las interrupciones, pero a veces se les olvidaba o se dejaban llevar por la tensión del momento. Con la calma establecida, el juez se incorpora en su silla.

Con un gesto de la mano, el juez le indica que el abogado de Salvador tiene la palabra.

— Es imposible que tenga una fractura.

— ¿Tiene pruebas?

El abogado de Salvador le llevó un sobre de tamaño carta. El juez lo leyó con detalle. Luego los comparó.

— Esto no está bien— dijo el juez— Claudio Montés— leyó el nombre del médico, impreso en ambas hojas.

Con una seña, el juez le llama al representante de los señores del jurado, éste se acerca y el juez le entrega ambas hojas. Y el representante se las lleva y las comparte con el resto del jurado.

Los señores del jurado discutían entre sí en voz baja. Solo se les veía a la mayoría negar con la cabeza. El representante era el que más se negaba, se puso de pie y dijo:

— No se puede dictar un veredicto en este día, no hasta obtener el testimonio del doctor: Claudio Montés.

— ¡Perfectamente cierto!— expresa el juez, mirando ambos abogados—. Si el doctor Claudio Montés tiene tiempo, se establecerá un nuevo juicio en cuarentaiocho horas exactamente.

Sandra y su abogado son los primeros en salir del salón. Estaban a punto de llegar a las escaleras. Se detienen al pie de estás, miran a ambos lados del pasillo y comienzan a discutir en voz baja.

— ¿Y por qué lo demandaste?— pregunta el abogado en voz alta.

— ¡Necesito algo de él!— contesta Sandra, haciendo gesto de silencio.

— ¿Y qué es ese algo?— pregunta en voz más baja.

— Que sea mi socio en un proyecto— contestó, sin moverse y mirando por encima de las escaleras. Vio algo oscuro que se movió.

— Entonces…

Sandra le tapó los labios al abogado con la mano y comenzó a subir las escaleras, hasta encontrarse con Laura y con Liliana en el lobby. Laura guarda su celular, al ver a Sandra. Con un gesto horrendo, Sandra sale del Palacio, seguida por su abogado.

En la mañana siguiente, Roberto engrasaba las bisagras de la puerta principal de la torre del homenaje. Liliana bajaba las escaleras, Pamela le mira y le da escalofríos al ver las botas que lleva.

— ¡Niñas!— les dice Roberto, viendo el reloj en su celular—. ¿Tan temprano al trabajo?

— Sí— contesta Pamela—. Queremos salir temprano.

Roberto le toma la mano, a cada una, y les dice:

— Quiero pedirles algo.

— ¡A ver!— exige Liliana.

— Solo quiero saber si les gustaría trabajar conmigo en la nueva fábrica.

Pamela entendió de inmediato a que se refería él, y de un salto, le da un abrazo. Le da varios besos en la boca, se suelta y con voz alargada, le dice a Liliana.

— ¿Oíste eso? Tu padre al fin tendrá su fábrica de dulces de guayaba.

Liliana se queda muda y de inmediato abrazó a Roberto.

Roberto ha planeado dejar a cargo del campo a Enrique y a su esposa, María. Ella había tenido experiencia trabajando en un campo vecino.

Ya en la cosecha, Liliana va supervisando las cajas de la producción del día. En una caja encuentra tres jitomates podridos. Acerca otra caja de cartón vacía y ahí va echando los jitomates malos de varias cajas de madera.

Enrique pasa corriendo y se lleva la caja de cartón, la posiciona a unos cinco metros de distancia y le reta a Liliana:

— ¡A qué no le atinas!

Liliana se pone seria, se prepara cinco jitomates magullados, y uno a uno los arroja. Con tres tinos logrados, Liliana dice:

— ¡Soy muy mala!

— Ya lo vi— dijo Enrique, levantando los dos jitomates y echándolos a la caja. Y va a devolverla a Liliana. Y con reflejos acertados, pero un poco torpes, Enrique pone la caja enfrente de su cara para atrapar dos jitomates más, que Liliana lanzó.

— ¡Cinco de siete!— grita Liliana.

— ¡Mejoraste!— expresa Enrique—. Se te va a extrañar.

— Sí, yo también te extrañare. Espero que no sea tan aburrido ahí en la fábrica.

— Tú te vacilaras a todos— dijo Enrique. Los dos rieron y él se quedó a ayudar.

Roberto y Pamela han sido invitados a una ceremonia especial. Liliana llevó con gusto a Verónica a su clase de pintura. Poco antes de llegar ahí, se detienen bajo la luz roja del semáforo. Un automóvil clásico color negro se le empareja. Las ventanas ennegrecidas le impiden ver quien va en ese auto. Ambos siguen su camino. Quien va en el auto negro, suena la bocina. El auto clásico acelera y de inmediato toma la delantera. El corazón de Liliana retumbaba. Hasta que dejó de pensar en aquel imprudente conductor.

Para cuando llegó al estacionamiento del Refugio de las Artes, Liliana se tensó más al ver que el auto clásico estaba ahí estacionado. No quería ponerse al tú por tú con el dueño de ese coche. Ni quiso darle importancia, no hasta que vio que el único lugar disponible, que es el de junto al auto clásico. Respiró profundamente, estiró los músculos y se estacionó.

La coordinadora Clementina, deja pasar a Verónica, y luego le entrega un folleto a Liliana.

— Esto es para usted. Es un programa de todas las clases de Verónica. También trae fechas de nuestras pláticas y reuniones creativas. Y de los cursos y fechas en las que los padres y/o tutores pueden acompañar a sus niños.

— Al parecer, hoy debo acompañar a mi hermanita— dijo al leer una parte del folleto.

— Entonces espera— dijo la coordinadora—. Deja te traigo un carnet. Clementina entró en la oficina de la directora. De repente, va saliendo Sandra de esa oficina. Se despide de Clementina con una sonrisa amable. Con una sonrisa más melosa, dirigida a Liliana, Sandra va saliendo del edificio. Liliana se queda leyendo el folleto.

Liliana le sigue con la vista, hasta que Sandra pasa junto a su camioneta y le hace unas marcas con los dedos. Liliana mueve su cabeza de un lado a otro, plasmando un gesto de repudio, al fijarse que ella se sube al auto clásico negro.

— ¡Qué maldita!— dijo Liliana entre dientes.

Liliana se cubre del viento polvoriento que se hace presente con fuerza. Hasta los postes con las cámaras de vídeo se tambalearon por unos segundos.

El viento pierde fuerza. Liliana ve cómo el auto clásico derrapa por pocos segundos y de inmediato se echa de reversa. El auto da un golpe lateral a la camioneta de Liliana. La camioneta se balanceó un poco. Al establecer el equilibrio, el auto clásico se pasa del estacionamiento a la carretera.

Liliana va corriendo, revisa el costado de su camioneta, la cual tiene una abolladura, un rayón de color negro y una calavera trasera destrozada.

Liliana recogió y guardó los trozos del plástico en la guantera de su camioneta. Observa el poste más cercano y confirma que una cámara apunta hacia su lugar.

Liliana regresa al edificio. Clementina ya le esperaba, tomó los datos necesarios y los apuntó en el carnet.

— Gracias— agradeció Liliana y luego pidió: —. Te molesto, si se puede, con la grabación de esa cámara— señaló el poste con la letra C.

— Claro que sí. ¿Paso algo malo?

— No. Solo que alguien le dio un golpe a mi camioneta y necesito saber firmemente de quien se trata.

— Ok. Tal vez solo fue un accidente. Te tendré lista una copia de la grabación en cuanto salgas, ¿de acuerdo?

— Sí. Muchas gracias.

Liliana ya llevaba una buena parte de la obra que recién inició hace hora y media. Aunque la calidad de su trabajo era inferior a la de Verónica, Liliana se mantenía concentrada en su obra. La maestra, Hermelinda, quedó fascinada porque Liliana mezcló el cubismo con el surrealismo.

La visión de Liliana se ve grabada en las nubes de líneas planas irregulares. Y varias de esas nubes están rellenas de otras más pequeñas, hasta llegar a un punto intermedio de color azul celeste. También, cruzan dos avionetas, pero sus pasajeros son varias aves, aves echas de papiroflexia. Y en la parte de abajo, un extenso mar. Y en su centro está un pescador, junto a una pila de pescados. Él está elevando su caña con su presa más valiosa: una llave antigua. ¿Qué podrá abrir esa llave? ¿Acaso un cofre con oro y joyas? ¿Las puertas de las casas de todo el mundo? ¿O sólo abrirá el corazón de su amada?

— Nos harías el honor de prestarnos tu pintura— pidió la maestra Hermelinda.

— Eso sí que me gustaría— contesta Liliana, ayudando a colgar el cuadro en la pared del salón.

Liliana, entre la multitud del momento, llega hasta la oficina de la directora, se encuentra con Clementina, a quien le pregunta:

— ¿Si se pudo?

— Sí— contesta la coordinadora, entregándole un cd—. Pero no tuve tiempo de grabar solo la parte del accidente. Te grabé media hora. ¿Está bien?

— ¡por supuesto que sí! Gracias.

Liliana quiso pasar un tiempo con su hermanita, antes de revisar la grabación.

Verónica no dejaba de checar varios sectores de la luna con los binoculares especiales. Y tampoco deja de anotar coordenadas de, lo que según ella, son interesantes. Aun así, está más impaciente por encontrar, al menos, la palabra "Vero".

Después, Liliana le muestra su nombre encontrado en la luna.

— ¿Quién escribió tu nombre en la luna?

— Nadie.

— ¿Hay otros nombres?

— No, ¿pero quieres ver unas curiosidades qué encontré?

Verónica contesta afirmativamente con la cabeza. Liliana busca las coordenadas que ella guardó. En la primera, muestra una especie de barrotes que parecen proteger la entrada de una cueva. En la segunda se ven como tres barcos, que al parecer, han perdido la batalla en medio del, ahora seco, mar. La arena del fondo los ha dejado parcialmente con la proa a la vista. ¿Serán caprichos de la naturaleza? Las teorías de una civilización extinta, ¿estarán ganando credibilidad? ¿O sólo será la proyección de la férrea necesidad de creer en algo extraño?

No se preguntaron nada más de esto. Mejor se dedicaron a buscar en la superficie marciana.

CAPÍTULO 15

Liliana ha invitado a sus padres a ver el vídeo de seguridad. Liliana no quería que Sandra siguiera metiéndose en su vida, y esperaba a que este vídeo les convenciera de que Sandra sólo busca problemas. Pero sabe que Pamela y Roberto no le harían un desaire a nadie. Así que intentará ser muy explícita.

El vídeo comienza cuando un automóvil deja el segundo espacio libre en el estacionamiento. Liliana avanza la grabación. Lo deja a velocidad normal en cuanto encuentra la parte en que el auto de Sandra va entrando al estacionamiento y ocupa su lugar. Sandra sale del auto y se dirige al edificio.

Luego Liliana avanza un poco la grabación, hasta en donde ella va entrando al estacionamiento y ocupa el único lugar disponible. Verónica y Liliana salen de la camioneta y se van hasta el edificio.

Ahora están viendo la parte del vídeo donde Sandra va y sube a su automóvil. La imagen se distorsiona de golpe y se vuelve borrosa por los puntos blancos y las rayas, y se corta en partes al paso del viento sucio. La imagen se restablece y el polvoriento y basuriento aire se calma. Entonces el auto de Sandra retrocede con calma. Logra una maniobra estupenda y sale a la carretera.

Liliana queda boquiabierta, pero le gana el disgusto. Con el control remoto, retrocede y reproduce la misma parte de la salida de Sandra, una y otra vez. Pamela y Roberto no saben que preguntar o que comentar. Liliana hace una pausa, hace un zoom y activa la cámara lenta, sólo para ver que el auto de Sandra retrocedía y se mantenía a unos quince o veinticinco centímetros de distancia con la camioneta. Hasta le fue obvio que la camioneta ni se movió. Tenía muchas explicaciones de lo que ella vio en realidad. Pero se negó, a sí misma, a decir cualquier comentario al estar viendo la imagen que no mostraba los daños hechos a su camioneta.

— ¿Y bien?— pregunta Roberto, escondiendo su propio enojo.

— Y lo que teníamos que ver, ¿es?— cuestiona Pamela.

— No... No sé qué...— contesta Liliana con voz acelerada. Su vista no se alejaba de la imagen pausada.

— ¿No nos quieres decir algo más?— pregunta Roberto.

Pamela se levanta y se acerca a Liliana, quiere quitarle el control remoto, pero Liliana se queda petrificada.

— Si tú lo chocaste y le dañaste el coche a una persona, solo dínoslo. No te vamos a castigar, ni siquiera te regañaremos.

Liliana deja el control remoto en el sillón, les comparte una mirada tierna, fija y cristalizada, para decirles:

— ¡Se los juro! Sandra dañó mi camioneta. Se dio reversa y le hizo esos rayos y golpes.

— ¡Pero ahí no se ve nada de eso!— contradice Roberto en voz alta y señalando el televisor.

— ¡Yo sé lo que pasó!

— ¿Si fue un simple golpe?— comentó Roberto, levantándose—. Entonces tiene reparación. Para que hacerle tanto embrollo. No te avergüences de que fuiste la culpable de chocar otro automóvil. Dilo y ya.

Roberto le toma del hombro a Liliana, le mira con expresión de padre defraudado, pero comprensivo, y solo niega con la cabeza y se retira subiendo las escaleras.

Pamela apaga el televisor, le coge de la mano a Liliana y le consuela diciéndole:

— Mejor ya veté a descansar. Mañana llevamos tu camioneta a reparar y listo— comenta y espera una respuesta de Liliana. Al no obtenerla, agrega: —. Tengo algo todavía mejor que decirte, le hablé de tu cuento al director de una editorial y quiere platicar contigo.

— Eso último si lo podré hacer— contestó, sacando su más sincera sonrisa.

Pamela se va. A mitad de las escaleras, se detiene y se queda preocupada por las malas vibras de Liliana en contra de Sandra. Sigue subiendo.

Liliana forma un puño con su mano izquierda, con la otra mano envuelve al puño y aplica fuerza. Se libera las manos y se dirige a la cocina, se sirve agua en un vaso y se sienta en un banco. Lo que mejor le pareció hacer, era buscar una respuesta lógica. Cree que su vista es, por lo menos, muy buena.

Y sabe que no está bajo las influencias del alcohol, de medicamentos raros o de las drogas.

Su baño matutino ha sido fugas. Liliana se queda viéndose frente al espejo. Su cabello le molesta y se lo echa para atrás. Con una plancha, se da unas pasadas en su húmedo pelo. Se revisa la cara y distingue que ya no tiene imperfecciones en la cara.

Su piel se enchina al escuchar un golpe seco en el suelo de su habitación. Sale corriendo del baño, acomodándose la toalla en el cuerpo. Revisa en todo el piso, hasta por debajo de los muebles. Revisa el seguro de la puerta y no lo encuentra suelto. Corre hasta la ventana, el seguro ni se ha movido. Igual, abre la ventana y se asoma al exterior y no encuentra nada ni a nadie. Su ventana está muy alta y la azotea está muy alejada. Se regresa, cierra la ventana con el seguro y la cubre con las cortinas.

No puede dar crédito ni a la más increíble respuesta del origen del golpe. Y se conforma con pensar que fue el crujir de la madera.

Roberto lleva su mejor traje azul marino y su corbata de franjas diagonales en azul y negro. Pamela escogió llevar un vestido de seda en color azul, que, a petición de Roberto, no aplica a mostrar mucho escote. Su pelo fue arreglado y solo lleva unos sencillos aretes de media perla.

Verónica luce su vestido azul celeste, con pliegues en la falda.

— ¿Estas lista?— le llama Roberto a Liliana.

— ¡Sí, ya voy!— contesta apresurada.

— Te esperaremos en el patio— dijo Pamela.

En el patio de armas, los esperaba una limosina. El Maestro sugirió que la limosina fuera lo más sencilla posible. Al igual que su vestimenta.

Liliana sale al patio, modelando su vestido compuesto de un inmaculado blanco perlado. Se ha puesto los aretes de oro blanco que le había regalado una amiga que se dedicaba a armar joyería. Y como complemento final: su collar.

En una gran nave industrial, se respira el aceite lubricante, recién aplicado a los rodillos de las bandas transportadoras. El técnico responsable, revisa el tablero de mandos principal y luego sale a la entra principal y levanta el pulgar, Roberto capta la señal. Unas modelos preparan el listo que se extiende al frente de él, sus tres mujeres especiales, el Maestro y un representante de los Unificadores. Los seis cortan el listón y los flashes se hacen presente con intensidad.

Enseguida, los seis entran, pasando por la recepción y llegando a la fábrica y se dirigen al tablero de mandos. El resto de los empleados, con sus overoles de mezclilla, se posicionan en sus lugares correspondientes

— Nos haría el honor— le pide Roberto al Maestro. Y éste activa el botón principal.

Unos empleados se van junto a la mescladora, que ahora está revolviendo todos los ingredientes a cantidades ya preparadas; otros empleados están junto a la maquina dosificadora en donde va cayendo la masa vertida en moldes, que son esféricos, otros tienen forma de corazones y otros de estrellas. Para terminar por pasar en la banda hasta la "cocina". Para ir saliendo los dulces ya solidificados. Los empleados deben separar los dulces del molde, con solo presionar la orilla y la base del molde. Y otro grupo debe inspeccionar que los dulces vayan lo más entero posible.

Otra máquina los separa y los envuelve en celofán y cada uno de estos dulces se agrupa en cien para ser guardados en bolsas de papel. Para finalizar su trayecto, por cada diez bolsas, en cajas de cartón.

El técnico que antes revisaba el tablero, ahora abre la primera caja y de ahí le da una bolsa a Roberto. Éste le ofrece un dulce a cada uno de los cinco que le acompañan. Todos desenvuelven un dulce y lo prueban, quedando atontados por el sabor del dulce. Verónica pide más. Su papá le niega y, con las manos, le dice que después le da más.

Mientras se les disuelve el dulce de guayaba. Hacen un pequeño tour por la amplia pero pequeña fábrica. El resto de los dulces es repartido en el resto de los presentes.

El Maestro se toca el pecho y se sujeta de Roberto.

— ¿Se siente bien?— pregunta Roberto.

— Solo fue un dolor— contesta el Maestro, incorporándose y siguiendo caminado—. Creo que es mejor que me retire y visitar al médico.

— ¿Quiere que lo llevemos?— pregunta Pamela.

— No. Mi gente se encargará. Ustedes sigan disfrutando de su proyecto.

El Maestro se despidió, y sus escoltas lo llevaron hasta su coche.

Pamela y Roberto se veían más achicopalados, sabiendo de los problemas de corazón con los que el hombre tenía que lidiar.

Después de una caminata más completa por toda la fábrica. Roberto, Pamela, Verónica y Liliana se van directo a la oficina. En la oficina están los dos escritorios ocupados por sus computadoras, teléfonos, retratos de la familia y demás cosas; de un lado, sus sillas ejecutivas y dos sillas más sencillas en el otro lado. A cada lado de la oficina está un sillón. Las paredes las adornaron con los paisajes pintados por Verónica y sin faltar, la pintura de Liliana. Y solo por petición de Pamela, tienen plantas de sombra.

Verónica se echa a correr y se sienta en una de las sillas ejecutivas, y con voz ronca y juguetona, dice:

— ¡Mírenme! Soy la jefa.

— Muy bien— juguetea Pamela— ¿Cuáles son sus órdenes?

— ¡Quiero qué me traigan todos los dulces!

— Sus órdenes serán cumplidas— dijo Pamela haciendo una reverencia y luego le da un puñado de dulces.

— ¿Qué? ¿Sólo esto?— exclama Verónica con voz más ronca— ¡Llévenla al paredón!

— Sí, mi ama— contestó Roberto con mucho respeto, cogiendo del brazo a Pamela—. Pero después de comer— dijo con voz más aguda. Y luego se llevó a Verónica sobre sus hombros.

En el comedor de la fábrica, Roberto y Pamela han pedido un corte de bistec bien asado; Verónica y Liliana deciden pedir hamburguesas. Especialidades por la inauguración.

— Aún no somos vegetarianos, ¿por qué?— cuestiona Liliana.

— No es fácil— contesta Pamela.

— Laura nos ha regañado mucho por eso— complementa Roberto, después de terminar de ingerir tu trozo de bistec.

— Podríamos comenzar con soya— propuso Liliana.

Roberto termina su carne y comenta:

— Yo no creo que las vacas se vayan a extinguir próximamente.

Liliana, justo antes de dar un mordisco a su hamburguesa, se exaltó un poco y reprochó:

— No, no es que se vayan a extinguir. Tú bien sabes que la reclamación de Laura, es por la forma de como sacrifican a las reses.

— Sea como sea, Laura tiene razón— dijo Pamela mirando a Roberto—. Debemos ser menos… carnívoros.

— Sí, ya sé. Pero de trancazo no se puede cambiar. ¿Y tú?— luego pregunta, mirando a Liliana: — ¿Cómo vas con tus proyectos?

— Pues estamos con un nuevo proyecto. Y Salvador me está ayudando.

— Espero que no sea con el proyecto de los bebés— expresó Roberto riendo.

— ¡Oye! Déjala terminar— reprime Pamela.

Liliana termina su hamburguesa, se limpia la boca y continúa:

— Salvador y ¡Laura!— dijo resaltando este último nombre— me están ayudando a fabricar un artilugio que detenga los tornados.

— ¿De verdad?— preguntó Roberto muy orgulloso.

— Sí. Y hemos tenido resultados favorables a pequeña escala. Y pronto haremos pruebas a escala real.

— ¿Te refieres a enfrentar tornados reales?— pregunta Pamela, sujetándose el escote.

— ¡Claro! Aunque no tenemos un destino fijo para esas pruebas.

— ¿Ni tienen fecha?— preguntó Roberto, terminando el fondo de la cerveza.

— No. Salvador me llamará cuando tenga el lugar y la fecha. Aparte de que necesito el permiso de ustedes.

La alegría de Pamela y de Roberto no cabía en sus rostros. Se miraron mutuamente. Sin decirlo, ambos coincidían en el orgullo que sentía al escuchar el primer permiso para viajar de Liliana. Pues el viaje a Escocia había sido idea de Laura.

— Pues bien— expresa Roberto cogiendo la mano de Liliana—. Espero que resulte todo bien. Y sí, yo si te doy mi permiso.

Pamela no pudo contener las lágrimas, cogió la otra mano de Liliana.

— Yo oraré para que te vaya bien en tu travesía.

Aprovechando que la tarde sigue alumbrada por el sol, Liliana pasa a la casa de Laura. Y ambas pasan a la casa de Salvador. En la puerta, él se comunica por el interfono.

— Estoy en mi laboratorio, ¿Me esperan en la sala o me acompañan aquí?

— ¿Estás trabajando en algo?— pregunta Laura.

— Sí.

— ¡Entonces ahí vamos!— dijo Liliana.

En el laboratorio, Laura y Sandra se sientan en unos banquillos giratorios. Salvador se dedica a ordenar, en grupos de colores iguales, un montón de cables cortos. Pero separa los colores que él sabe cuáles necesita en ese momento.

Liliana no puede ignorar a la gran cantidad de tarjetas de audio y de vídeo que están acomodadas en una gaveta con puerta trasparente.

Con desconocimiento de lo que se trataba, encuentra varias partes mecánicas a los que les salen cables de colores; de ahí, pasa su vista a una repisa en lo alto. Observa lo que era el torso de un pequeño robot, que solo tiene la cabeza, el brazo izquierdo y la mitad del otro. Y como en escala, sin nombre ni número, hay diez robots parecidos al primero, pero cada uno se le puede distinguir la falta de cables, unas piezas son más pequeñas y con diseño más elaborado.

Frente a Salvador, casi a la altura de su vista, esta una pantalla plana de sesenta pulgadas que se divide en ochos recuadros, cada una muestra una sección de la casa.

Liliana tampoco dejó de notar que él trabaja en, lo que ella reconoce ser, un modem; hasta le tiene una plaquita grabada con el nombre de "SALVANET". Ella se ríe y pregunta:

— ¿SALVANET? ¿Qué clase de nombre es ese?

— Detesto elegir un nombre para algo o para alguien. Aparte de que no tengo tiempo para pensar en uno mejor.

— ¿Y para qué va a servir?

— Es para el… internet. De esto sí que no puedo decirte casi nada. Porque…

— ¡Está bien! No me digas nada— expresó Liliana enojada, pero de inmediato le ganó la risa.

Salvador quedó serio, hasta que escuchó la risa de ella y se contagió. Liliana dejó de reírse y siguió observando. Debajo de un mantel, encuentra una mano transparente que deja ver los huesos y unos diminutos filamentos de aluminio.

Ella quita el mantel, y con sus ojos más grandes de la cuenta, tropieza con unas cajas al retroceder con rapidez, aunque logra detenerse de una mesa. Laura ríe, y Salvador no sabe que pasa hasta que ve a Liliana recargada en la mesa y solo sonríe. Liliana queda paralizada, solo mueve sus ojos para mirar de arriba abajo a ese cuerpo de piel transparente que está sentado en una silla alta. Ese cuerpo tiene, en secciones separadas, carne, músculos, venas, tendones y demás partes también trasparentes, pero en colores distintos.

Aún con su corazón retumbando, Liliana se acerca y mira con más detalle al hombre ese. Laura se acerca, mira el cráneo y le encuentra un microchip, o eso es lo que ella quiere pensar que es.

— ¿Para qué es esto?— pregunta Liliana, tratando de tocar la cara transparente.

— Es mi maniquí enfermizo.

— ¿Enfermizo?— pregunta Laura.

— Sí. Puede contraer casi cualquier enfermedad.

— ¿Y se enferma de todo al mismo tiempo?— preguntó Laura.

— Sí lo quieres o lo requieres, puede tener hasta tres enfermedades simultaneas.

— ¿Tú sabes de medicina?— preguntó Liliana.

— No. Unos médicos me ayudaron e iniciaron pruebas en él. Sí lo tratas como a un paciente, el maniquí se curará.

— ¿Y el chip?— preguntó Laura.

— Es un microchip de gel, independiente al trabajo del maniquí, pero que trabajan bien en conjunto. Y siendo de gel, no es molesto a la hora de pasar por un detector de metal y no interviene con las máquinas de resonancia magnética. Y es algo en lo que estuvimos trabajando unos médicos, ¡otros médicos!, y yo, por casi tres años. Es para cuando una protuberancia extraña en el cuerpo comienza a crecer, eso funciona al menos en la gran mayoría del cuerpo, el microchip lo detecta y transmite un leve dolor para que la persona se haga un examen médico y así pueda saber si es solo una hinchazón o un tumor cancerígeno.

— ¡Cada vez me impresionas más!— expresa Liliana.

Liliana y Salvador se juntan amorosamente; Laura se cubre los ojos y hace un gesto de vergüenza. Todo aquello es interrumpido por el sonar del teléfono de Salvador. Él se aleja un poco, contesta, no se oye lo que le dicen.

— ¿En serio?— pregunta Salvador, mirando a las muchachas— ¡Pues gracias! Sí. Yo le diré a mi abogado que arregle eso. Claro... ¡Gracias nuevamente!— deja el celular en la mesa más próxima, y casi brincando, dice mirando a las dos: — ¡Sandra retiró la demanda!

— ¡Eso sí que es un milagro!— dijo Laura, mirando a Liliana y uniéndose a la celebración con Salvador.

— ¡Ahora si podremos viajar!— confirmó Salvador.

A Liliana se le quedó trabada una sonrisa y un gesto amargo. Ni siquiera podía escuchar los festejos de sus amigos.

En la sala de la casa de Salvador, los tres beben cerveza. Liliana les mostró el vídeo que obtuvo y les narró lo sucedido en el estacionamiento del Refugio de las Artes. Salvador era el que parecía más enojado y más avergonzado, como si ya supiera en que iba a tratar el siguiente comentario o la siguiente pregunta.

— ¿Sandra sabe editar vídeo, con rapidez? — pregunta Liliana— ¿O algo así?

— Lamentablemente, sí. Cuando éramos novios, yo le enseñé a editar vídeos, ¡en tiempo real!— dijo esto último con brusquedad.

Los tres miraban la parte del vídeo, pausado, en la que el auto clásico está a pocos centímetros.

— ¡Aquí está el truco!— explicó Salvador, al rebobinar el vídeo y viendo que la imagen se distorsiona—. Es como en las películas, cuando parece que una toma es muy larga o continua. Pero se aprovecha que pasa alguien por enfrente de la cámara o hay un color uniforme que cubre toda la imagen, un movimiento brusco, como éste, pero en realidad ahí hay un corte.

— Parece tan legítima— comentó Liliana.

— Sí. La baja calidad del vídeo en sí, también ayudó para hacer un "corta y pega".

— ¿Corta y pega?— cuestionó Laura.

— Ella utilizó una grabación pasada, en la que se estaciona junto a cualquier otro auto, y que obviamente después retrocedió. Luego utilizó la imagen, de la camioneta, justo antes de chocarle y de que la imagen se distorsionara. Después cortó y pegó la toma de su automóvil retrocediendo sin problema. Y así tu camioneta parece no ser tocada.

— ¿En serio lo hizo tan rápido y así de fácil?— preguntó Liliana.

Salvador asintió la cabeza y luego contestó:

— A veces me avergüenzo de mi propia estúpida imaginación.

A Liliana le ha golpeado lo que ha expresado Salvador. Y con un abrazo, le dice:

— No dejes que esto te rompa tus sueños. Después de todo, Sandra es la verdadera malvada en tu vida.

Las palabras de Liliana han calmado temporalmente a Salvador. Para él, esto, le ha destruido su fe y su esperanza en los demás. Pues le había otorgado toda su confianza a su, aquel entonces, novia.

CAPÍTULO 16

Salvador se había comunicado con Liliana por teléfono. Y le ha confirmado que irán a Europa. Solo que no le dirá en qué país harán las pruebas, pues sospecha que pueden espiarle la comunicación. Liliana insistía en saber el destino, así que Salvador tuvo que inventar un sistema o un mensaje secreto.

— Llegaremos hasta, desde donde, las moto scooter se esparcieron a todo el mundo.

A Liliana le llevó unos segundos captar la pista.

— ¡Ah sí! Bello país—. Del mismo tono de voz del teléfono, nos lleva hasta la habitación de Sandra. Ella está escuchando esta conversación, pregrabada, en su laptop.

Y sin problema, Sandra descifró el mensaje.

— ¡Ahí nos vemos!— dijo Sandra al cerrar su laptop.

El afamado editor Humberto, le extiende el cheque a Liliana, ésta lo lee y queda abobada.

— ¡Gracias!

— Esto es solo por los derechos de publicación. Las verdaderas ganancias vendrán con las regalías. Mantén la paciencia. La publicación de un cuento, es toda una odisea.

— Sabré esperar, me mantuve ocupada con este cuento por mucho más tiempo. Lo que viene, es ganancia.

Humberto y Liliana se estrecharon las manos. Y justo antes de separar las manos, Liliana pidió, muy humilde:

— Si no es mucho exigir, ¿Puedo obtener el primer ejemplar de la producción?

— Te lo guardaremos y te lo enviaremos tan pronto sea posible.

— Muchas gracias— agradeció, se estrecharon de nuevo las manos y salió de la oficina del editor.

Para antes de que Liliana partiera. Ella cumplía su trabajo en la fábrica.

Roberto había salido más temprano al trabajo, Pamela llevó a Verónica al colegio y le alcanzó. A Liliana le han regalado, por ese día, un marguen de retraso. Aun así, ella decidió llegar a tiempo al trabajo. Y como cronometrada, marcó su entrada justo a las seis de la mañana.

Dos horas más tarde llegó un supervisor, Simón, enviado por la compañía americana “Machines & Structures STRONGER”, fabricante de la “cocina para dulces” que Roberto usa.

Roberto, Pamela y Liliana, junto a muchos de los empleados, escuchan con atención al supervisor Simón. Él ha preparado un simulacro que represente los fallos más comunes:

Una de las bandas transportadoras se ha detenido, los técnicos detectan unos rechinidos. Liliana ordena que apaguen toda la maquinaría. Los técnicos corren y revisan la banda de arriba abajo. Encuentran que los rodillos, uno de cada extremo, se les han desgastado el eje, con rapidez y cuidado, remplazan los rodillos y luego los lubrican. Viendo todo esto, Simón hace marcas en su hoja de reporte. Los técnicos levantan el pulgar en seña de aprobación y Liliana ordena la reactivación de la maquinaria. Simón pone atención en los ruidos y movimientos de los rodillos, luego revisa si la banda avanza con normalidad, y hace otras marcas.

Simón prepara la siguiente prueba:

Otra banda transportadora se va rasgando hasta romperse, por completo en lo ancho y a unos treinta centímetros en lo largo. Ahora uno de los técnicos ordena que se apague la maquinaria. De inmediato tratan de ver que tan dañado está la banda. De su caja de herramientas, sacan un trozo goma y una engrapadora, repuestos que otorga el fabricante. Con la ayuda de unas pinzas, sujetan ambos extremos de la banda y engrapan el trozo de goma. Simón revisa las uniones y hace más marcas en su hoja de reporte. Los mismos técnicos echan a andar la maquinaria y Simón revisa que la banda ande sin problemas.

Roberto no dejaba de rasparse las uñas, viendo que Simón hace las últimas marcas en su hoja. Simón revisa por última vez a la hoja y se la entrega a Roberto, él la lee; su rostro serio se transforma en la alegría misma. Y grita:

— ¡Lo logramos! Bueno— rectifica—. Hicieron un excelente trabajo.

Cada empleado se va uniendo en los aplausos. Los técnicos aplauden y hacen reverencias.

Roberto y Pamela tuvieron que despedirse desde casa. Liliana no quiso que los llevaran hasta el aeropuerto. Le tienen mucha confianza a Salvador, lo veían como un hermano para ella, o tal vez como un doctor, alguien que no le dejara caer en manos equivocadas o que no le dejaría enfermar.

Liliana y Salvador van llegando a la sala del aeropuerto. Sandra les esperaba en esa misma sala. Al verlos, se mezcló entre la gente.

Sandra, hasta descifró la fecha y la hora de partida. Ya nada se le podía escapar.

— Último aviso para los pasajeros del vuelo 324. En cinco minutos ya no se dejara pasar a nadie más— se escuchan las indicaciones en el altavoz—. El vuelo a Roma, Italia partirá de inmediato.

— ¡Ya merito nos vamos a Italia!— expresó Sandra con gran alegría pero en voz baja.

Un hombre que tenía la banderita de Italia estampada en su playera, le sonríe a Sandra, al escucharle.

— ¿Y tú de qué te ríes, eh?— le reclama Sandra. El hombre de la banderita se aleja, pensando que es mejor no estar cerca de esa loca.

— Bella Italia, ¡ahí vamos!— va cantando Salvador, repitiendo la misma estrofa.

— El vuelo a Italia se va— dicen por el alta voz.

Liliana y Salvador corren y dejan sus boletos a la encargada y se van por el túnel. Sandra reacciona de inmediato y corre hasta ese túnel. Entrega su boleto a la encargada, pero ésta le detiene al notar que su boleto es para viajar a Roma, Italia.

— ¿Qué pasa?— cuestiona Laura.

— Este no es el boleto correcto.

— Sí es.

— Puede hacer una…

Sandra ni escuchaba lo que le decía la encargada, menos, después de que Salvador y Liliana se regresaron a mitad del túnel y le hicieron gestos y riéndose. Sandra le arrebato el boleto a la encargada, se salió del túnel y lo rompe al ver por cual túnel se han ido. Cruzó la sala. Se topó con el hombre de la banderita de Italia y lo empujó hasta dejarlo sentado.

— ¡Borracha está esa mujer!— dijo el hombre de la banderita, con acento italiano.

Los dos se acomodan en su lugar. Salvador es el último en sentarse y pregunta:

— ¿Qué te pareció mi mensaje secreto falso?

— Tan bueno, que hasta yo me lo creí en un principio. ¿Cómo se te ocurrió?

— Es un método que utilizaba, precisamente, con Sandra.

Ambos ríen. El avión despega. Salvador esperaba que Liliana se pusiera tensa, mareada o enferma, con respecto a lo que le contó Laura. Pero en todo el viaje ni se quejó.

Con sus mochilas en hombros, Liliana y Salvador son recibidos por dos caza-tormentas.

— ¡Bienvenidos a Oklahoma!— Les saluda Tina.

Tina es una mujer tan alta como los dos metros. Ella gusta de llevar un elegantísimo vestido a las fiestas o reuniones, pero su opción casual son los jeans y una camisa, en ciertas ocasiones va de chamarra de mezclilla. Nunca se ha cortado el cabello, pero si lo lleva recogido por una liga o un broche.

Y su esposo Anthony, más bajo que Tina pero más regordete. Su opción más obvia son los jeans. Y, sin mucho gusto, se viste de playeras de manga larga, sólo para esconder la quemadura de su brazo. Herida qué lo marcó, después de que quedó atrapado en la cocina, a la edad de trece años, y un tornado barrió con la casa e hizo explotar la instalación de gas.

Salvador y Anthony guardan las grandes latas de papel, que Salvador había enviado previamente. Anthony jamás lo diría de viva voz, pero cree que el experimento de Liliana nunca funcionará. Por órdenes de Tina, utilizan el silo de su casa como almacén.

Anthony sugirió que comenzaran a trabajar bajo el sol, para plantar los “Twister-off” y unas cámaras. Y una que otra cámara que se pudieran controlar a distancia, en los terrenos que Anthony ha comprado a nombre de Liliana.

Durante una de las ya tantas cenas en aquel país, Tina y Anthony les están contando sobre sus tantos documentales independientes.

— Sí— prosiguió Anthony, después de describir sus vacaciones en Las Vegas—. Y ya habíamos pasado de largo a la Holy Trinity Catholic Church.

— Y estando en Littlefield, Arizona— incluye Tina—, nuestra parada fue interrumpida por una leve lluvia de arena.

Anthony termina su elote, da un trago a su cerveza y sigue platicando.

— Yo sabía que al ir por la Interestatal 15, dejaríamos rápido Arizona.

— ¡Pero no!— corrige Tina casi gritando, pero con una sonrisa—. Nos quedamos un rato para filmar a nuestro "amigo" el tornado, que se iba formando, cómo a medio kilómetro de la Holy Trinity Church.

— Fue una de nuestras mejores filmaciones.

— A mí me gusto ese documental— expresa Salvador.

— ¿Y viste nuestros noticieros?— preguntó Anthony, refiriéndose a algún noticiero americano.

Salvador comprendió y contestó:

— Esa vez no. ¿Paso algo grave?

— Para nada— contesta Tina—. ¡Nos da tanta risa!— expresó al sostenerse del hombro de su esposo, intercambiando una risa leve—. Lo que se transmitió fue que, la tormenta había dejado paso al tornado. Pero lo gracioso… — no pudo completar su narración, cubriendo su risa con la mano.

— Lo graciosos fue que nuestros noticieros marcaban, en sus mapas del clima, al tornado en Arizona, unos en Nevada y otros en Utah.

— Se la hubiésemos creído sí— incluye Tina—, el tornado haya pasado cerca de la tri-state corner.

Anthony abre otra cerveza y concluye:

— Los noticieros de Utah y en Nevada se pusieron muy avergonzados cuando nosotros les mostramos nuestro film.

Liliana queda pensativa por dos segundos, da un sorbo a su cerveza y preguntó:

— ¿A caso los noticieros de este país no son exactos en su trabajo?

Tina y Anthony rompen el breve silencio con carcajadas, Salvador sólo les sigue la corriente con una leve risa. Liliana queda como el hazmerreír del lugar y Salvador solo le frota la espalda. Los tres sonrientes recordaban las fallas en los noticieros en los últimos diecisiete años.

— Nos dijeron que fue un error del sistema satelital— explicó Anthony.

Las risas son interrumpidas por unos estruendosos golpeteos en la puerta principal.

— ¡Es él!— dijo Anthony al levantarse y dirigirse hasta la puerta. Los muchachos se quedaron mirando entre sí.

— ¡Hey, Mister tornado!— saludó el hombre que golpeaba la puerta, antes de que Anthony abriera la puerta del mosquitero.

— ¡Hey, Mister bullfighter!— saluda Anthony y le da un abrazo al hombre. Liliana le mira a ese "bullfighter" y parece reconocerlo.

— ¡Y ahí está Liliana!— grita el hombre que va entrando al comedor.

— ¿Guzmán?— cuestionó Liliana al ponerse de pie y saludarle de mano.

Guzmán le da un abrazo apretado y le da varios besos en las mejillas. Guzmán le había dicho, a Salvador, que la llevara a Oklahoma, al enterarse del nuevo proyecto de Liliana. Guzmán, hasta se mudó de inmediato a Oklahoma, con la esperanza de que ella aceptará su nueva sociedad para regresar a la secta. Liliana no se opuso, y cerraron el trato con un brindis.

El viento no quiso presentarse todo el día. Hasta las nubes calmadas escondían la luna. Desde el porche los cinco contemplaban el amplio terreno que se extendía por todo el patio trasero. Anthony y Guzmán bromeaban de su parentesco, después de la pregunta de Liliana.

— Y ustedes, ¿cómo se conocieron?

— ¿Tú se lo explicas?— pregunta Guzmán a Anthony.

— No, tú cuenta.

— Pues bien— se prepara Guzmán, dejando la botella de cerveza en el piso—. ¡Nuestro padre!— hizo un énfasis en lo anterior dicho— fue muy mujeriego, aprovechando que era piloto de aviones particulares. En sus ratos libres se iba de juerga y…

— Y quién sabe cuántos hermanos seamos— interrumpe Anthony—, ¿verdad?

Todos entienden la broma. Liliana es la primera es terminar de reír y preguntó:

— ¿Y lo apellidos?

— Ahí está lo mejor, ¡o lo peor!— contesta Anthony—. Tenía la tenebrosa habilidad de falsificar identificaciones.

Las palabras: "falsificar identificaciones", hizo pensar a Liliana en que, sus padres Ivonne y Eduardo, también gustaban de cambiar de identidades. Para que no les molestarán en sus aventuras. Con prisa, Liliana reaccionó y siguió escuchando la plática.

— Y sólo nos presentó— continúa Anthony—, como hermanos a nosotros dos.

— Eso es… — Liliana no pudo completar esa frase.

— ¡De locos!— completó Guzmán.

Después de unas risas cortas, y de un breve silencio, Liliana hace una pregunta, mirando a Anthony y a Tina:

— ¿Y cuál es su historia de amor?

— Para nosotros— contesta Anthony, haciendo una pausa y muy serio continúa— eso raya en la obviedad. Su hermano, Phil y yo éramos de un equipo. Él nos presentó, y nos casamos justo en esta casa. Y fuimos equipo de trabajo y una familia— hace una pausa, continúa pero ahora sus ojos se enrojecieron—. Un día estábamos haciendo trabajos por separado. Tina se quedó en casa. Y estaba una tormenta que había durado tres días, sin mucho de qué preocuparse. Phil le traía comida de una de sus fiestas a la que no pudimos asistir. Él vio que se formaba un tornado, justo allá— señaló, a lo lejos, del limpio y verde terreno—. Phil llegó a tiempo para advertirle.

Tina se limpia las mejillas y los parpados. Ella recordaba que se sintió inútil al no saber que se formaba un tornado muy cerca de su propio patio.

Anthony continúa:

— Lograron escapar. Phil aceleró a fondo. El tornado destrozó una choza que había antes aquí. Y con solo un tablón, ¡un solo tablón!— casi grita, se tranquiliza. Tina mira a otro lado, sollozando. Y él continúa: —. Un tablón le alcanzó, golpeó a Phil en la cabeza y le provocó una contusión craneal. Lo dejó en estado de coma por un mes. Pero... hace tres semanas lo perdimos.

Liliana corrió hasta donde Tina, le cogió la mano y le dijo:

— Lo siento mucho. Yo no quise provocar malos recuerdos.

— Está bien— aceptó Tina el consuelo de Liliana—. Lo malo es que nos dijeron que presentaba signos de recuperación. Y eso nos provocó más dolor.

— Y ahora deseamos que su proyecto funcione— comentó Anthony, retractándose, en su propia mente de lo que creía.

— Pues yo multiplico esos deseos por mil— dijo Salvador al extender su mano, con la palma hacia abajo.

— Y yo los multiplico por otros mil— agregó Tina, empalmando su mano encima de la de Salvador.

— Entonces yo hago un múltiplo de mil más— dijo Liliana.

— Yo otros mil— agregó Anthony.

Los cuatro miran a Guzmán, en espera de que se les una.

— ¡Órale pues! Yo también— expresó Guzmán, apilando su mano en las demás.

CAPÍTULO 17

Guzmán se ha retirado antes de la media noche. Dejándole sus mejores deseos a este equipo que se ha formado.

Para Anthony, su ciclo diario de sueño era de cinco horas, esta vez sólo cumplió con tres. Él ve su reloj, justamente cuando éste marca las cuatro y media. Anthony no tenía en claro el porqué de su actual desvelo; creía que era la impresión de conocer un experimento que iba a detener a los tornados.

Anthony sólo vio proyectarse un sueño, en el que Tina presencia la muerte de un malvado; y entonces ella viera la detención de un tornado y que solo así, ella pudiera morir en paz.

Para Tina, un tornado era como un delincuente, más, al que hirió de muerte a su hermano. Y sería muy feliz hasta que ver a uno de estos en la cárcel.

Tina se despierta y toma sus analgésicos. A ella le han diagnosticado cáncer de pulmones. Se ha aferrado a no obtener ningún tratamiento, ni atención médica, ni a seguir tomando los medicamentos especializados. Ha reprochado que le hayan dado solo cinco meses de vida. Y es más su reproche al haber superado hasta los ocho meses. Ni Anthony, ni Tina, saben cómo o el porqué, una persona puede luchar contra la muerte de esa manera.

Tina no precisa de la hora, se va caminado, descalza y cubierta con su sábana. Llega hasta el porche, Anthony le alcanza y se recargan en el barandal. Se besan y miran el sendero de nubes que se corta en cuadritos, hasta el horizonte.

Tina recarga su cabeza en el hombro de él.

— Cuando yo muera, te dedicaré una canción escrita en las nubes.

Anthony le sonríe y le besa la frente y le responde:

— Y yo la cantaré para que tu alma no se desvanezca en el infinito— ambos se miran y Tina le da refugio en su sábana. Estarán ahí hasta la hora del desayuno.

Tina ha preparado un desayuno de tocino, huevos cocidos, unos hot cakes y jugo de naranja. Anthony termina primero, se levanta y dice:

— Con su permiso, yo debo seguir haciendo un trabajo. Provecho— se acerca a Tina y le da un beso en la boca— Gracias querida.

Salvador y Liliana agradecen levantando su vaso de jugo, pues seguían masticando.

Aunque ya tenían previsto el pronóstico del clima, Tina enciende la tv y sintoniza el programa: "The best of the news". Para la justa media hora de las siete, hacen un resumen de las noticias, narradas por Carlos Santa Cruz.

—... Las tormentas en el sur el país van en aumento. Podrá presentarse una granizada desde el norte de Texas hasta el sur de Oklahoma. Aunque en Wichita Falls podría verse más afectado.

Tina apaga el televisor, les sonríe a Liliana y a Salvador, ambos le miran y Tina les pregunta:

— ¿Saben lo que significa?

— ¡Tornados!— contesta Salvador.

— Casi— corrige Tina—. Es el comienzo de la temporada.

Anthony va saliendo de un sótano, aislado a la casa. Cierra las puertas con un candado. Lleva consigo una laptop y unos auriculares, los cuales sube a su camioneta de color negro, estilo minivan, pero mejorada para el trabajo de cazador de tormentas. La camioneta la había dejado afuera de la cochera. Él no esperaba fascinarse con ningún tornado, ni siquiera con uno de gran fuerza. Pero sí deseaba ver a, por lo menos, uno que se estuviese formando pues así cumple con el servicio de avisar a los poblados más cercanos.

Salvador y Liliana vieron maravillados a la camioneta de Anthony. La cual se parecía a la de los noticieros.

Tina va saliendo de la segunda cochera, conduciendo otra camioneta, con ésta, Tina trasmite información para Anthony. Su trabajo es monitorear el radar y un mapa que muestra los puntos de concentración de una tormenta.

Por lo general, Anthony va con dos ayudantes y a Tina la acompaña su hermana menor, Megan. Que mejor dicho, nació seis días antes que Tina. Megan es el claro ejemplo de un nacimiento prematuro pero bien logrado, que hasta su madre ha visto con buen humor.

Ningún ayudante ha llegado de sus vacaciones.

Ya en camino, Tina va con Liliana; y Salvador va con Anthony. Tina ya le ha avisado a Anthony que un tornado acaba de tocar tierra; uno al este de Summer, Texas y el otro al noroeste de McAlister, Oklahoma.

Tina actualiza el mapeo, y en conjunto con el radar, le da indicaciones a Anthony:

— Vamos por Bois D Arc. Ave. Para dar vuelta en Empire Rd, del lado del campo de golf. Ahí hay una seria concentración de la tormenta.

— Entendido.

Liliana aprovecha que ya no se están comunicando y le pregunta a Tina:

— ¿Es fácil localizar a un tornado antes de que se forme y/o tome fuerza?

— Por lo general, no. El radar es solo una guía y no significa, al cien, que se formará un tornado. Debemos estar atentos a nuestro alrededor, observando las nubes, los cambios de presión, el viento, etcétera.

— ¿Y tú necesitaste entrenamiento o estudios?

— No. Todo lo aprendí en este equipo. Y siempre me gusta ayudar con el radar.

— ¡Estupendo!

— ¿Y tú crees que funcione tu invento?

— De hecho es invento de Salvador y mío. Y deseamos que funcione sí o sí.

— ¿Y podrá detener a todo tipo de tornado?

— Sería muy pretencioso de mi parte decir que sí. Las pruebas que logremos aquí, nos ayudará a mejorar el diseño del "Twister-off".

— Sí. Eso suena más razonable— concluyó Tina con una sonrisa.

Anthony logra ver a la inmensa capa que nubla al campo de golf. Una ligera neblina se va presentando, conforme van llegando a Empire Rd. Las ramas danzan y las hojas desfilan por efecto del viento. Los señalamientos del cruce entre Bois D Arc y Empire Rd, se agitan. Los cables de luz se azotan sin desprenderse de los postes. Anthony activa el limpiaparabrisas al llegar la llovizna. Él detiene su camioneta al dar vuelta en Empire Rd. Tina se estaciona detrás.

— ¿Éste es nuestro punto seguro?— pregunta Tina por el radio comunicador.

— Sí— contesta Anthony—, manténganse alerta.

Tina activa una pantalla en el tablero. En ésta se muestran imágenes de los dos lados y de atrás de la camioneta.

Unas corrientes azotan unos arbustos, de las que se forman remolinos. Uno golpea la camioneta de Tina. Liliana pega un grito, y Tina solo ríe y le calma diciendo:

— Son solo los hijos del viento.

Anthony baja la ventanilla de su lado, el aire invade el interior y de inmediato cierra la ventanilla.

— Avanzaremos un poco— llamó Anthony—. Se formará uno enfrente de nosotros. Justo encima del club.

Y como en el presagio de un oráculo, van bajando las nubes, formando un embudo.

Anthony da varios comunicados a los receptores locales, estos le reciben las indicaciones y ellos, a su vez, informan a los poblados circundantes. Anthony lidera un acercamiento. Aunque se detienen a pocos metros más adelante.

Tina revisa el mapeo y le da indicaciones a Anthony:

— ¡No me lo vas a creer! El tornado va hacia la 108th Street.

— ¡Más perfecto, imposible!— expresó Anthony, Salvador da golpecitos en el tablero, al escuchar las indicaciones de Tina, y dice:

— ¡Justo a la trampa!

Ambos chocan los nudillos. Anthony no pudo comprar los terrenos aledaños al campo de golf, pero consiguió unos permisos para instalar ahí unos Twister-off.

Tina y Anthony activan las imágenes que se transmiten desde el terreno que está más cerca de la 108th Street.

Las venas luminosas resaltan la cima del tornado. A Liliana le llama la atención lo curiosa que se ve Tina contando:

— Un Mississippi, dos Mississippi, tres Mississippi, cuatro Mississippi, cinco Mississippi, seis Mississippi, siete Mississippi— y un trueno retumba en el suelo.

Tina mira a Liliana y le pregunta:

— ¿Siete entre cinco?

— Uno punto cuatro— contesta Liliana, haciendo un cálculo mental.

— Uno punto cuatro millas— dijo Tina e hizo una pausa, haciendo cuentas en voz baja—. A poco más de dos kilómetros está el tornado.

— ¿Ves eso?— le preguntó Anthony a Salvador, señalando en la imagen de la cámara que han dejado en el terreno del acercamiento del tornado— ¡Sí lo va a atrapar!

— ¡Muy bien!— expresó Salvador.

— ¿Muy bien? ¡Es perfecto!— corrige Anthony.

Tina y Liliana no soportaban las explosiones de sus corazones, viendo las mismas imágenes que mostraban el avance del tornado hacia el Twister-off.

— Cien metros— inicia Anthony un conteo, y activando el radio comunicador—, ochenta, setentaiocho... Setenta— en la pantalla, el Twister-off se estremece—. Sesenta— el cometa de cajón se separa del Twister-off, pero lo jala de una cuerda—. Cincuenta.

Ahora el cometa y el Twister-off son absorbidos por el tornado. El Twister-off se divide en los tres grupos; el primero llega hasta la copa del tornado; el segundo se mantiene a la mitad; y el tercero se queda en la base. Cada grupo se extiende, formándose un acordeón en cada uno y ajustándose casi al diámetro del tornado.

El equipo caza tormentas se va acercando cada vez más, con permiso y con indicaciones de Anthony. El acordeón más bajo cae sin más; el de en medio no se enfrenta más a su rival y se va cayendo; el más alto es golpeado por escombros, pero no dura mucho más en las alturas. Anthony ordena el alto, observa a la nube madre, en espera de la formación de otro tornado. Sin algo más consiguiente, Anthony le llama a Tina:

— Vamos para allá.

— Bien. Te sigo.

Ambas camionetas van entrando por la 108th Street, justo antes de llegar al puente del arroyo. Los restos del Twister-off caen encogiéndose, a varias distancias. Anthony visualiza el acordeón que cayó más lejos, al sur de Beech Rd.

— Voy por aquel pliegue— dijo Anthony, mientras los demás se quedan para recoger los dos pliegues que quedaron más cerca.

Salvador reconoce el acordeón que fue golpeado, lo revisa y del único daño que encontró, solo le vio abolladuras, como los de una lámina de metal muy delgada golpeada sin mucha potencia con un martillo.

Tina observa a su alrededor, encuentra que hay árboles que perdieron muchas hojas y unas cuantas ramas; no hay escombros de casas, solo de una barda metálica, probablemente de alguna granja cercana; y nada más que basura.

— Yo lo clasifico en un F-1— confirmó Tina en voz alta.

— Es uno de los más débiles, ¿verdad?— Preguntó Liliana.

— Sí. ¿Y tú crees que el Twister-off detenga un F-5?

— Ahorita apostaría a que sí.

Tina comparte una sonrisa con Liliana, con la esperanza de que sea verdad.

Anthony llega, frena y apenas se detiene su camioneta, se baja a toda prisa. Corre hasta con Tina, ésta se da la vuelta y ambos chocan, y prensan sus labios. Dan giros, ella tropieza y ambos caen; Tina sobre Anthony, él le sonríe. Tina suelta una carcajada, da un giro y queda acostada boca arriba. Los dos ven cómo la tormenta se va alejando.

Liliana y Salvador pegan gritos de victoria, tan alto, que deseaban que la misma tormenta los escuchara.

Tina disfrutó el ver a ese primer rival tras las rejas. Salvador y Liliana ya esperaban enfrentarse a un oponente más severo. Anthony se sentía un boxeador veterano, por esta pelea tan fácil.

CAPÍTULO 18

Las nubes son cobardes y no se han presentado en días. Los últimos intentos por cazar tornados, se vieron frustrados porque estos pasaban bastante lejos de los Twister-off.

El sol golpeaba con fuerza. Liliana aprovecha el día para vestir un pantalón que le llega, por poco, debajo de las rodillas y una camisa de manga corta y con tenis de tela. Se ha quedado sentada en las escaleras del pórtico, bebiendo una limonada y escribiendo ideas para su próximo cuento. Ahora quiere narrar la historia de un niño inmortal y sus aventuras en los últimos cinco siglos.

Tina va llegando en su automóvil. Ha tenido una reunión con los empleados de su tienda de zapatos. Tina va bajando del auto y saluda con la mano a Liliana, quien le devuelve el saludo. Liliana ve que Tina está sacando unas bolsas de tela, del asiento trasero y corre hasta ella.

— Deja te ayudo.

— Son diez— dijo y le va dando bolsas—. Cinco y cinco— y empuja la puerta del coche con la cadera.

En el corto camino entre la casa y el auto, Liliana pregunta:

— ¿Y Anthony? No lo he visto tanto, en estos últimos días.

— Está en el sótano— contestó Tina, señalando con la cabeza al sótano que está separado de la casa—. Bueno, en su sótano secreto.

Tina se detiene junto a la puerta y comenta:

— Espero que no tenga un amante ahí escondida— ambas ríen—. Sólo me dice que está preparando unas sorpresas.

Salvador sale de la casa y le ayuda con una bolsa a cada una.

— Yo soy más fuerte que ustedes dos— dijo Salvador con una cómica seriedad y resaltando su media-musculatura.

Tina y Liliana se miran, sonrientes. Y Liliana le ataca a Salvador con un comentario sarcástico:

— Sí, eres el más fuerte, ¡de olor!

Tina apenas entiende la broma.

Salvador se dirige a la cocina, encaminando una bolsa a la vez, sin soltarlas. Tina y Liliana se adelantan. Salvador levanta una bolsa con las dos manos y la deja junto al lavabo, y hace lo mismo con la otra bolsa. Luego, él se sienta en un banco, sudando lo impensable.

— ¡Oye tú!— le llama Salvador a Liliana—. Tráeme una cerveza— dijo altaneramente—, quede muy agotado.

— ¡Míralo!— dijo Liliana, mirando a Tina—. Parece que estamos casados.

Tina le mira con intriga cómica. Salvador salta del banco y levanta a Liliana, llevándosela y dando vueltas por la cocina. La deja junto a la estufa. La puerta principal se oye que la abren y una voz femenina y adulta llama:

— ¡Hello!

Todos se asoman y ven a una mujer entrando, regordete y de estatura igual a la de Tina. Ella va y le da la bienvenida, la mujer deja su equipaje en el suelo y ambas se abrazan.

— You look great!— dice la mujer, mirando de arriba a abajo a Tina.

— Is my best day's look. Deja te presento a unos amigos mexicanos. Caroline, ellos son Liliana y Salvador.

— ¡Mucho gusto, muchachos!

— Chicos, ella es mi hermana mayor, Caroline.

— Ni tanto, ¡eh!— corrige Caroline, poniendo una cara sexy y juvenil.

— Placer en conocerla— saluda Salvador.

— Tanto gusto— saluda Liliana.

— ¡Pero mírate muchacho!— le dice Caroline a Salvador, limpiándole el sudor de la frente—. Sudas como todo un trabajador.

Caroline sonríe, y sin dejar de saludar de mano a Salvador, mira a Tina y le dice:

— No como tu marido, ¿verdad?

Tina no le responde y va por el equipaje de su hermana. Caroline le suelta la mano a Salvador y éste dice:

— Con su permiso, voy a limpiarme el sudor.

Tina deja el equipaje junto a la puerta de la cocina y se dedica a seguir acomodando las cosas que trae en las bolsas y Liliana, con seriedad, le ayuda. Caroline sigue esperando una respuesta, al no obtenerla, agrede:

— ¡Tan mal está tu marido en su trabajo! ¡Ya veo!

— Se esfuerza en su trabajo— comenta Tina, escondiendo el coraje que le provoca la disputa que existe entre Caroline y Anthony— Vayamos afuera, ¿quieren?— propuso, dejando muchas cosas regadas en la mesa.

Los cuatro, están reunidos en el jardín trasero, bajo un quiosco recién armado. Los demás están sentados, Caroline se mantiene de pie, recargada en uno de los postes de aluminio. Liliana y Salvador sólo beben jugo de naranja y admiran y escuchan la plática de las dos hermanas. Caroline ha estado hablando de sus vacaciones y de su imprevista visita a su hermana.

Caroline observa el poste en el que está recargada, le encuentra unas manchas de pintura y pregunta:

— ¿En qué lugar compraste está tienda?

— En ningún lado.

— ¿No me digas que la fabricó tu marido?— preguntó con gran asombro.

— Sí, la hizo él— contestó el mismo Anthony, sirviéndose jugo en un vaso.

— ¡Cuidado!— expresa Tina, dejando su vaso con medio jugo en la mesita y alejándose de la sombra del quiosco— ¡Esto puede caerse!

Anthony mira a Caroline y le dice:

— Ahora no traes tu ropa de caza-novios.

Caroline sólo le frunce el ceño y mueve la cabeza a los lados con rapidez.

Y luego le pregunta:

— ¿Y tú en dónde estabas? ¿Jugando con tus antenas parabólicas y tus pantallas?

— No— contesta Anthony con sagacidad—, mientras tú cazas fortunas, yo cazo bestias.

— Y sobre eso— reclama Caroline, no dejando que le afecten las palabras de Anthony—. Quiero discutir seriamente contigo.

— ¡Ah sí!— contesta Anthony terminando su jugo, vuelve a servirse y bebé solo la mitad y deja el vaso en la mesita—. Entonces nos vemos en la cena— propuso y se retiró.

— ¡Pero que grosero! ¿Verdad?— preguntó Caroline, esperando una respuesta de Tina.

Tina no dice nada. Caroline coge el vaso con la mitad de jugo y lo bebé. Ella mira, con horror al vaso, al darse cuenta de que es el jugo de Anthony, corre afuera del quiosco y escupe el jugo. Tina no lo pensó mucho y se echó a reír. Liliana y Salvador no saben si reír; Salvador mejor volteó a mirar a otro lado; Liliana bebé su jugo, con lentitud.

Para la cena, Tina y Liliana preparan pan con cajeta, miel y mantequilla de maní. Salvador va acomodando los últimos cubiertos en la mesa. Caroline se acerca, con dos charolas desechables en mano, que contienen chuletas de cerdo. Deja las chuletas en el fregadero, y se pone a buscar algo en todos los estantes de la cocina.

— ¿Qué buscas?— pregunta Tina.

— La sartén que te regale el año antepasado.

— Está acá— contestó, al ir directo al cajón en dónde la guarda. Se la entrega. Caroline le vierte aceite y la pone en la lumbre.

Para cuando reconoce que el aceite está caliente, Caroline saca cuatro chuletas y las coloca en la parrilla y, con el mismo mango, hace que ésta baje hasta el fondo de la sartén. Presiona el mango y la parrilla sube, Caroline nota que las chuletas están aún muy descoloridas y las vuelve a bajar con la parrilla. Caroline miró varias veces a las chuletas, había perdido la habilidad de saber en cuanto tiempo las chuletas están listas. Para cuando notó que las chuletas ya estaban crujientes de las orillas, dejó arriba la parrilla y el aceite se fue escurriendo.

— ¿Quién quiere?— preguntó Caroline al dejar una pila de chuletas en una charola metálica, y con ésta en mano.

— Yo no, hermana. Gracias.

— No seas así. Una chuleta no te hará daño.

Tina no dijo nada, sólo extendió su plato y su hermana le sirvió una chuleta.

— No, gracias. Estoy a dieta— rechazó Liliana al ver que Caroline esperaba a un lado suyo.

— Yo sí, por favor— pide Salvador. Caroline le sirve dos chuletas—. A mí no me hacen daño— comentó y Caroline le sirvió otras dos chuletas.

— ¡Para qué vean! Él sí aprecia mi trabajo— comentó, dejó la charola en la mesa y se retiró a la cocina.

Salvador se inclina hacia Liliana y le dijo en voz baja:

— Te juró que son las últimas— da una gran mordida a una chuleta—. No le digas a Laura— comentó y Liliana no dijo nada, sólo le sonrió.

El sonido del mecanismo de una grúa, le llama la atención a Tina, quien se levanta y se va a asomar a la puerta. Vio que Anthony está operando la grúa para sacar, del sótano secreto, una larga caja de madera que mide tres metros de largo y con un perfil de metro y medio. La caja va sujeta con cadenas, por los lados, que sobresalen debajo de la sábana que le cubre celosamente.

Tina sale de la casa y pregunta:

— ¡Mi amor! ¿Qué es eso?

— Ya lo veras— contesta Anthony, sin dejar de perder la atención en los controles de la grúa.

Caroline sale a toda prisa, seguida por los muchachos.

— ¿Y ahora qué haces?— pregunta Caroline a Anthony.

— Algo que te gustará.

Caroline corre y quita la sábana y encuentra la caja de madera bien tapeada. Anthony dibuja una sonrisa en su rostro. Caroline se da cuenta de eso, tira la sábana con fuerza y entra a la casa.

Liliana y Salvador se acercan con Anthony y Tina. Anthony detiene la grúa, al tener la caja dos metros fuera del sótano. Y luego le pide a Salvador:

— ¿Me ayudas?

— Claro— responde. Luego él ayuda a equilibrar la caja, que Anthony deja en posición horizontal. Salvador impide que la caja se caiga a los lados, mientras Anthony conduce la grúa para llevar la caja hasta el frente de la casa, junto a las escaleras. La caja, al fin, queda en vertical.

— ¿Ahora si ya está tu caja en su lugar?— pregunta Caroline al salir de la casa.

— Sí, ¿por qué?— pregunta Anthony, equilibrando la caja con las manos.

— ¡Y no te lastimaste!

— Para tu mala suerte…no.

— Bien, ¿ya podemos hablar?

— Sí, ¿pero no quieres ver la sorpresa, primero?

— Hablemos— insiste Caroline.

En la sala, Tina solo les miraba con sus ojos rojos, cómo Anthony y su hermana discutían. Liliana y Salvador se quedaron en la cocina, donde podían escuchar.

Anthony se levanta y se le acerca a Caroline, para decirle:

— Mira, yo sé perfectamente lo que hago. Y Tina, ella no es tonta, sabe un millón de veces mejor que yo, que mi afición por cazar tornados es un riesgo total. En veces no quiero llevarla a cazar, pensando en que los dos no regresaremos. Pero gracias a dios me equivoco. Y Tina me ha comprobado que, con su amor, me acompañará hasta la muerte. ¡Y tú no nos dejas vivir por culpa de tus nervios!

Caroline aprieta los dientes, guarda silencio por un rato y le dice, guardando su cólera:

— Para acabar pronto, ¿tienes tu testamento al día?— preguntó secamente

— ¿Y tú qué crees?— pregunta Anthony con la frente en alto.

— Yo creo que no.

Anthony suelta una carcajada, a Caroline no le gusta y le dice con frialdad:

— Pues yo me encargaré de que quede arreglado.

— No— interrumpe Tina—. Yo lo haré.

Caroline se levanta, con el rostro enrojecido, mira fijamente pero con amor de hermana a Tina y le dice:

— ¡Pobre amiga!— avanza hasta la puerta, ni Tina ni Anthony le acompañan. Luego ella dice, antes de salir de la casa: —. Después paso por mis cosas.

Anthony se cambia de lugar junto a Tina, le limpia las mejillas, le levanta la cabeza y le expresa:

— Yo siempre te amare. Aunque tu hermana no quiera— dijo con voz esforzada pero riendo.

— Yo igual te amare. ¿Y la sorpresa?

— Mañana— contesta, con un beso en los labios.

La tormenta en sus mentes se calma. Saben que su sol interno brillará siempre y cuando ellos lo permitan.

Llegando casi a la una de la madrugada, Liliana está en un vídeo-chat con su familia. Ya les contó sobre su primer tornado detenido y sobre los frustrados. Y de cómo ella se siente alegre al visitar otro país, uno más.

También les platicó sobre su cuento. Pamela y Verónica insistían en que les narrará ese fragmento escrito, Liliana insistía en no hacerlo. Pero su madre y su hermanita le obligaron a hacerlo.

Ese fragmento le pareció de mal gusto a Pamela. Hasta alejó a Verónica de la computadora, para decirle que no era apto para mujercitas de la edad de su hermanita. Liliana se mostraba enojada y determinante al decir que no tenía nada de malo.

Pamela, tratando de no hacerle pasar mal rato, le aconsejó que rehiciera la historia, pues no era mucho lo que llevaba. Liliana no quiso discutir más y le tomó la palabra. Aunque argumentó que, al igual que Verónica, el cuento debía crecer. Pero que también entendía que estaban a la par en edad. Y se esforzará por bajar la intensidad en la prosa.

CAPÍTULO 19

Cómo en cada primavera y verano, Anthony corta leña para el próximo invierno; claro, siempre y cuando el clima se lo permita.

Con su hacha recién afilada, Anthony va cortando los últimos troncos. Tina sale de la casa y contempla cómo el nuevo sol del día embellece el pasto. Y nota que Anthony no viste de chamarra o de un suéter, sabiendo que están en la mañana más fría y húmeda de las últimas semanas.

Tina vuelve al jardín, vistiendo una chamarra de cuero y con una taza de café. Sabe que Anthony no le aceptará una chamarra, pero que no rechazará un buen café bien preparado.

— Buenos días— saluda Tina, brindándole la taza de café.

— Buenos días, linda— saluda Anthony. Le da un sorbo a su café—. Gracias.

— Sigo esperando la sorpresa.

— Sí, ya sé. Tu hermana echó a perder el clima.

Anthony sonrió, Tina no se vio tan alegre, hasta que Anthony le comentó:

— Aunque no lo creas, yo esperaba y ¡hasta quería!, que ella estuviera presente. Pero ya ves, se fue.

A Tina le dio escalofríos, nunca creería que él dijera algo así. Ahora sentía más curiosidad sobre aquella caja.

Anthony se quitó su ropa de trabajo y se puso algo más cómodo. Tina se ha peinado con ágil rapidez y se pone unos jeans y se queda con la chamarra. Liliana se queda con su sudadera y se pone unos jeans; Salvador, igual se queda con una sudadera y se pone unos pantalones militares.

Esa misma tarde, llovió con ligereza.

Anthony ha preparado la caja para que con una cuerda, al halarla, revele su contenido. Anthony le otorga el honor a Tina, ésta hala la cuerda. Los tres espectadores aplauden, al ver caer las paredes de la caja. El primer vistazo demuestra a una columna de colores fríos. Unas luces intensas ciegan a los presentes. El ruido de neumáticos les provoca mirar a ese lado, cubriéndose los ojos de la intensa luz y viendo sólo el capó de una camioneta de grandes llantas. La luz se vuelve más aceptable. De la puerta se ve a una figura humana que se asoma. Con voz femenina e irritada, pregunta:

— ¿Qué hace el tótem de mi hermano, aquí?

— ¡Apaga esas luces!— ordena Anthony, reconociendo la voz.

— ¿Caroline?— pregunta Tina al aclarársele la vista—. Yo creí que…

— ¿Qué ya me había ido?— complementa y apaga las luces de la camioneta.

Ahora Caroline avanza hasta el tótem, hace a un lado las tablas y lo revisa. Viendo que unas partes están notoriamente reparadas.

— ¡Eres un mentirosos! Dijiste que el tótem de mi hermano se perdió cuando el tornado destruyó esta casa.

— Y así fue. Yo lo encontré en un tiradero. Lo traje y lo estuve reparando.

Caroline, al igual que los demás, le dieron un vistazo. El tótem o gemelo de Phil, está constituido por dos agilas calvas en la parte superior; con un oso gris en medio; y un puma en la parte inferior. Para Phil, las dos águilas representaban a sus padres, que han cuidado de él; el oso gris es el poder y el cariño de su familia; y el puma es la furia y determinación por vivir, otorgado por todos sus conocidos.

Ante el tótem, Tina retiene sus emociones, pero el cariño que aún siente por su hermano le gana. Y le brotan las lágrimas más cristalinas del día.

Caroline pasa las manos por los rostros de las figuras, se astilla la palma y con el puño ensangrentado, corre hasta Anthony, le golpea en el pecho y le grita con voz ahogada:

— ¡Por tu culpa ya no tenemos a mi hermano!

Anthony se mantiene firme y sólo le mira a los ojos.

— ¡Oye, espera!— grita Tina, alejando a Caroline de Anthony— Eso no es justo.

Anthony se pone más serio, pero con voz clara, expresa:

— Yo creí que les gustaría volver a ver el trabajo de Phil.

— A mí me gusta— comenta Tina, sujetando con suavidad, el hombro de Caroline—. Y mira, lo reparó— comenta, a penas duras, por una sonrisa que no le deja hablar.

— ¿Sólo recuperaste el tótem?— reclama Caroline, separándose de Tina— ¿Y por qué no recuperaste a mi hermano?— grita y trata de golpear a Anthony, pero Tina se interpone.

— ¡Ya basta! Yo también quiero de vuelta a Phil. Nadie, ni siquiera tu estúpida rabia, le hará volver.

— Pero sí fue culpa de él.

— De nuevo te equivocas. Lo que sucedió fue un arrebato de adrenalina, provocado por el momento. Phil se comunicó conmigo por la radio de nuestro trabajo. Me dijo que un tornado se estaba formando cerca de aquí. Le dije que yo intentaría huir. Él me dijo, muchas veces, que entrara al refugio. Yo le repetía que podía escapar. No me reprochó más y me dijo que entonces vendría a por mí. Yo reconocí el miedo en su voz, y aun así no seguí su recomendación. En todo caso, yo fui la culpable.

Las últimas palabras de Tina, le revolvieron el estómago a Caroline, le indujeron mareos y recuerdos del funeral de Phil.

— Yo no conocía esa historia— comenta Caroline, sujetándose el abdomen.

— Pues claro que no— explica Tina, respirando profundamente—. Yo la guarde para mí y Anthony.

Anthony limpia su vista nublada por las lágrimas, aclara la voz y le reprocha a Caroline:

— Está mal que lo diga ahora, pero te aguante más de la cuenta.

Caroline espera a qué, el nudo que se le formó en la garganta, se le pase.

— ¿Y por qué no me explicaste? Yo te habría comprendido.

— ¡Claro que no!— reprocha Tina. Se calma— Tu total e incurable locura no te lo permite. Desde que éramos niñas, nunca me tomaste en serio.

Caroline admira el suelo, voltea y observa el tótem, fija su vista en el oso gris. Y como un rayo, abraza a Tina. Su hermana no le responde, hasta después de varios segundos. Y como otro rayo que cae, casi en el mismo lugar, Caroline jala del brazo a Anthony y los tres se quedan ahí.

En el siguiente nuevo día. Liliana se ha comunicado con Laura y después de varios minutos de plática, Liliana continúa:

— Pero mejor llevaremos un vídeo. Hemos logrado tanto en tan poco tiempo.

— ¡Y lo que viene!— expresa Laura.

— Y lo que viene es lo bueno.

— Sí, veremos juntos el vídeo. No sé cuándo volverán, pero sí para cuando ustedes lleguen a México y yo no esté. Me esperan.

— ¿En dónde estarás?

— En el polo norte. No te puedo decir nada por teléfono. Pero yo me comunicare contigo, si puedo, ¿va?

—Así se hará. Bueno. Entonces nos vemos. ¡Bye!
—Adiós.

Las nubes negras avanzaban. El tótem se imponía ante los fuertes vientos que azotaban las ventanas de la casa. Anthony no lo pensó dos veces y llevó a Tina y a los muchachos al sótano secreto.

Anthony deseaba salir a cazar tornados. Pero el estado del clima le indicaba que la tormenta estaba demasiado cerca y que quizá, no lograrían reunir el equipo necesario.

En un televisor viejo veían las noticias. Tina le encontró unos cables, que salían del suelo, los acomodó y la señal mejoró.

Tina se iba a sentar en una de las sillas. Casi se lastima con un maletín de aluminio. Anthony se da cuenta, lo quita y lo deja junto a la pared. Ella se sienta para ver mejor el noticiero.

Tina atiende su teléfono celular, ve que sólo es un mensaje de texto olvidado y comenta:

— ¡Qué raro! Un mensaje de Caroline. Yo cría que ella no sabía usar un teléfono celular. Dice que está saliendo del estado— termina de leer y guarda el celular.

Con una buena imagen y audio, el presentador del clima, Leopoldo, señala en el gran mapa junto a él, cómo la tormenta cambio de curso. A Anthony, eso le daba alivio, pues ni él se dio cuenta.

Leopoldo, el presentador del clima, toma aire y continúa:

—... perdón. Nadie esperaba un cambio tan brusco como el de esta mañana. Ahora en el sur de Oklahoma City lloverá todo el día. En el noroeste de Luisiana ya se alerta la presencia de dos tornados...

Anthony bajó el volumen del televisor. En los segundos de silencio, ya no escuchaban el silbido del viento, ni el golpeteo de láminas.

—¿Habrá pasado?— pregunta Liliana.

—Ahora lo sabremos— contestó Anthony, bajó las manijas del giroscopio. Por encima del techo del sótano se levanta una tapa y se eleva la lente. Anthony echó un vistazo, analiza el daño y el poder del viento.

— Es seguro— confirma y deja en su lugar el giroscopio—. Podemos salir.

Ya en la superficie, todos miran alrededor. Anthony señala el cielo. Tina observa la dirección que siguen las nubes.

— ¿Iremos a buscar tornados?— pregunta Tina. Anthony no le dice nada, sólo le sonríe.

Anthony vuelve al sótano, saca el maletín de aluminio y lo sube a la cajuela de su camioneta. Salvador acompaña a él; Tina y Liliana preparan sus cosas y se suben a la camioneta de Tina. Liliana se va en el asiento trasero para monitorear la pantalla, que recién han instalado. Liliana ha aprendido a dar indicaciones.

Liliana va vigilando las manchas de diferentes colores que indican los cambios de la tormenta. Sobre el mapa, hace un zoom en Oklahoma y sus alrededores. Las manchas azules son el contorno de las nubes y las zonas más tranquilas;

Las manchas verdes le siguen a las azules y muestra las áreas con lluvia ligera;

Las amarillas representan a las lluvias moderadas y con la posibilidad de granizo;

Las moradas abarcan gran parte del mapa, porque ubica la zona más recia de la tormenta;

Las rojas auguran tornados. Y las manchas negras afirman la presencia de tornados.

Avanzando hacia el norte de Oklahoma City, Liliana verifica que se presentan, ligeramente, manchas rojas, pero al oriente de su posición.

— ¿Anthony?— llama Liliana por el radio comunicador—. Da vuelta en el próximo camino, nos llevará a un posible tornado.

— Entendido. Avísame de inmediato si hay cambios.

— Claro.

Anthony toma el camino que le indicó Liliana.

Salvador va grabando desde el asiento del copiloto. Anthony señala, con el dedo, ciertos puntos en el cielo, en donde él cree que se formará un tornado de menor magnitud. Aunque ellos tienen un mapa con las mismas marcas, Anthony sigue su instinto, y las indicaciones de Liliana, queriendo concentrarse en manejar.

Liliana enciende una pantalla media, con imágenes de las cámaras de varios terrenos cercanos. Da un vistazo rápido, sólo para verificar que las cámaras funcionen. Verifica la cámara que se puede manipular a control remoto. Pero no funciona.

Anthony se detiene e indica una parte muy especial de las nubes. Contra el viento y la lluvia ligera. Salvador hace una toma de esa nube. Liliana corre y le dice a Anthony:

— La cámara móvil del terreno doce no funciona. Graba, pero no se puede mover.

— ¡Vámonos!— ordenó Anthony, señalando que el cumulonimbo tendrá un bebé.

Siguieron el camino, pero para cruzar a otro e ir directo al tornado. Liliana revisa el mapa, y los compara con las imágenes de los terrenos. Con la imagen de una cámara, calcula que no está a más de ochocientos metros.

La multitud de árboles y varias colinas le impiden seguir el camino deseado. Para cuando Anthony encuentra un área más despejada, Salvador aprovecha y le cuestiona:

— ¿Volveremos a ver el arresto de otro criminal?

— Lo veremos— contesta Anthony con una sonrisa de total seguridad.

— ¿Y después de esto, te retirarás?

— Sí— contesta con una risa burlona—. Para nada. Acabaré con cada tornado que se aparezca en mi hogar.

— Ahí lo tienen— narra Salvador, al hacer una toma de su propia cara—. El representante de la ley, ha hablado— vuelve a hacer una toma de Anthony, quien le sonríe y balancea su cabeza de un lado a otro ligeramente.

Anthony vuelve a irse por el camino de las colinas. Al estar en la cima de una, visualiza al tornado. Él esperaba un tornado más meñique, así que quedo contento con la magnitud del tornado.

Liliana vuelve a monitorear las cámaras de los terrenos, de la que no se podía mover, ahora la maneja y confirma que el tornado va hacia ese terreno.

— Va hacia el terreno doce— indica Liliana por el radio.

— Esperemos que capture el Twister-off— contesta Anthony.

Los dos se estacionan en la cima de la colina, pero van a ver la imagen amplificada del terreno doce. Salvador se acomoda para hacer una toma de la pantalla. Todos poner sus ojos de ilusión, viendo cómo el Twister-off libera su cometa. Y tambaleante, es arrastrado hacia el tornado. Sus cejas caen, al fijarse que una gran lona de plástico se dirige hacia el Twister-off, quedando envuelto y saliendo volando como un fantasma. Anthony se sujeta el pelo a puños. El "fantasma" cae al suelo, muy lejos del tornado. Tina y Liliana se pasan las manos por la cara; Salvador deja de filmar.

— ¡Carajo!— grita Tina.

— ¡No puede ser!— dijo Liliana, con voz apagada—. Creí que lo lograría.

— ¿Por hoy valió?— pregunta Salvador, preparando su cámara.

— No. Esperemos a otro— dijo Anthony, abrió la cajuela y mostró un Twister-off—. Preparé uno portátil.

Con el viento acelerado, Tina mira hacia el lado opuesto a donde apareció el tornado y nota que se va formando una nueva cumulonimbos. Grita sujetando su chamarra:

— ¡Miren allá!

Tina, Anthony y Liliana corren hacia el campo, Salvador se adelanta y hace una toma. Tina se cubre los lados de su cara con las manos, impidiendo que el viento sucio le dé en los ojos. Así se queda un rato, luego le pregunta a Anthony:

— Oye cariño, ¿cómo le haremos para que el tornado capture al Twister-off?— esperó la respuesta, miró a los lados y hacia atrás. Al no encontrarle, gritó: — ¡Anthony!

Anthony va manejando su camioneta. Derrapando, se dirige hacia el recién nacido.

— ¡Espera!— grita Tina— ¿Qué haces?

— ¡Anthony, espérate! — grita Liliana.

— Oye, no. ¡Aguanta!— grita Salvador.

Los tres regresan a la camioneta de Tina. Ésta estaba a punto encenderla. No encuentra las llaves en su lugar. Busca encima del tablero, en el asiento y debajo de éste. Hasta busca afuera de la camioneta.

Calmando sus manos temblorosas, Tina se comunica por el radio.

— ¡Anthony! ¡Vuelve ahora mismo!— ordenó con voz firme pero acelerada.

— Debo hacerlo— contesta Anthony, dejando las llaves de Tina en el tablero.

— ¿Qué quieres demostrar? ¿Deseas la gloria para ti solo? ¿O quieres ser recordado como un mártir?

— No. Nos glorificaremos todos.

— ¡No, así no!

— ¡Nos veremos al final del…!— la señal se convierte en estática.

— No. Oye— Tina hace una pausa—. ¿Anthony?— espera otro rato. No escucha más. Tira el radio dentro de la camioneta y corre por el trayecto que dejó Anthony.

Anthony escucha puro ruido molesto y apaga el radio. Su rostro se enrojeció al saber que había entrado al rango del peligro. Evade cada bache, sube por las colinas a toda prisa. Cruza por un puente simple, que le permite pasar una zanja. Destruye una alambrada y continúa. Sabía que tenía poco tiempo para arrepentirse. Se regocija con su propio miedo, pues nunca se había acercado tanto a un tornado. Y menos a uno que recién se forma y no conoce su dirección e intensidad.

Va con más calma, al paso de desechos en el viento que se arrecia. Anthony se detiene, se pasa al asiento trasero y desde ahí, alcanza la cajuela y saca el Twister-off y el maletín de aluminio. El maletín lo abre, dentro se pueden ver montones de botones, de los cuales presiona tres y uno con el que enciende todo el mecanismo. Verifica que la palanca no se trabe; un pequeño radar parpadea, mostrando un punto muy junto al centro, que es la camioneta; y otro punto más lejano, representando al tornado. Luego acomoda una pequeña antena satelital. Se cubre la cabeza con un pasamontañas y se pone unos lentes protectores. Luego sube el Twister-off a la parte superior de la camioneta y lo conecta a un soporte desprendible para el momento justo. Sube a la camioneta, y sin cerrar la puerta, observa el tornado y luego mira el maletín.

Tina, Liliana y Salvador siguen corriendo, aun siguiendo el trayecto que dejó la camioneta. Suben y bajan las colinas. Encima de la última colina, distinguen cómo la camioneta avanza hacia el tornado. Salvador prepara el zoom de la cámara, distinguiendo cómo la camioneta avanza torpemente. En momentos se veía ondulante, y una vez se detuvo por un par de segundos y luego siguió.

Tina ordena que se detengan, calculando que podrían estar a menos de kilómetro y medio.

Detrás de ellos se escuchó el bocinazo de un vehículo. Todos voltean y se hacen a un lado, al pasar y al detenerse la camioneta de Caroline y ella les grita:

— ¡Rápido, suban!

Desde el asiento trasero, Salvador iba grabando; a su lado va Liliana, indicándole ciertos puntos de interés.

— A pie no le alcanzarían— comenta Caroline, sin dejar de mirar la camioneta de Anthony.

— ¿Cómo nos encontraste?— pregunta Tina—. Tu mensaje decía…

— El mensaje no decía la verdad. Y jamás les dejé de seguir. Les perdí el rastro por un momento, pero soy muy buena siguiendo pistas y huellas.

A Caroline se le notaba una sonrisa malévola. Tina se cuenta de eso y preguntó muy intrigada:

— Buscas algo más que sólo a nosotros, ¿verdad?— pregunta, sospechado que Caroline quería ver lastimado o muerto, a Anthony.

— Eh… no, no es lo que crees— responde Caroline con una sonrisa más sincera.

Tina no insiste y deja que su hermana siga conduciendo. Caroline pasa a toda prisa, el puente que ahora cruje más. Hasta lanza lodo y tierra por la velocidad. Al rebasar el alambrado que Anthony destruyó, se detiene.

La camioneta de Anthony se va acercando al tornado, tambaleante ante los golpes de aire y de objetos. El cometa del Twister-off se eleva y éste se desprende de la base. La camioneta avanza un poco más y da media vuelta. Tina y los demás casi pegan brincos, viendo a la camioneta regresar.

Los pliegues del Twister-off se separan en los tres grupos y cada uno se va extendiendo. Salvador graba todo el momento. Se ven a láminas metálicas y de cartón que son arrancadas de un tejado próximo. Las láminas giran con extraordinaria velocidad, acompañadas por montones de basura y desechos de madera. Una lámina metálica golpea un pliegue del Twister-off que no le hizo el menor rasguño.

— ¡Oh por dios, no!— se escucha el grito de Tina.

— ¡Pero qué ca…!— gritó Caroline, sin poder continuar. Ambas hermanas unen sus cuerpos; Tina esconde su mirada en el hombro de Caroline, y ésta no deja de mirar la camioneta. Caroline quería sonreír, pero había algo que no la dejaba.

Los gritos, al igual que las miradas de todos, eran dirigidos hacia las láminas. Salvador enfoca a la camioneta, la cual es golpeada por una lámina metálica, quedándole incrustada en la puerta del copiloto. La camioneta pierde el control pero sigue avanzando. Varias corrientes de aire le impiden avanzar con normalidad, levantándole en ocasiones. Una corriente de aire le alcanza, provocándole varias volteretas.

La camioneta queda llantas arriba. Salvador se concentra en la desaparición del tornado. Tina se separa del cuerpo de su hermana.

— ¡Vamos!— indica Caroline.

Llegan y se detiene a pocos metros de la camioneta volcada, que ahora se le prende fuego Tina es la primera en bajar y correr. Salvador deja la cámara. Los demás le siguen a toda prisa. El fuerte calor impide que Tina se acerque. Los gritos de Tina llamando a Anthony, eran más fuertes, los demás se dedicaban más a tratar de abrir la puerta de la cajuela.

— ¿Anthony?— Tina hace una pausa, en espera de la respuesta—. ¿Puedes escucharme?

Caroline se queda inerte, sentada en el suelo. Su cuerpo le temblaba, pero evitaba que fuera notorio.

— ¡Te lo dije!— se escuchó una voz masculina acelerada e irritada. Todos voltean hacia atrás, creyendo que era una ilusión óptica de Anthony quitándose el pasamontañas y los lentes—. Que nos veríamos al final del tornado.

Tina corre hacia su esposo sucio de tierra y lodo. Tina le tomó, a puños, el cabello y lo miraba de arriba abajo. Él solo le sonreía, hasta que Tina unió ambas bocas.

Liliana se cubre la boca, sonriendo, con las manos temblorosas y sus ojos humedeciéndose.

Salvador da aplausos rítmicos y luego levanta ambos pulgares.

Caroline le da un golpe en el hombro de Anthony y le dice:

— ¡Muy bien! Yo no lo hubiese creído si me lo contaran. Pero aquí estas— Caroline, Tina y Anthony comparten una sonrisa sollozante.

El tornado hubiera sido calificado como un F-4. Para Anthony fue solo un F-3, aunque si destruyó unos cultivos y varios tejados, era de bastante tamaño y con gran velocidad, pero no fue tan grave.

Esa misma noche, frente a la chimenea, los cuatro escuchaban el relato de Anthony.

— Y con el control remoto del maletín, dirigí la camioneta con el Twister-off encima del toldo— da un sorbo al chocolate caliente que le han preparado sólo para él—. Y tú lo sabes Tina, que no me acercaría a no menos de un kilómetro de cualquier tipo de tornado.

— ¿Y desde dónde lo dirigiste?— preguntó Caroline.

— Desde abajo del puente de una zanja, muy cercano a un alambrado que yo mismo tuve que destruir.

Quien recuerda más al puente ese, es Caroline. Tina, Salvador y Liliana tuvieron que pensar un poco más.

— Quiero suponer que te ayudaste con algo— comenta Tina muy intuitiva—. Con, no sé, ¿un radar?

— Tú sí sabes, preciosa.

— Perdón— interrumpe Liliana—. Lo del control remoto, ¿lo hiciste tú mismo?

— Sí. Era una de las sorpresas. Lo de hoy fue una prueba, le vi varias fallas, que no fueron tan graves, pero las arreglaré próximamente.

— ¡Ves!— expresó Tina, mirando a Caroline—. Te dije que Anthony es muy hábil.

— Pues bien— dijo Caroline, poniéndose de pie—. Creo que te mereces una disculpa. Y sé honesto conmigo, tú ya la esperabas.

Anthony no dijo nada, se puso de pie y le da la mano, Caroline le corresponde el saludo.

— Y así es— expresó Anthony—. A partir de hoy te iré perdonando. No será fácil, pero creo que podré soportarte.

— Sí, yo igual, ¡maldito!

Caroline y Anthony son los primeros en reír, seguidos por los demás.

Desde el estacionamiento, Tina, Anthony y Caroline observan cómo el transporte de sus amigos va tomando vuelo.

Desde el avión, Liliana y Salvador se despiden con la mano, sin obtener respuesta de sus amigos latinoamericanos. Latinos que se han ganado el respeto de los otros caza-tormentas. Que no fue fácil, pero sus esfuerzos dieron frutos.

Durante toda la temporada de tornados, Tina y Anthony y otros caza-tormentas, lograron detener cuatro de siete tornados. Han encontrado fallas en el Twister-off, que se solucionaron fácilmente. Hasta se comprobó el problema que Anthony preveía: el de la nueva formación de otro tornado en la misma nube-madre, que nunca se dio.

Con nuevos equipos controlados a distancia, esperan detener a más tornados. No solo en los Estados Unidos sino en varias partes del mundo, incluido México.

Si quieres leer el fin alternativo, detente aquí y pasa directamente hallá.

CAPÍTULO 20

La nueva y mala noticia, fue el fallecimiento del Maestro. En el más próximo día, a la llegada a México, visitaron su lugar de descanso. Elías Díaz, fue el nombre que Liliana leyó en la tumba. También fue la primera vez en que ella conocía el nombre del líder de la secta. Le prestó atención a la fecha: 1931-2016. Liliana pensó en que su vida fue plena y llena de triunfos.

Los Unificadores más veteranos, dejaron en claro que el puesto de líder no iba a ser fácil de ocupar, ni siquiera el integrante con el rango más alto podría ser el líder.

Con las mentes más calmadas. Liliana ha platicado sobre su experiencia con el Twister-off. Todos vieron el vídeo que Salvador filmó, incluidos los Unificadores en turno. Todos les felicitaron. La única ceremonia para Liliana se hizo más simple. Tres Unificadores le entregaron su insignia de bronce por concluir con la primera fase del segundo rango.

Liliana estaba derritiendo el material plástico para crear un nuevo prototipo de una cubierta para focos. Quería inventar algo que le permita a los focos dar más brillo sin necesidad de tantos watts. Algo como lo que ya existía, pero más eficiente.

Hizo varias pruebas con las cubiertas que compró. Fue midiendo la intensidad e hizo una tabla estadística en base a esto y según el diseño de cada cubierta. Sólo obtuvo un promedio.

Tuvo que derretir varios prototipos con diferentes diseños. He iba dejando los que más prometían.

Quería tener un poco de descanso, después de varios días de trabajo. Trató de comunicarse con Laura pero alguien respondía y le informaba que no podía tomar la llamada. No, sólo sí fuera una emergencia. Insistió hasta que lo logró.

Vemos un equipo de radio-comunicación, tan grande como una minivan. Con montones de botones, perillas y luces rojas, amarillas y verdes. Y no se podía pasar por alto al montón de cables que pasar por la parte trasera del equipo hasta por encima de éste, para finalizar en la pared. Un botón verde parpadea, a la par de un sonido clásico de teléfono. Un hombre, con traje de plástico blanco, va entrando a la habitación, contesta el teléfono. No escuchamos lo que le dicen.

— Sí, espere por favor— dijo y salió de la habitación.

Después de varios segundos, entra Laura quitándose uno de los guantes de látex y luego contesta el teléfono.

— ¿Liliana?— pregunta Laura, ajustando unas perillas, para que la señal se mejore.

— Aquí estoy— contesta, apresurada—. Creí que te tardarías en contestar.

— Estaba por aquí cerca. Y cuéntame, ¿cómo les fue con los tornados?— preguntó y se acercó una silla.

— No te imaginas lo increíble que resultó todo.

— Vi algo en las noticias.

— Salvador preparó un vídeo.

— Lo veremos los tres juntos.

— ¡Está muy fregón!— expresa Liliana, las dos ríen y Liliana hace una pausa. Piensa en el deceso del Maestro—. Yo no he perdido a un ser querido, pero comprendo tus emociones. Cualquier cosa que pueda hacer para subirte el ánimo al tope, sólo dilo.

— Se te agradece, amiga, se te agradece. Y sí, puedes hacer algo por mí. No te dejes vencer. Mi abuelo no quisiera que se depongan las armas. Todos seguiremos nuestros planes, proyectos y programas. Los Unificadores se encargarán de evaluarlos.

— Eso me parece más que perfecto. ¿Y tú qué estabas haciendo?

— Ya sabes, mejorando el mundo poco a poco. Estaba ayudando en el parto a una bella mamá osa— Laura hizo una pausa, pensando en una continuación que no comprometiera su trabajo en ese lugar—. Digamos que a una osa polar muy especial.

— ¿Osa polar? ¡Interesante!

— Hoy tuvo a su tercera cría.

— Me hubiese gustado estar ahí.

— No te preocupes. Tú o tus hijos tendrán un chance de estar aquí.

Liliana estalló en carcajadas, pero se calmó a sí misma y luego se despidió.

— Me tengo que ir.

Laura terminó de reír.

— ándale, pues. No vemos.

— ¿Por qué no vamos un fin de semana a la playa?— propone Liliana a su familia.

— Un fin de semana estaría bien— responde Roberto.

La familia va caminando por la playa. Y a todas sus anchas, pues había muy pocos turistas. Llegaron hasta una zona apropiada para tomar el sol.

— Lili, vamos a nadar— propone Verónica.

Las dos corrieron, Verónica gana en darse un clavado y luego compiten en llegar hasta una lancha casi hundida. Verónica fue la ganadora.

— Date prisa— dijo Verónica, sujetándose de la lancha.

Liliana llegó y se sujetó.

— Eres buena.

— Me llevaron a natación desde muy pequeña.

— Ahora vamos a ver quién llega más profundo.

— Me ganarás de nuevo.

— No importa, vamos— dijo y se sumergió.

Liliana se siguió, entre los pececillos de colores que se separaban a su paso. Verónica llegó a buena profundidad y jugueteaba con unos cangrejos muy pequeños que corren en sus brazos. Y luego sube un poco para que Liliana interactuara con los pequeños.

Liliana suelta una bocarada de burbujas y asciende. Verónica le alcanza.

— ¿Qué te paso?

— Me entró mucha agua en la nariz, me hizo cosquillas uno de los cangrejillos— contestó Liliana después de toser y recobrar la respiración.

— ¿Ya quieres que nos salgamos?

— No, vayamos para acá— contesta y nadó mar adentro.

Hicieron varias carreritas entre dos boyas. Verónica era la ganadora indiscutible. Liliana es quien se detiene y comenta:

— Con un traje especial te ganaría.

— ¿Y dónde los venden?— pregunta, mientras nada alrededor de Liliana.

— Por internet he visto muchos. Aunque son un poco limitantes.

— Y con ellos podríamos ver lo que está acá abajo— dijo y se sumergió.

Liliana le siguió y Verónica le mostró lo que parecía ser un barco. No podían estar seguras, no hasta que pudiesen verlo de más cerca. Ascendieron y Liliana comentó:

— En las próximas vacaciones vendremos con un equipo especial.

De regreso, Liliana llegó fabricando un diseño de una lámina plástica con un diodo. Batalló para hacer que se ajustará a cualquier entrada para focos. La lámina plástica se podía separar sin abrirse y así se ajustaba a la intensidad de luz deseada. Diseñó varios modelos y todos encantaron. Tuvo que hacer un trato con la mayoría de los fabricantes de focos y lámparas.

Y de inmediato se puso a trabajar en un prototipo de su propio traje de buceo. Fue buscando varias mini-turbinas y sólo encuentra unas del tamaño de dos puños. En la piscina olímpica del mismo estado, pudo hacer varias pruebas.

En la primera prueba ajustó las turbinas a los lados de la cintura. Podía alcanzar buenas velocidades. Le molestaba no poder mantenerse a flote y la falta de movilidad para dar giros lo suficientemente cerrados como para evitar chocar con la orilla.

En la segunda prueba agregó una tercera turbina, encima de su espalda. Con la turbina extra pudo mantenerse a flote y los giros cerrados fueron más difíciles. No se iba a dar por vencida con esa modificación y se dedicó a ajustarle para que pudiese frenar. Lo logró, pero le molestaba la cadera. Después de un chequeo médico, decidió reinventar las turbinas.

En una de sus visitas a Salvador, éste le pidió que le ayudase con las pruebas de uno de sus proyectos.

— ¿Y te falta mucho para tu traje ese?

— Sólo unos problemillas con las turbinas, pero nada que yo no pueda resolver. ¿Y tú cómo vas?

— Me he estado brincando varias fases y no me quieren complementar las insignias hasta que me ponga al corriente.

— Llévatela tranquilo, hombre. Eres bueno ayudando, pero ¡relax!

— A mí me encanta ayudar. Y tú nomás pega un grito— comenta Salvador, al estacionarse—. Y va a llegar tu príncipe al rescate.

— Sí, te pediré ayuda cuando nos invadan dragones verdes tan grandes que aplastarán mi casa con la punta de su garra.

— ¡Ah, sí eso nos invade entonces no me hables!

— ¡Que muchacho tan cobardón!

Mientras pasa el atardecer, se ajustan unos guantes, una playera y un pantalón con unas luces led.

— ¿Has visto la película Forbident Planet?— pregunta Salvador.

— No

— Igual ve esto.

Salvador se alejó y luego corrió hacia Liliana. Dio un salto y tomó una postura y gruño como un monstruo. De los leds se proyectó un gigante. Con sus puños trató de aplastar a Liliana. Ella se pegó un salto a un lado que casi le provoca caer.

Luego, Salvador agarró una piedra, real, pero está se hizo de luz y creció. La lanzó contra Liliana y ella se cubrió con las manos. Y unas manos de luz se proyectaron para detener la roca. Salvador presionó un botón de un guante y el gigante desapareció.

Liliana hizo lo mismo y sus enormes manos desaparecieron.

— ¿Y esto para qué rango será?— pregunta Liliana.

— Para la tercera fase de mi sexto rango.

— ¿Y qué más hace?

Salvador hace unos ajustes en los guantes de Liliana y le indica que apunte con su mano hacia un árbol. Y de ésta se dispara un bola de luz y en el árbol se proyectan llamas, hasta se escucha el efecto del árbol quemándose.

Él no le encontró fallos, pues era la décima vez que prueba su Game-In-Live.

Después de escuchar el rango que acaba de completar Salvador, Liliana le dedicó más tiempo a la búsqueda de unas turbinas más pequeñas.

Su primera idea fue un rotor plano, pero las aspas deberían estar en paralelo a éste. Contando diez días, logró fabricar una cubierta que rodeé las aspas. Y con unas ventilas se lograba la propulsión deseada.

Quedando el problema de la fuente de poder, Liliana buscó datos sobre dinamos. Los pocos que encontró y que cumplían con el tamaño, no cumplían con la potencia necesaria. Usando el Intragenio fabricó unas aspas en dos grupos y, casi pegadas, las probó.

En la piscina tenía que hacer los movimientos necesarios para nadar por su cuenta y que cada uno hiciera que el agua fluyera por las dinamos y generara la energía necesaria. Lo hacía, pero por poco. Requería que nadara cien metros para tener propulsión de treinta metros.

Fabricó varios modelos de aspas para las dinamos. En muchas ocasiones lograba más eficiencia, en otras la eficiencia disminuía más que el primer resultado.

Haciendo a un lado todos sus prototipos, encontró uno que no recuerda haber probado. Eran aspas alineadas como en los lados y la punta de una pirámide. Se fue a nadar y la energía que proporcionaban era muy superior. Liliana nadó por cincuenta metros y se lograba una propulsión del triple de distancia.

Liliana ya veía logrado su objetivo. Aunque sabía que era mejor tener una propulsión constante. Pero nadie le negó que su sistema libre de fuentes de poder costosas, eran lo suficientemente buenas como para ignorarle.

En poco tiempo se creó una competencia de natación con esos trajes llamada NADO DOLPHIN. Liliana fue la madrina y participó en la primera convocatorio. Pudo ganar, y más por ser la inventora, pero el triunfador fue un atleta profesional.

— ¿Qué crees que sean esas piedras cuadradas en Júpiter?— pregunta Liliana, haciendo a un lado los binoculares.

— Una colonia de Jupiterianos, jupitienses, jupitinos— contesta Salvador, abrazando de lado a Liliana.

— Hazte a un lado que me desordenas las coordenadas— ordena Liliana, empujando ligeramente a Salvador.

Salvador se va cabizbajo. Liliana le alcanza y le da un beso en la mejilla.

— Vengase pa´ acá, mi tonto favorito.

— ¿Encontraste algo más?

— Más piedras cuadras bien alineadas, pero con un camino que apenas se distingue y que les conecta.

— Entonces sí son colonias.

— Una colonia de salva-tontos.

— O de Lilia-gachas.

— Calla y bésame.

De inmediato encendieron una fogata y casi se ahoga Liliana con el humo.

— ¿Qué pasa?— pregunta Liliana, aplacando su tos— ¿Por qué se produce tanto humo?

— Creo que tiene mucho ocote— dijo y se dedicó a apartar unos leños para apagarlos con agua. Se tardó un rato. De la fogata emanaba menos humo.

Pusieron bombones en unas varas y los acercaron al fuego. Liliana era quien los dejaba más rato. Salvador se los comía más aprisa.

— Quién diría que el humo causa cáncer— comentó Liliana—. Debió pasar lo mismo que con el plomo o el mercurio; no se sabía que causaba cáncer hasta que empezaron a hacerles estudios a personas en etapas avanzadas de su enfermedad.

— Y a veces no es tanta culpa de la ignorancia— agrega Salvador, comiendo un bombón frío—. Las fábricas que producen humo tienen dueños sin escrúpulos. Sin mencionar a los que utilizan químicos dañinos.

— Sí hubiese la forma de que no se produjera humo— comentó y se levanta—. Ya tengo el primer complemento para mi tercer rango.

Liliana investigó los diferentes tipos de combustibles y encuentra al carbón activado cómo su mejor opción. Al principio encargó varias toneladas de cascara de coco y ella misma produjo el carbón. Aunque contrató a un grupo, no le preocupaba producir gran cantidad de carbón, sino que el qué pasaría en una época de escases de cascaras.

El carbón lo repartió por varias viviendas humildes. Hasta se quedó a vivir por unos días cerca de éstas para comprobar su eficiencia. Nada mas vio que la cantidad repartida en las viviendas era suficiente. Se dio cuenta de que las ladrilleras producían demasiado humo.

En una de sus visitas a las ladrilleras, Liliana hizo varias preguntas.

— ¿Jamás han probado con otro combustible?

— No, señorita. Siempre se utiliza leña. No tenemos otra cosa para quemar.

— Pero, ¿por qué no les molesta el humo?

— No hay de otra. Por aquí no hay más trabajos.

— ¿Y qué me dicen del cáncer?

— Pos mientras nos morimos, debemos trabajar.

Todavía Liliana no lo sabía, pero sospechaba que el carbón activo no produce el suficiente calor para el horneado de ladrillos.

Se dedica a fabricar unos filtros para los hornos y repartirlos entre las ladrilleras. Muchos de los dueños de las fábricas se ofrecieron a ayudar. Liliana aceptó para invertir en investigación y desarrollo. Obteniendo excelentes filtros.

— Vas que nadie te alcanza— expresa Roberto.

— Yo sí le ganaría a mi hermana— comenta Verónica.

— Pues te nombraré mi socia honoraria— dijo Liliana, acomodando el cobertor en el torso de Verónica.

— ¿Y qué es eso, Lili?

— Va a significar que tú me dirás tus ideas y yo te ayudaré a traerlas a la realidad.

— Tengo una idea que te servirá para tu segunda fase.

— Entonces mañana la revisamos, ¿va?

Verónica muy sonriente, contesta afirmativamente con la cabeza.

Liliana decide dar un paseo por el camino de guardia, se recarga entre las almenas y se pone a pensar en que hubiera pasado sí habría logrado cruzar la zanja donde se lastimó. Repasaba la misma pregunta: ¿Sería realmente feliz? Y cada repaso, de esta pregunta, era debilitado al reconocer que ha logrado algo que ni siquiera sabía que podía hacer: ayudar.

Temprano, en domingo, Verónica muestra dibujos de su invento. Liliana los revisa y nota que, aunque gran parte son obvios, hay descripciones que van más allá de su entendimiento.

— ¿Qué es esto?— preguntó, mostrando un dibujo de unos lentes de contacto.

— Cada lente llevará una serie de micro agujas, que darán un pulso para que la persona falta de vista distinga su entorno.

— ¿Por qué funcionaría?

— Porque cada pulso será equivalente a una cosa.

— Hay dos inconvenientes: primero que nada, molestaría en los ojos; la segunda sería cómo la persona sabe que significa cada impulso.

Verónica queda pensativa, revisa sus dibujos y encuentra otro que muestra a Liliana, quien expone:

— Este es más factible. Un cinturón que le dé una indicación a la persona. Sí tan solo podríamos programar los comandos.

— Déjame decirte algo— dijo, mientras toma una postura seria—. Todo lo que nos rodea tiene un valor. Ese valor es capturado por nosotros de muchas formas, por el peso volumen, textura y otros factores. A simple vista, calculamos lo que pesa una piedra, un globo, etcétera. Tomando en cuenta estos elementos, utilicé un láser de los que sirven para medir longitudes.

Verónica terminó de explicar y le mostró un prototipo de un cinturón que tiene un pequeño motor y que da un golpe ligero cada vez que se acerca a un objeto. Liliana le echó un vistazo al motor que es accionado por una orden enviada por el láser.

— ¿Y qué hay con lo del peso?— pregunta Liliana.

— Es con lo que quiero que me ayudes. Quiero que, no solo sirva para que las personas faltas de vista puedan andar por la calle. Sino que para los que sí ven puedan saber, con antelación, qué peso tiene algo y así saber qué postura llevar a la hora de cargar algo. Y yo creo que con eso podrían evitar problemas de hernia, de cadera, de huesos y otros males.

En base al prototipo de Verónica, trabajaron para obtener el primer cinturón que indica la posición de los objetos en un diámetro de veinte metros a la redonda, ya sea obstáculos o el mismo terreno. También calculaba sí un automóvil iba a dar vuelta para encontrarse en el camino de dicha persona, o sí algo va a caer frente suyo y así darle la oportunidad de esquivarle, esperar o tomar otro camino.

Con esto, Liliana consiguió completar su segunda fase. Verónica no podía ser invitada a ser parte de la secta, pero fue felicitada por su familia y los Unificadores.

Para la tercera fase, Liliana invitó al inventor de las branquias para humanos. Y las agregaron a su traje de propulsores. Logrando impulsar el turismo en muchas costas del mundo. Exploradores más osados se adentraron a zonas más turbulentas, ante tormentas o solo nadando entre tiburones, exploradores que después nadaban a toda velocidad para huirles. Y del lado más serio, se usó para reconocimiento y rescate. Pues Liliana demostró que se podía nadar contra corriente.

CAPÍTULO 21

Uno de los tantos desayunos, fue muy peculiar para Liliana. Roberto y Pamela esperan juntos, muy sonrientes. Liliana va entrando de la cocina al comedor, secándose las manos con una servilleta de tela. Se da cuenta de que sus padres postizos tienen una cara chistosa, les mira seriamente y les pregunta:

— Y el chiste, ¿es?

— Ven, siéntate— indica Roberto.

— Queremos pedirte un gran favor— dijo Pamela. Su cara, al igual que la de Roberto, se torna seria.

— Pero esperamos a que no te enojes— continuó Roberto—. Una amiga necesita una socia y sabemos que la única que puede ayudarle, eres tú.

— ¿Yo, enojarme?

— Es que todos te ven cómo avanzas a pasos agigantados. Pero también pensamos en que no quieres o que no tienes tiempo de otra sociedad. Guzmán habló muy bien de tu proyecto y de su triunfal regreso a la secta gracias a ti, que ahora nuestra amiga sabe que solo tú le ayudarías a recuperar su lugar en la secta.

— ¿Pues de quién se trata?

— Nos pidió que no dijéramos su nombre. Porque ella quiere saber la respuesta sobre su sociedad, en persona.

— Claro que sí— contestó Liliana, rebosando mucha felicidad.

Liliana viste su ropa ejecutiva, la que Pamela y Roberto le regalaron.

Liliana arregla la solapa del traje, ajusta su corbata y checa su falda y sus zapatos. Al ir bajando por las escaleras, modela su ropa. Pamela y Roberto dan aplausos.

— Más guapa, ¡imposible!— expresa Roberto.

— Yo también tenía una figura así— comenta pamela con envidia graciosa, al notar lo esbelta que se ve Liliana.

— ¡Muchas gracias!— agradece, bajando las escaleras y siguiendo con su modelaje.

El supervisor en turno le mostraba a Liliana los últimos reportes. Liliana nota que la maquinaria no ha presentado fallas; que los empleados se han superado a sí mismos y ahora son más hábiles; y la producción de dulces ha aumentado.

Liliana lleva la tableta electrónica que le han asignado. Y en ella va registrando sus reportes. Ahora se dedica a supervisar las fallas en las cajas. Y solo encuentra una etiqueta mal impresa en una caja. Esto se lo hace saber de inmediato a los técnicos y estos descubren que el papel tenía un poco de grasa.

Liliana acaba de agradecer a los técnicos, cuando Roberto le pide que se acerque. Liliana se va acercando a con Roberto, en ese momento detrás de él, va apareciendo Sandra.

— Mira— dijo Roberto al tener a su lado a Sandra—, ella es quien quiere…

— ¡Tú!— interrumpe Liliana, mirando a Sandra y resaltando un mal gesto.

— ¡Por favor, Liliana!— pide Roberto, con voz firme de padre—. Ella no es mala persona— Liliana hace un enorme arco con la vista. Roberto espera a que se vea más atenta y continúa: —. Sandra ya nos contó sobre el mal que ha provocado.

— Estoy muy arrepentida— expresa Sandra, poniendo una cara dulce, tan dulce que le provocó una sonrisa seca y breve a Liliana.

— ¡Liliana!— le llama Roberto, en espera de una respuesta a lo que dijo Sandra.

Liliana apenas le da un saludo con la mano.

— Pues bien— continuó Roberto, quedando ligeramente conforme con la actitud de Liliana—. Pamela y yo ya vimos de que se trata el proyecto de la amiga— dijo, señalando con la mano al rostro de Sandra—. Y cuando tú lo veas, quedarás alucinada— le quitó la tableta a Liliana, las arrejuntó y les dijo: —. Las dejo. Con permiso.

Roberto se retira, dando un vistazo a los apuntes que ha hecho ella.

En el comedor de la fábrica. Las dos chicas platican, frente a frente. Liliana no le miraba a los ojos, sólo miraba sus propias uñas rosadas. Sandra trataba de explicarle el porqué de su mala actitud.

— Ya sé que nada te puede hacer cambiar de parecer. Mi única excusa son ¡los celos!— a Liliana se le va borrando el mal genio del rostro—. Sí, celos estúpidos. Salvador fue mi primer verdadero gran amor. Gracias a él comprendí y comencé a ayudar a la gente que lo necesitaba— Liliana comienza a reflexionar sobre lo que ha dicho Sandra y lo comparó con lo que le paso a ella, antes y después de llegar con su nueva familia. A Sandra le tiemblan las manos y se las aplaca enredando sus dedos—. Yo le fallé, él no me perdonó y yo me puse como una cabra. El enojo se apoderó de mí. Algo obvio hasta ahora, y también ahora me di cuenta de porque la gente me odia. Pero— cogió las manos de Liliana—, ¿no crees qué la redención es para todos?— con la palabra "redención", a Liliana se le erizó la piel.

— Sí— contesto Liliana, su rostro permaneció serio, pero su respuesta fue consolable—. ¿Y cuál es tu proyecto?

— Ahora, sólo te diré que se trata del agua— contestó Sandra, poniéndose de pie—. Y cómo está funcionando aquí, lo llevaremos a otros países.

— Me parece bien— expresó muy sincera.

— ¿Y cómo va tu nuevo manuscrito?

— Con...— Liliana queda petrificada— ¿Cómo sabes de mis escritos?

— Pamela y Roberto compartieron una copia de tu primer libro. Les pregunté si tenías otro libro; y ellos me contestaron que sí.

— Estoy solo en el principio.

Cerca del anochecer, Salvador ha llevado películas clásicas y estrenos de los últimos cinco años. Liliana prepara dos tazones grandes y uno chico, con maíz inflado. Pamela esperaba que fueran películas aptas para Verónica. Pero Salvador también llevó películas de culto, para ver después de que Verónica se fuera a dormir.

Salvador y Liliana están sentados juntos. En ratos se sirven en la boca del otro. Pamela y Roberto también están juntos, pero con Verónica recostada en sus regazos.

Todos ríen a ratos, viendo a los tres sujetos golpeándose entre sí con una brusquedad única. Y provocando problemas y solucionándolos de maneras poco ortodoxas.

El celular de Salvador suena. Él se levanta, se disculpa y se retira. En la cocina, contesta:

— ¿Si?— le dan indicaciones— Sí, ya entendí— le cuelgan primero, él guarda el celular y regresa a la sala y les comenta: —. Me acaban de llamar para decirme que veamos un reportaje en las noticias.

— Veámoslo— dijo Roberto, al darle el control remoto a Salvador.

Salvador pausa la película y sintoniza el canal que le indicaron. El noticiero era una repetición.

La reportera Beatriz deja de comentar, acercándose y señalando, cómo el agua proveniente de un acuífero fluye sin problema por uno de los dos boquetes en la pared de tierra en donde se han instalado dos grifos. Un grifo pequeño es para los recipientes normales; y el otro grande, como hidrante para incendios, es para llenar tanques de camiones. Éste último casi no se usaba, pero se le tenía para cualquier emergencia. La pared es de una presa seca. Y todo, está cerca de un pueblo en el municipio de Jesús María.

El camarógrafo hace una toma panorámica, mostrando a más de cincuenta personas haciendo fila, que avanza con normalidad, recibiendo agua del grifo en sus cubetas, garrafones y botes. Una a una, son ayudadas por personal que cuidan el lugar.

El camarógrafo termina de hacer la toma panorámica en Beatriz acompañada de Sandra, quién sonríe a muchos dientes.

— Hay varias preguntas que hacer— dijo Beatriz—. Una de las más importantes, es: ¿Cómo descubriste qué el agua termina aquí?

— Bueno, está mal que lo diga, pero el terreno pertenece a mis padres. Yo estaba dando un paseo solitario en bicicleta, después de una semana lluviosa, y pasé por aquí— dijo, señalando el lugar y la cercanía del grifo—. Sabía que la corriente del agua de lluvia no corría por la superficie, ni menos de una fuga. Investigué un poco más y descubrí que se trataba de un acuífero, pero con una falla. Les compré el terreno a mis propios padres, arreglé la falla y ahora les regalo el agua a estas personas.

Liliana quedó boquiabierta; más que Roberto y Pamela. Salvador, muy serio, miraba determinantemente a Sandra.

— ¿Y dices qué no vendes el agua?— siguió Beatriz.

— Para nada. Sí ves a gente con ropa negra, es porque resguardan el agua y el orden. Sabes que no falta quien quiera sacar un provecho monetario, a nosotros nos vendría bien. Pero mejor no. Aunque sí nos hace falta algo.

— ¿Qué, que les hace falta?

— Pronto lo sabrán— contestó Sandra, escondiendo una sonrisa burlona y mirando a la cámara.

Beatriz se despide de Sandra, ésta se aleja y se acaba el reportaje.

Liliana apaga el televisor. El teléfono de Salvador vuelve a sonar.

— Sí. Ya lo vimos. Ahí va— él contesta y le entregó el celular a Liliana.

— ¿Qué te pareció mi proyecto?— pregunta Sandra.

— Es bueno. Pero yo…

—Antes— interrumpe Sandra muy exaltada—. ¿Puedes acompañarnos, mañana domingo a mediodía?

— Pues— contesta Liliana, sintiéndose un poco emocionada—. Sí, ¿Dónde nos vemos?

— ¡Esa es mi chica!— grita Sandra—. Yo pasaré a por ti. ¡Adiós!— cuelga primero. Liliana se queda mirando el celular.

Pamela y Roberto se ven sonrientes.

— ¡Ves!— dijo Roberto—. Su proyecto es bueno.

Liliana no dice nada y así se retira, solo sonriéndoles a los cuatro.

— Yo veo que le pasa— dijo Salvador, entregándole el control remoto a Roberto y echando carrera para alcanzar a Liliana.

Dentro de su habitación, Liliana esperaba junto a la puerta, Salvador entra y ella cierra la puerta. Liliana camina por un lado de la cama. Salvador le mira, no le dice nada, sabiendo que ella está pensando en algo.

— ¿Me acompañarías?— preguntó Liliana.

— Por supuesto.

— Hay algo que no me gusto de su mirada.

— Tienes razón. A mí tampoco me gustan las mujeres con ojos muy claros. Se ven muy…— se calló, al notar que Liliana le torturaba con una mirada fatal.

— ¿A caso no te diste cuenta?

— Sí, hay algo de malo en su mirada. Pero hasta ella tiene derecho a la redención. ¿No crees?

— "Redención"— esa palabra otra vez, pensó Liliana—. Sí, ya lo sé— dijo con poco ánimo, y sin querer discutir algo más. Sabe que Salvador se ha contradicho a sí mismo, pero deja el asunto en paz.

Liliana camina hacia Salvador, él le espera con los brazos abiertos, ella le hace a un lado y sigue caminando hacia un escritorio que acababa de comprar. De uno de los cajones, saca un sobre blanco, se lo entrega a Salvador, él lo mira por ambos lados y le pregunta:

— ¿Y esto?

— Pues algo para ti, tonto. Ahora lárgate— le contestó, empujándolo fuera de la habitación. Salvador solo se resistía ligeramente.

Afuera del cuarto, Salvador saca, del bolsillo de su pantalón, un cubo muy pequeño envuelto en papel de colores metálicos. El regalito está adornado con un listón y un moño arrugado, el cual acomoda; y que por la abertura de la puerta, él le entrega.

Liliana quita el moño, el listón cae a los lados y ella se sobresalta, alegándose de éste, cuando un muñeco de celofán expulsado por un resorte y que se hace tan grande como su mano. El muñeco tiene los ojos en espiral y una sonrisa gigantesca como la de un payaso y las manos atadas con una camisa de fuerza. En la playera tiene escrito: "ME TIENES..." Liliana sonríe, entendiendo el mensaje.

Salvador abre el sobre con mucho cuidado y encuentra una tarjeta musical que dice, con voz de Liliana: — Sí tú sufres, yo sufriré contigo; Si te enamoras, yo me enamoraré de ti; Sí tú mueres, yo lloraré por no tenerte a mi lado.

Salvador palideció ante el mensaje, alardeando a sí mismo, que ya podría haber conseguido el amor de Liliana. Pero ahora de verdad. Y así se va.

Unos ruidos en la madera le cortan el pensamiento a Liliana, que deja el muñeco sobre la credenza. Inspecciona alrededor de ésta, no encuentra nada. Aun buscando a los lados del mueble y sin mirarlo, trata de tomar el muñeco de papel. Cae de lado, cuando ve a una rata llevarse el muñeco e irse detrás de la credenza. Con una lámpara, observa que hay un hueco muy pequeño hasta la base del mueble y la pared. Ha comprendido el porqué de la aparición de su collar junto al mueble y de los ruidos. Dejó el asunto por la paz, entendiendo que la rata sólo estaba haciendo un nido para sus crías.

CAPÍTULO 22

Acompañada de su chofer, Sandra espera, recargada en su coche. Miraba el reloj, que ya marcaba las doce veinte. Ella le indica a su chofer que suene el claxon. Del castillo, va saliendo Liliana vistiendo una camisa naranja a cuadros, unos jeans y unos zapatos deportivos.

— ¡Por favor, date prisa!— grita Sandra.

— ¡Sí ya vamos!— responde Liliana.

— ¿"Ya vamos"?— se pregunta Sandra.

Salvador alcanza a Liliana, apenas llega al puente, le coge de la mano y llegan hasta el coche de Sandra. Ésta se les queda viendo con el rostro seco; ellos la miran, pero le sonríen con total confianza y Sandra imprime una sonrisa en su rostro.

Sandra, en ratos, mira por el retrovisor cómo los amantes siguen tomados de la mano. Y de un golpe, deja el retrovisor mal acomodado. El chofer voltea a ver a Sandra y ésta le hace un mal gesto. El chofer, reconociendo el origen de su enojo, solo sonríe cautelosamente.

Antes de llegar al lugar del grifo, se ve a mucha gente que se retira con sus recipientes vacíos, otros se salen de la fila y otros cuantos se sientan en las rocas. Dos personas, de las que sirven el agua y dos de los guardias, altos, musculosos y vestidos de playeras negras, reconocen que va llegando Sandra en el coche y le esperan junto a éste.

Nada más frena el coche, Sandra sale a toda prisa y se reúne con los hombres que le esperaban. Liliana y Salvador salen del coche. A Sandra le dicen algo que no le gusto, y con la mano, les indica a Salvador y a Liliana que esperen. Sandra va hasta el grifo y ve que no sale agua.

— ¡Santos!— llama Sandra a uno de los que sirven el agua. Y éste llega—. ¿Qué paso?

— No me lo vas a creer.

— Prueba.

— Hace cómo una hora que no sale agua.

— ¡No me digas!— dijo Sandra sarcásticamente—. ¿Y por qué no me llamaste?

— Pues— contesta Santos, tratando de no mirar a los ojos de Sandra—. Perdí mi cel. Y a tu número no me lo sé de memoria y nadie más lo sabe. Y no te encontramos en tu casa y…

— ¡No me digas más!— interrumpe Sandra. Luego se acercó a la gente que hace fila y les dijo: — ¡Perdonen! Lamento decirles que por el resto del día no habrá agua. Nosotros les avisaremos. ¡Gracias por entender!

Unas personas reniegan y se retiran, otros sólo se retiran.

Sandra sube por una rampa de tierra, que al llegar al terreno superior, hay dos carritos de golf. Santos sube a uno para conducirlo. Sandra, antes de subir al carrito, mira a Liliana y a Salvador y les dice:

— Ahora conocerán más de mi proyecto.

Ellos dos no dijeron nada y se subieron al carrito de golf.

Santos tenía que maniobrar para pasar entre las rocas, hasta llegar a un camino polvoriento, pero firme. El camino está entre rocas del tamaño de mesitas de té, hasta rocas de lo alto de roperos promedio.

Liliana señala con el dedo a un portón doble, de unos tres metros de alto por cuatro de ancho. Es de barrotes con curvas simples y tiene una malla metálica.

Liliana corre hasta la puerta, la cual cubre la entrada a una cueva. Ella se asoma y solo distingue un fondo oscuro. Con la luz de la tarde, nota que hay una cámara de seguridad dentro de la cueva, que apunta hacia la puerta.

Sandra llega y con una llave especial, abre el portón. Santos le ayuda a mover las puertas. Con una lámpara, Sandra y Santos entran a la cueva, pisando con cuidado el suelo húmedo y oloroso a moho. La pareja les siguen, con más cuidado. La luz choca con la pared del fondo de la cueva, se detienen y alumbran hacia abajo. Con apenas un metro de distancia del borde de un pozo, Sandra dice:

— Si no quieren caer, retrocedan— la pareja hace caso a estas palabras.

La luz muestra el fondo del pozo, en el cual, el agua se nota estable. Salvador comienza a toser y sale de la cueva, Liliana le sigue.

— No recordaba que la humedad me hace un poco de daño— comentó, tosiendo más fuerte.

— ¿Tienes asma?— pregunta Liliana y le da golpecitos en la espalda.

— No— contestó y tosió menos fuerte—. Mejor me quedo aquí.

Liliana prefiere quedarse y sólo mira hacia el interior de la cueva.

— ¿Qué dirán?— pregunta Liliana.

— Averígualo— contesta Salvador, de su bolsillo saca un aparato para la sordera y se lo ajusta en el oído de ella.

— ¿Qué crees que pudo pasar?— se escucha la voz de Santos.

— Lo más probable es que el canal se haya destapado.

— ¿Quieres que convoque a los ocho?

— Sí— contestó Sandra y ambos iban saliendo de la cueva.

Con las manos, Liliana se peina el cabello y se lo acomoda detrás de los oídos.

— ¿Y qué pasó?— pregunta Liliana sonriéndole a Sandra.

— Un problema con el acuífero— contestó Sandra muy seria, le miró a ambos oídos de Liliana, no le vio nada raro y siguió caminando—. Vámonos. Nos vemos aquí a las diez de la noche.

Liliana está sentada en su cama, hojeando un cuaderno. Verónica revisa unas hojas de máquina de escribir.

— Casi me muero— expresó Verónica, sintiendo su palpitar acelerado—, cuando me pediste que te ayudara a escribir tu nuevo libro.

— Así tendré un pretexto para terminar rápido.

— ¿Crees que en un futuro podré escribir mi propio libro?

— Claro, esto será tu inicio. Cuando tengas edad, presumirás este momento. ¡Imagínate la fama que ganarás!

— Lo mejor será que comience— dijo Verónica y escribió, se detenía para pensar en unas cosas y seguía escribiendo.

Liliana continúa hojeando su libreta, se queda leyendo la última hoja escrita y se pone a pensar, con su pluma lista, iba a escribir y se detuvo. Da golpecitos con la pluma hasta dejar la pluma encima de la libreta. La pregunta: ¿"Quieres qué convoque a los ocho"?, le resonaba en la mente. Se referiría a un equipo técnico, se contestó a sí misma. Ni quería darle una connotación malévola a lo que Sandra estaba preparando. Y solo mira a Verónica escribiendo, sin preocupaciones que le corten la inspiración. Regresa a la libreta, aparta las últimas cinco hojas escritas y las arranca, las deja a su lado y comienza a escribir. Inspirada en Sandra, agrega a un personaje, alguien bipolar, que resuelve los problemas de sus amigos con ayuda de su forma de ser.

Bajo la luz de la luna, Sandra espera junto a un carrito de golf. Hay unos ayudantes que acomodan unas antorchas en las rocas más grandes y dentro de la cueva. Uno, lleva un costal en una carretilla y lo lleva hasta la cueva. Sandra ha mandado a una persona a recoger a Liliana y a Salvador, quienes van llegando a la entrada de la cueva, en un carrito de golf.

Liliana prepara la videocámara de Salvador. Y hace una toma de "los ocho", que van llegando en dos filas. Ese grupo va vestido de túnicas negras con capuchas. Su rostro está cubierto por un antifaz simple de color blanco, que fueron hechos para ajustar a las facciones de cada persona. Y que solo les cubre desde la nariz hasta la mitad de la frente.

Dos de estas personas saludan balaceando la cabeza, a Liliana. Ella les contesta igual, luego se aleja para revisar la memoria de la videocámara.

Sandra da una señal y los ayudantes encienden las antorchas. Estas alumbran tanto afuera de la cueva cómo su interior, pero no tanto el fondo del pozo.

Las personas encapuchadas forman un círculo, dejando a Sandra en el centro. Salvador le pide la cámara a Liliana y él continúa grabando. Hace una toma, dando vueltas por afuera del círculo de personas. Mientras Sandra enciende cuatro velas y las va dejando en el suelo. Luego enfoca a Sandra, quien invita a una persona a pasar al centro. De inmediato, Sandra se sale del círculo y pasa muy cerca de la cámara, Salvador la sigue. Sandra se acerca a Liliana y le abraza de lado, Liliana le sigue la corriente y ambas levantan el pulgar. Sandra se aparta de Liliana, y con la mirada, le indica a Salvador que grabe al círculo.

Salvador enfoca a la persona del centro. Y ésta se descubre la cabeza y se quita el antifaz, revelando su rostro masculino y anciano. Él levanta una de las velas y dice:

— Yo, Simón Huerta, estoy consciente de mis acciones. Reconozco mi honradez y mis pecados. Mi pueblo ha sufrido por muchos años y no me quedaré de brazos cruzados. Yo, Simón Huerta, entrego mi cuerpo sano y mi mente sana.

Salvador baja la cámara, por unos segundos y mira a Liliana. Ambos no tienen palabras, ni aliento para cuestionar lo que viene. Salvador continúa grabando. Simón regresa a su lugar, sin ponerse de nuevo la capucha y el antifaz.

— ¡La familia!— ordena gritando Sandra, como un cura dando el sermón— ¡Pasen!

Tres personas pasan al centro del grupo, se descubren la cabeza y se quitan el antifaz. Las tres son mujeres. La mayor, con sus arrugas y sus mejillas quemadas por el sol, las otras dos, hijas de ambos. Cada una levanta una vela.

Quien habla primero, es la esposa.

— Yo, Hilda Campos, jamás desearía esto, pero ya pedí a dios que reciba a Simón con júbilo.

— Para mí— sigue la hija mayor, con mejillas menos quemadas por el sol, las limpia de las lágrimas y continúa: —. Es una gran pérdida, pero estoy consciente que mi padre le tiene gran amor a nosotros, su familia; y a nosotros, su pueblo.

La hija menor, Gabriela, no logra contener el llanto. Se calma y continúa.

— Necesitaría de toda la noche para hablar de mi padre— hace una pausa y toma un profundo respiro—. Pero si hablaré de él, les contaré a mis hijos y a mis nietos de lo bueno que fue mi padre. Y lo recordaremos año por año, cuando tengamos alimento y salud.

Las tres regresan a sus lugares. Sandra entra al círculo y les pregunta a los ocho:

— ¿Están todos de acuerdo?

— ¡Sí!— contestan los ocho, al unísono. Y cada uno levanta el brazo.

Sandra lidera el grupo hacia la cueva. Simón y su familia le sigue y atrás va el resto de los ocho. Liliana y Salvador le siguen; dos guardias se ponen en su camino. Uno de los guardias es más fornido, con barba y bigote. El otro, es igual de fornido, pero sin barba ni bigote, y calvo.

Liliana forcejea con el hombre la barba, mirando a Sandra y pensando en darle un puñetazo a esa mujer. El guardia calvo le quita la cámara a Salvador y se la lleva a Sandra. El resto del personal forma una barrera humana en la puerta de la cueva.

— Pon atención— le dijo Salvador a Liliana.

Sandra, grabando, comienza a gritar como un merolico:

— ¡Mirar al héroe! ¡Contemplar su gloria!

Simón es ayudado, por Hilda, a quitarse la túnica, revelando un traje de buzo. Las hijas ayudan a ponerle un tanque de oxígeno, unos lentes y una mascarilla para respirar. Esposa e hijas se cubren los ojos, cuando Simón se tira al pozo. Sandra no deja de grabar. Simón se pierde en el fondo.

Los guardias alejan a Liliana y a Salvador. Pero ellos dos se sienten testigos insobornables de lo que Sandra acababa de permitir. Pasaron más de veinte minutos.

— Nuestro hermano Simón lo logró— expresa Sandra—. Todos le debemos, ¡mucho!

— ¡Le debemos mucho!— comenzaron a corear el resto de los ocho, la familia de Simón hizo lo mismo, pero menos animados. Sandra dejó de grabar.

Sandra sale de la cueva, por su radio llama a Santos y le pregunta:

— ¿Ya está?

— Sí, comienza a salir agua.

Grabándose a sí misma, Sandra va sonriente y le da la cámara a Liliana. Ésta se enrójese más, al sentir la carcajada, breve, pero cruel de Sandra.

— ¡Eres una maldita, Sandra!— grita Liliana a todo pulmón.

A Sandra le causa risa y se retira sin decir nada, ni hacer nada más.

Liliana entra corriendo a la sala de su casa y conecta la cámara al televisor. Roberto va entrando y pregunta:

— ¿Qué pasa?

— Ya tenemos pruebas contra la maldita— contesta Liliana, con una felicidad desbordada.

— ¡Liliana, cuida tus palabras!

Salvador va entrado, saluda a Roberto y ayuda a Liliana a buscar en el vídeo la parte del sacrificio.

Pamela va bajando las escaleras y se une a Roberto a la espera del vídeo.

En partes, se ve en el vídeo cuando las personas forman el círculo; a Sandra prendiendo la velas; y a Sandra junto a Liliana. Luego se ve a Simón y a su familia hablando. Todo parece bien, rebobinan el vídeo y lo ven completo, hasta la parte en la que Simón se quita la túnica y le ayudan a colocarse el resto del equipo de buzo. De un lado, arrastra el costal, lo tira al pozo y luego él se echa un clavado. Pasaron diez minutos y Simón salió, levantando su pulgar.

— Nuestro hermano Simón lo logró— grita Sandra—. Todos le debemos, ¡mucho!

— ¡Le debemos mucho!— corean los demás.

Hay un corte. Luego la imagen se restablece, mostrando el rostro feliz de Sandra.

Liliana apaga el televisor, cruza los brazos, mirando la pantalla negra del televisor y pensando en que lo ha olvidado, ha olvidado el editor de vídeo en vivo. Salvador vuelve a encender el televisor y repasa el video a velocidad pausada. Roberto no entiende lo que pasa, pero sospecha lo que Liliana quería demostrar. Y para él, simple y sencillamente, la demostración ha terminado y se retira. Pamela quería verse más compresiva y pregunta:

— ¿Las cosas no resultaron cómo querías?

Liliana tenía muchas malas palabras en la boca. Salvador fue quien contestó:

— No. Y es que Sandra ha vuelto a editar el vídeo— queda pensativo, no viendo fallas en la imagen que le pudieran ayudar a hacer cortes—. Se ha vuelto muy hábil.

— ¿No le puedes quitar el editor?— pregunta Liliana.

— No, ella pudo hacer una copia del programa. Ella lo ha sabido usar con maestría.

— Muchachos, muchachos— reniega Pamela, suspirando profundo. Se retira, pero a medio camino agrega: —. No dejen que algo así les quite sus metas. No olviden el mensaje que el Maestro les dejó.

Pamela entró a su cuarto. Liliana y Salvador recordaron el mensaje que está tallado en la vigueta de los cuartos. Ambos sabían que debían buscar la forma de detener a Sandra. Liliana se puso más pensativa y comentó:

— Laura me dijo que tendría un plan para detener a Sandra.

— Tal vez no ha tenido algo en mente.

A Liliana le hormigueó el cerebro, teniendo un plan para utilizar el editor en contra de Sandra.

CAPÍTULO 23

En la mañana, antes de salir al trabajo, Roberto observaba a Liliana, quien tiene la vista fija en el suelo de la cocina, recargada en el lavabo y dando sorbos a su café. Luego, ella, le agrega más azúcar y le da otro sorbo. Roberto se acerca y le quita la taza.

— A ver, espérate— Roberto probó el café—. No. Esto es muy fuerte para ti. De por sí eres muy nerviosa.

Con la vista, Liliana seguía a Roberto. Esperaba una pregunta, un comentario o un consejo. Ya no espera más y pregunta:

— ¿Y bien?

— Espera. Te estoy preparando…

— No, eso no. Quiero saber qué hace tan especial a Sandra.

— Su forma de enfrentar los problemas.

— No— niega Liliana en tono firme—. Hay algo que tiene de especial la tal Sandra.

— Pues sí— contesta Roberto, dejando todo a un lado y mirando fijamente a Liliana—. ¿Pregúntale a Laura?

— ¿Qué cosa? — pregunta Laura, entrando a la cocina en compañía de Pamela.

Sentadas en la sala, Liliana termina de contarle lo sucedido en aquel pozo y de cómo Sandra ha hecho de las suyas, una vez más. Roberto y Pamela van saliendo, Laura se despide de ellos:

— ¡Adiós!

— Nos vemos luego— se despiden Pamela y Roberto.

— En un minuto me voy— dijo Liliana.

— Bien, allá te esperamos— dijo Roberto.

— Tú tranquila, miga— dijo Pamela.

Viéndose solas, pero con miedo al rechazo, Liliana comentó:

— Oye. Sandra es muy maldita y muy apreciada, ¿verdad?

Estas palabras le provocaron malestar a Laura. Ésta miró fijamente a Liliana y le contesta:

— Nadie elige a sus parientes— esta respuesta le envenenó a Liliana— Nos vemos en el Palacio de cristal. Tú eres nuestra invitada de honor. Arréglate, yo paso a por ti— se levanta, espera un abrazo de Liliana. No le responde y le comenta: — No hagas nada tú sola en contra de Sandra. Salvador me dijo todo lo que ha pasado. Los dos tenemos un plan. Sólo necesitamos tiempo, no te desesperes.

Liliana sólo pensó en que podría encontrarse con Sandra en esa reunión. Y ahí, hacerle frente ante todos.

— Sí— contestó Liliana, poniendo su mejor cara—. Me arreglaré.

En el comedor de la fábrica, los empleados comían y reían. Otros caminaban con sus bandejas, que traían de la cocina del fondo, buscando una mesa disponible. Liliana parecía estatua, sentada frente a su plato. Los empleados que le acompañaban, se dedicaban a platicar entre sí. Liliana se recarga más en su silla, cruzando los brazos y ahora mira al techo. Un operador se le acerca y le dice:

— Oye, te busca Roberto.

Liliana reacciona, no dice nada y va hacia allá.

Liliana está sentada frente al escritorio de Roberto. Él se dedica a ver la tableta electrónica de Liliana y moviendo la cabeza de un lado a otro, luego dice:

— Ya perdiste el ánimo de trabajar. ¿O por qué tienes problemas llenando el formulario de cada día?

Roberto le indica, en la tableta, que hay preguntas sobre el funcionamiento de las máquinas y están marcadas como: fallas.

— Es que a veces no sé qué está bien y qué no— contesta y se levantó.

— Mira— trata Roberto de tranquilizarse—. No sé qué clase de problemas de ego hayas tenido antes de ser parte de nuestra familia— respira profundamente—. Resuélvelos. Nosotros cumplimos con brindarte un hogar y un trabajo. Tienes el cariño necesario de una familia y de amigos. ¿O quieres vivir con tu libertinaje y ser una carga para la sociedad? Tú elije.

A Liliana le pareció un regaño fuera de lugar. Sin decir nada, salió de la oficina. Roberto se sintió mal por su coraje innecesario y la deja ir. Era mejor que aclararán sus mentes y discutieran luego. Eso creyó en ese instante.

Liliana regresa al comedor. Donde la mayoría de los empleados se calla al verla entrar. Unos hacían bolita para ver un vídeo en el celular de otros. Uno de los operarios grita:

— ¡Oye, en las redes sociales dicen que estás loca!

Muchos de los empleados comienzan a reír, Liliana les frunce el ceño y se retira.

En la entrada, la recepcionista le saluda.

— Liliana. ¿Tan temprano saliste?

— No. Voy a comprar unas cosas y al rato vuelvo.

Ambas se despiden de mano.

Antes de subir a su auto, Liliana trata de comunicarse con Salvador. La contestadora automática suena.

— Lo sentimos. Pero el número que usted marcó, no se encuentra disponible…

Liliana corta la llamada y sube de prisa a su auto. Antes de llegar a su casa, Liliana pensó en pasar directo a con Salvador. Con todavía la idea de utilizar el editor de vídeo en contra de Sandra.

Al detenerse en un cruce, Liliana se exalta, al ver a una mujer muy parecida a Hilda, ésta va en una carretilla tirada por un burro. La mujer va en el otro lado y pasa de largo a Liliana. Ésta, en cuanto pudo, derrapó y dio vuelta. Rebasó a Hilda y se detuvo frente a ella. Se bajó de su auto y le llamó la atención.

— ¡Espere por favor!

La carretilla se detuvo.

— ¿De casualidad su esposo no se llama Simón Huerta?

— Se llamaba, señorita.

Liliana ha invitado a Hilda al castillo. Donde le ofrece un refresco. Hilda le ha confirmado que su esposo falleció hace poco, ahogado en una presa, pero que nunca pudieron recuperar su cuerpo. Liliana insistía en que ella vio cómo Simón se tiró al pozo y que jamás lo vio salir. Hilda, de un cambio intempestivo, dijo no recordar ese día, pues argumentaba haber tenido un accidente que le dejó con una neblina de recuerdos. Liliana preguntó en qué hospital fue atendida e Hilda le contestó que no sabía. Pues Sandra fue quien la llevó. Liliana insistió en ese tema, pero Hilda le argumentó que ni sus hijas podrían decirle algo. Aquí, Liliana supo que al fin y al cabo todo era un plan bien orquestado por Sandra.

De todas las preguntas que Liliana hizo, solo una le dio una respuesta que valía oro.

— Entonces— continuó Liliana—, usted pertenece a una secta que fundó Sandra. Aunque ella no está contenta con los pocos seguidores que tiene ahora. ¿Sabe usted, qué hará Sandra para que le siga más gente?

— Sí— contestó Hilda, al dejar la botella en la mesita—. Dijo que pronto será líder de una secta más poderosa.

— Pues claro. Todo está claro— casi gritó Liliana.

Liliana, justo después de acompañar a Hilda en su casa, recibe una llamada, ve el identificador y contesta.

— ¿Salvador? Yo te llamé y tu teléfono no estaba disponible.

— Sí. Vi tu llamada perdida. Y es que no pude contestar en ese momento. Me encontraba en un lugar en donde no se puede tener el teléfono encendido.

— ¿Y solo me llamas para decirme eso?

— No. Roberto me llamó y me preguntó si tú estabas conmigo. Sí planeas algo malo, no lo hagas. Ya sabes que cuentas con todos nosotros. Yo sé qué eres más lista que Sandra y que no debes dejar que te afecte lo que ella hace o dice. Pronto tendrá su merecido.

— Mira, conozco todo el lio que Sandra está por cumplir y ya mejoré el plan para detenerle.

— ¡Oye no! Espera— Salvador se escucha muy exaltado—. Dime ahora lo…

— No, no te diré nada por teléfono.

— ¡Dime!

— ¡Qué no!

— Dime al menos en donde estás…

Liliana corta la llamada y apaga su celular.

Desde las alturas, vemos a unas diez personas y unas minivan, afuera de la fortaleza del castillo. Liliana ni se acerca. Con los binoculares que le regaló Salvador, ve desde lejos a toda esa gente. Decide encender su celular. Con los binoculares, echa un vistazo más detallado a las minivan, marca el número de Laura y espera. La llamada es cortada.

Hace un enfoque a una de las minivan en que se distingue a dos personas. Gira su mirada a un lado de esa camioneta y reconoce a uno de los guardias, el de barba y bigote. Luego, las personas que estaban en la minivan, salen y una se reúne con aquel guardia. Liliana estruja los binoculares y rechina sus dientes, al ver a Laura platicando, muy tranquila, con el guardia. Éste se retira y Laura se recarga en la minivan y trata de comunicarse con alguien.

El celular de Liliana suena, lo ve y le indica que es Laura. Deja pasar la llamada y lo apaga.

Sin bajarse, Liliana se pasa al asiento trasero y se recuesta. Su cara se ponía cada vez más pálida y su cabeza retumbaba sin parar. ¿Por qué Laura se regodeaba con gente de Sandra?, se preguntó. ¿Le tendieron una trampa? ¿Serán verdaderamente parientes que antes se han peleado y ahora intentan ser socias? ¿Eso será parte de su plan?

Unos golpecitos en la ventanilla despiertan a Liliana. Tallando sus ojos, ella se levanta, mira hacia el castillo y ve que ya no hay nadie. Sale del auto.

Quien daba golpecitos en la ventanilla, es un oficial de tránsito. Él pregunta:

— ¿Se encuentra bien?

— Sí— contestó Liliana y se acomodó la ropa—. Sólo me quedé dormida. ¿Por qué la pregunta?

— Es que hace rato pasé y vi su auto. Y ahora venía de regreso y al verlo de nuevo aquí, pensé que tenía problemas.

— Estoy esperando a unos amigos. Quedamos de vernos aquí. ¿Sabe qué hora es?

— Faltan seis para la una.

Liliana se cubre los ojos de los rayos solares.

— Pues ni modo. Me voy. Estos me dejaron plantada— comentó muy sonriente y subió al auto.

— deberían de acordar otro punto de encuentro. La orilla de la carretera no es buen lugar.

— Eso mismo haré. ¡Gracias!

El oficial se despide y Liliana avanza. Pasa por alto al castillo. Sabía que si el oficial la veía entrar ahí, le parecería algo sospechoso. Condujo por varios minutos. Negándose a sí misma, el comunicarse con Salvador o Laura. Ni con sus padres.

Su trayecto concluyó en el estacionamiento de una tienda de autoservicio, que está entre varios locales. Como una tintorería, una clínica veterinaria, un consultorio dental y otros locales cerrados. Todos juntos, están a un lado de la carretera. Solos.

En el interior de la tienda, Liliana se ha preparado un hotdog y eligió un refresco de Limón. En una mesita, comenzó a comer. El pan seco, lo degustó con pocas ganas. Igual, lo veía como su única opción.

Liliana casi se ahoga, al ver que un coche se estaciona junto al suyo. El cual, era conducido por el guardia de barba y bigote.

Con torpeza, Liliana se esconde entre los estantes. Pues vio que el guardia y un sujeto con un pirsin en la nariz, observan con detalle el auto de ella. De inmediato, el guardia se comunica por teléfono. Mira la placa del auto de Liliana y parece que le confirman algo, pues de inmediato se asoma por las enormes ventanas de la tienda.

Los dos hombres entran, Liliana se mueve con rapidez, pero con agilidad. El hombre del pirsin avanza hacia Liliana y ésta retrocede. Ella casi cae, se sostiene de uno de los estantes, empujando varias latas y frascos. Un frasco de mayonesa cae y se desparrama su contenido en el suelo. El guardia hace una seña con la cabeza, el hombre del pirsin le entiende. Y cada uno rodea el estante, para encontrarse con una señora de edad avanzada y quien dijo:

— No pude sujetarlo y se calló.

Liliana apenas abre la puerta de la tienda y sale. Ve a toda prisa hacia su coche. Se agacha con rudeza, al mirar que un hombre se levanta, contando monedas y se recarga en el auto de ella. El guardia y el hombre del pirsin salen de la tienda. Liliana, casi a gatas, se esconde entre los demás autos estacionados. El sujeto de las monedas trata de entrar a la tienda.

— ¿A dónde?— preguntó el guardia sujetándole del brazo al hombre de las monedas.

— Quiero comprar algo.

El guardia le hala de brazo y lo deja junto al auto de Liliana y le ordena:

— Tú te quedas aquí.

Liliana avanza hasta al lado de los locales. Mira hacia su auto y ve que el guardia camina hacia ella. Liliana corre hasta atrás de los locales, tropieza con un montículo de tierra y sigue hasta unos matorrales.

El guardia va entrando al consultorio dental, nota que un polvo sale del lado de los locales. Corre y se asoma allá. Las venas de su cuello se resaltan, al ver que Liliana está escondiéndose entre los matorrales.

Liliana se da vuelta y se da cuenta de que el guardia le está siguiendo. Y se pierde entre los árboles, quitándose las espinas que se le pegaron en la ropa. Voltea hacia atrás y ve que también el hombre del pirsin va en su caza.

Liliana sigue corriendo. Hasta llegar a unas rocas, que parecen formar un laberinto. El guardia y el otro, se separan y se adentran en el laberinto.

Liliana da un vistazo, ligeramente, por encima de las rocas más pequeñas. El guardia corre hacia un lado muy lejano. Liliana sigue avanzando, cautelosa de no encontrarse con el del pirsin.

Mirando a todos lados, Liliana corre ligeramente. Uno de sus zapatos se atora entre dos rocas y cae, golpeándose una rodilla. Se levanta y sigue andando. Cojeando, se encuentra con el hombre del pirsin, quien le sujeta de la espalda.

— ¡Troy!— grita— ¡La encontré!

Liliana le golpea en un ojo, él se hace hacia atrás, quejándose y cubriéndose el ojo. Liliana sigue corriendo, brinca un arbusto. El suelo parecía ser de galletas, al escucharse un fuerte crujido. Enseguida, los gritos de Liliana se van perdiendo, al ir cayendo por un gran hoyo.

Troy se asoma pero no ve nada. El otro, se recupera un poco, pero aun cubriéndose el ojo y pregunta:

— ¿Murió?

— No— contesta, alejándose.

CAPÍTULO 24

Como en una competencia olímpica, Liliana cae a la piscina. En el fondo, se va nadando y con maestría asciende. Soportando el agua fría, Liliana reacciona y nada contra corriente. La vista se le va acostumbrando a la oscuridad eterna del acuífero. Sus nulos quejidos retumban en las paredes.

— ¡Auxilio!

Entre más avanzaba en la corriente, Liliana perdía fuerza en su nueva pierna lastimada y en un codo. La escasa orilla firme, parecía negarle ayuda.

La esperanza de Liliana renace, al distinguir una entrada de luz natural, que apenas deja ver una escalera metálica. Liliana fue golpea por una roca que está en medio de la corriente.

Liliana sentía que el agua le golpeaba en medio del abdomen. Se quedó aferrada a la roca por varios minutos. Al fin pudo pararse en unos bordes de la roca. El agua le golpeaba en la cadera, luego en los muslos, después por encima de las rodillas. Aquí, Liliana se dio cuenta y aprovechó para tratar de alcanzar la orilla. Aunque la corriente va deprisa, no le dio mucho problema. Sentada, recuperando fuerzas, distinguió el fondo del acuífero.

Caminó lo que le faltaba para llegar a la escalera, subió. Pero resbaló con el moho del primer escalón. Y siguió subiendo con calma. Llegó hasta arriba; no lo había notado, pero la entrada estaba bloqueada por una puerta doble, muy parecida a la de la cueva en donde Sandra hizo el sacrificio. Quiere abrir la puerta, pero una enorme cadena con candado aseguran ambas puertas.

Liliana descendió unos escalones, cuando escuchó voces que se aproximaban.

— ¿Y qué?— esta voz era inconfundiblemente de Sandra.

— Pero yo…— esta voz es la de un hombre joven, a quien calla, al sonar su celular.

Y mientras le dicen algo, Sandra abre el candado. Liliana esperaba lo peor. Sandra se detiene al escuchar malas noticias.

— ¡Repítelo!— indicó Sandra, activando el alta voz del celular.

— ¡No sale agua!— repitió la voz del celular—. Estábamos llenado un camión cisterna, y de la nada se fue terminando hasta ya no salir.

Sandra cortó la llamada. Enseguida, recibió un mensaje de texto, lo leyó.

— Vámonos— indicó Sandra al hombre que le acompañaba—. Date prisa.

— ¿Y la puerta?— reclama el hombre.

— Déjala— contestó Sandra, al irse acercando a uno de los dos carritos de golf en los que han llegado—. Es más importante esto.

Liliana escuchó que movían unas cosas de los carritos de golf y luego escuchó cómo se alejaban. Subió con calma y no vio a nadie. Salió y se fue en el carrito que han dejado.

A medio camino, el carrito fue perdiendo velocidad, hasta quedar detenido. Liliana, con sus conocimientos en esos vehículos, buscó el problema. Buscaba cables que se hayan soltado. Nada malo encontró, luego vio el compartimiento de las baterías y encontró una sola de éstas. Liliana da un golpe en el asiento del carrito.

— ¿Necesitas ayuda?— se escuchó esta voz femenina detrás de Liliana y ésta arañó la cubierta del asiento.

Salvador y Laura van llegando a la entrada de la cueva. Encuentran a Liliana sentada en uno de los carritos de golf. Con la rodilla y el codo vendados.

Laura le miró, pero se alejó y fue directo a con Sandra. Ambas se alejaron más de Liliana. Salvador se agacha frente a Liliana, primero mira hacia Sandra quien se encuentra distraída. Luego él muestra una cajita, la abre y de ahí saca el collar de Liliana. Ésta lo ve, pero no se explica que le ha hecho, pues distingue algo raro en la joya.

— ¡Por favor! No te enojes conmigo— dijo Salvador—. Le he instalado una mini-cámara en el centro del ojo del collar.

Liliana deseaba otra explicación de cómo: quién le dio permiso de hacer algo así con su collar. Pero no pidió ninguna explicación. Con el tema de la cámara oculta era suficiente.

— ¡Sandra se dará cuenta!— exclamó Liliana susurrando.

— No lo creo— dijo Salvador, acomodándole el collar en el cuello—. Tú serás nuestra testigo.

Ahora van llegando otros ocho encapuchados. Dos de estos, observan a Liliana, ésta se incomoda, se para y va caminando para que, con su cámara oculta, haga unas buenas tomas.

Las antorchas son encendidas. Salvador ha sido designado para hacer el camarógrafo aprobado por Sandra. Él hace una toma de Sandra prendiendo tres veladoras. Los ocho forman un círculo, con Sandra en el centro y ésta comienza a predicar:

— ¡No quiero ver decepcionada a ninguna persona! Y hoy, justo ahora, tengo la solución definitiva para evitar la sequía en esta comunidad.

Sandra sale del círculo y pasa enfrente de Liliana. Sandra mira fijamente el collar de Liliana, ésta le sigue la corriente, saludándole. Un poco asustada, pensando en que le ha descubierto su cámara.

Sandra se aleja hasta llegar con Salvador a quien le susurra:

— Gracias por ser mi socio— esto lo escuchó Liliana. Sandra le mira y enseguida vuelve a con ella y le dice: —. Me ayudarías muchísimo si te unieras al grupo.

A Liliana se le amarga la boca por lo de la sociedad entre Sandra y Salvador. Pero se le quita un peso de encima, porque ahora sabe que podrá hacer una buena toma de la próxima víctima de Sandra. Y con total confianza, Liliana se acerca al grupo. Uno de los ocho le deja su lugar. Sandra camina alrededor del círculo y continúa gritando como un predicador:

— ¡Estoy viendo a este mundo sin sequías! Y espero al mundo famélico. Sí, lo espero para darle de comer. Hoy, los astros me dicen que este pueblo será beneficiado con mi ayuda— se calma y hace una pregunta: — ¿Alguien quiere hacer un comentario?

— Yo— dijo un hombre joven, pasa al centro y se quita solo el antifaz—. Mi padre iba a perder sus tierras y pos— hace una pausa, dejándose pasar el nudo de la garganta—. Y gracias a Sandra y a su proyecto, mi padre ahora distribuye maíz a todo México.

El joven vuelve a su lugar y Sandra pregunta:

— ¿Alguien más?

Una dama, de casi cincuenta años de edad, pasa al centro y se quita el antifaz.

— Yo aún no obtengo resultados de este proyecto. Pero tengo fe en Sandra. Ella nos traerá una secta de diez— dijo y volvió a su lugar y Sandra concluye:

— ¡Gracias a los dos! ¡Y no se diga más! Empecemos.

Liliana trata de que su cámara enfoque a cada integrante que va pasando.

Salvador, después de hacer tomas sin importancia, se prepara.

Uno más de los ocho pasa al centro y sólo se quita la capucha, levanta una vela y con voz femenina, no tan mayor, comenta:

— Yo, Patricia Torres, no me veo a mí misma en un altar. Pero sí entre el orgulloso y humilde pueblo que nos abrió su hogar.

Otro pasa al centro, se quita la capucha, levanta una vela y dice:

— Ella y yo, Fidel Estrada— cogió la mano de la mujer—, nos uniremos, para siempre, en breve. Y cambiaremos nuestros malos actos, por buenos.

Sandra esperaba a un tercero, que nunca pasó al centro. Sandra entró, apagó la vela y dijo:

— Pues el tercero no pudo pasar, mal parecer. ¡Así que prosigamos!— gritó, liderando el grupo hacia la cueva.

Los dos, Patricia y Fidel, se detienen en la orilla del pozo. Ambos se quitan la túnica, dejando ver su traje de buceo. Sandra les ayuda a acomodarse la mascarilla y los lentes. Liliana les ayudó a ponerse los tanques de oxígeno. Liliana se retiró un poco, no quería sentir lastima por ellos. Dejó pasar su coraje y la apatía, y se acomodó para hacer una buena toma de lo que viene. A Liliana se le vino el mundo encima, reconoce a Ivonne y Eduardo, sus padres. Estos miran fijamente a Liliana.

— Hija— comienza Ivonne—. Te dimos muchos motivos para odiarnos. Y no tenemos nada para recompensarte.

— Y nada nos exonerará más que esto— agregó Eduardo.

Liliana queda paralizada por muchos miedos.

Ivonne y Eduardo se abrazan y se arrojan al pozo. Como en una película muda, vemos los gritos de Liliana, corriendo hacia el pozo. Laura le sujeta del brazo, pero Liliana gana y continúa. Como un defensor de fútbol americano, Salvador espera a Liliana, a quien carga en su hombro y se la lleva afuera de la cueva. Ella le golpea la espalda y trata de bajarse, pero Salvador resiste.

Ella no debía, pero Liliana ha estado encerrada en su habitación como una adolecente castigada. Ha dejado la puerta cerrada, pero sin seguro. Roberto y Pamela le visitan de vez en cuando, nunca les ha respondido. Así que ellos dos dejan que llegue el momento adecuado para hablar. A Verónica era la única que le respondía. Pero le cambiaba de tema y jugaban en el verde campo o escribían en ratos, aunque Liliana sólo fingía escribir. Laura y Salvador eran los menos bienvenidos y evitaban visitarle con frecuencia.

Solo el rugir de sus tripas le obliga a Liliana a bajar a por comida. De vez en cuando, Liliana se sienta en su cama con pluma y libreta en mano. Se pasa hasta dos horas sin escribir algo. Sólo hace garabatos. Entre ellos, dibujó un corazón partido a la mitad, del que sale espinas en lugar de sangre.

En una de tantas tardes, Liliana sale de su cuarto, pero encontrando una caja de cartón adornada y pegada en la puerta. Se la llevó, en la cama vertió su contenido y cayeron muchas figuritas hechas de papel. De varias, notó que una tiene letras, desenvuelve la figurita y lee el mensaje:

Te queremos. Y sí, te queremos ver cuerda.

En otras leyó:

Alíviate, te tenemos una sorpresa.

Tu mejor amiga desea más amistad.

Tu mejor amigo desea un hijo.

Cada mensajito le provoca una sonrisa a Liliana. Ella pensó que, si no podía escapar a la actual realidad, tan siquiera espera una excelente explicación. Convocó a su familia y a sus amigos.

Le han explicado que en efecto, Ivonne y Eduardo jamás fueron buenos padres. Pero que antes que dejarla en la calle, prefirieron dejarla en adopción.

Lo que Liliana no entendía, es por qué se ofrecieron en sacrificio. Salvador explicó:

— Dijeron que fue su aportación: dejar que en otro hogar, con otra familia, con otro entorno, tú fueras feliz y libre. En nuestra última charla me comentaron que se sentían terribles, ¡mucho más!, después de conocer tus logros— dijo, sujetando la mano de Liliana y dándole un beso—. Me pidieron que nunca te dejara sola. Y si tú me lo permites, eso haré.

Liliana no estaba del todo tranquila con la explicación de Salvador. Y estaba enojada, con nadie más que con sí misma. También se explicó, a sí misma, que la sociedad entre Salvador y Sandra fue un truco, así que sólo le respondió con un beso en la mejilla.

— Yo traté de buscarte— explicó Laura—. Llegué aquí y me encontré con mucha gente de Sandra. Les di datos falsos y se fueron. Yo esperé un rato más, pero no apareciste.

Ahora Liliana se sentía mal por juzgar tan cruel a sus amigos.

— Sí hermana, desde que estas aquí, he tenido más ánimo y he mejorado en mis trabajos artísticos. Mis amiguillas me piden consejos. Y mis amigos más grandes dicen que eres su novia— esto provocó las risas de todos. Verónica se puso seria y dijo: —. No, eso no es bueno. Muchos cuñados, de una sola hermana, no es lo correcto.

Las risas fueron más escandalosas entre Roberto y Pamela. Liliana le alborotó el cabello a Verónica y ésta se dedicó a peinarse.

— Usa esta experiencia para bien— sugirió Roberto—. Hay que ponerle buena cara al mal tiempo.

— Tú me dijiste una vez que— comentó Pamela— yo tengo una hija que me necesita bien. Ahora yo te digo que tú necesitas un hijo para que tú estés bien.

— Lo que paso y lo que viene— siguió Roberto—, son pruebas de la vida.

— Lo que más me pesó— comentó Salvador—, fue ese trato que acordé con Eduardo. Sufrí tanto. Yo me imaginé que te podría marcar de por vida. Pero ellos insistieron tanto, que solo tú sabrás si me perdonas por esto o no.

El silencio que decayó fue mortal. Liliana era inexpresiva, solo se le podían ver ojos torturantes. Todo el ambiente cambio cuando ella dijo:

— Solo el amor actual puede ser bueno para mí, ¿verdad?

Esas palabras fueron medicina para cada uno de los presentes, que le fueron felicitando con un cursi abrazo.

En el noticiero sabatino, están transmitiendo en vivo desde la entrada del acuífero por la que Liliana escapó. Laura les avisa, y todos se reúnen para verlo. Liliana esperaba el vídeo que ella grabó.

Se muestra a un equipo de buzos que han quitado los cuerpos de Ivonne y Eduardo. Se ve cómo la corriente comienza a avanzar rápido, pero el nivel del agua desciende. Un reportero entra en cuadro y comienza a narrar:

— Estos cadáveres— dijo, mostrando los cuerpos cubiertos por sábanas— servían de tapón para que el agua no se colara a un acuífero inferior del que nos encontramos ahora. Y así el agua tuviera el nivel correcto para que saliera por los grifos que instalaron en la pared de la presa más cercana. Descubrir esto, fue posible gracias a un vídeo que se presentó hace pocos días en nuestro noticiero.

De la trasmisión en vivo, se pasa a ver el vídeo bajo el agua. Desde la altura del pecho de Eduardo, se puede ver el rostro de Ivonne. Después se muestra el boquete, por el que ellos dos, quedan atorados. Liliana recordó cuando ella salió del agua, aprovechando que la corriente descendía, pero corría rápido. Y de inmediato supuso que, en ese momento, el cuerpo de Simón se había desatorado.

— Lo ves— comenta Salvador—. Sandra no puede editar el vídeo de tres cámaras al mismo tiempo.

La transmisión en vivo vuelve, pero para mostrar cómo llevan arrestada a Sandra y a varios de sus cómplices. Sandra dirige sus ojos amenazantes a la cámara del noticiero. Ahí, Liliana supo que no volvería a ver esa mirada infernal.

Y en efecto, Sandra fue sentenciada a cien años de cárcel, por múltiples asesinatos culposos y por varios cargos más.

El pozo fue expropiado y arreglado para que el flujo del agua llegara al poblado más cercano. Sin rendirle honor a ninguna secta o persona.

Los cuerpos de Simón, Ivonne y Eduardo fueron los únicos en tener un lugar de descanso. Liliana visita la tumba de sus padres, en compañía de su ahora familia de mil amores.

La secta "El Cielo en la Tierra" se desintegró. Pero se siguieron apoyando proyectos, en una convocatoria organizada por un comité conformado por ex integrantes del más alto rango de la desparecida secta. Solo que a nombre de un programa cultural.

FIN

FIN ALTERNATIVO

Para entender este final, favor de leer la historia hasta finalizar el capítulo 19.

Al llegar al aeropuerto de Aguascalientes, Liliana esperaba la bienvenida de su familia. Le pareció extraño, pues no había mucha gente con la que se pudieran perder.

Al ir saliendo del aeropuerto, Liliana y Salvador buscaban o esperaban a que llegara el coche de alguien conocido. La única opción razonable, si es qué Roberto o Pamela no contestaran, era tomar un taxi.

— ¿Y bien?— pregunta Salvador.

— No, nada— contestó Liliana, después de casi media hora de varias llamadas y de espera.

Salvador habla con un taxista. Liliana sentía escalofríos, extraño, pues lo único que calmaba el calor nocturno, era la ligera brisa.

Salvador ha acordado un precio con el taxista. Salvador le indica que ya se pueden ir. Al ir abriendo la puerta del taxi, una camioneta suburbana blanca se estaciona detrás del taxi. Del lado del copiloto se baja un hombre alto y vestido de traje, como los guardaespaldas.

— Soy Rubén— se presentó el hombre alto—. Pamela nos envió a recogerlos. Roberto tuvo un accidente y les esperan en el hospital.

Liliana ni deseaba pensar en lo peor.

Durante el trayecto, Liliana decide hacer unas preguntas.

— Rubén, ¿sabe usted qué clase accidente tuvo Roberto?

— Chocó su camioneta al reventarse un neumático.

— ¿Pamela no le dijo por qué ella no contesta su celular?

— Ella y la niña iban en la camioneta, pero ellas sólo sufrieron leves golpes y cortaduras. Y sí, me comentó que no saben si los teléfonos se destruyeron o sólo se perdieron.

Liliana seguía sin querer pensar en algún tipo de sabotaje, hecho por el coraje de Sandra.

En el cuarto del hospital, Pamela está sentada en un sillón, tomando un medicamento. Junto a su mamá, está Verónica, jugando con una consola portátil. Liliana corre hasta la cama de Roberto, le mira y le pregunta:

— ¿Cómo estas, papá?

Roberto, lentamente mueve su cabeza, mira a Liliana y le contesta:

— Estoy bien, gracias. ¿Y cómo les fue?

— Tuvimos éxito— contestó Liliana, limpiando sus lágrimas de felicidad— después de arreglar unas fallas. Trajimos un vídeo y lo veremos juntos, claro, después de que vuelvas con nosotras a casa.

— Claro que sí, hija.

Liliana arregla la venda que Roberto tiene en la cabeza. Pamela y Verónica se acercan.

— ¡Nos salvamos por poco!— expresa Pamela.

— Después de que nos fuimos de viaje— dijo Liliana—, ¿Sandra no se paró por la casa?

— No— contesta Pamela—, ¿por qué?

— No, por nada— contestó Liliana. Pero pensaba en que sí realmente Sandra haya provocado ese accidente, lo hizo cautelosamente, como lo pudo haber hecho mejor que con la rama que golpeó una de las pirámides de policarbonato.

Verónica dejó la portátil en el sillón, se para frente a Liliana y le pregunta:

— ¿Me llevas a comprar un dulce?

— Sí, vamos— contesta Liliana, tomando de la mano de su hermanita y mirando los vendajes que tiene.

— No se tarden, ¡eh!— sugiere Pamela.

En su regreso, por el patio del hospital. Los tres van lentamente, disfrutando del aire fresco. Verónica se termina las últimas gomitas azucaradas y tira la envoltura a la basura. Salvador y Liliana se comparten de una bolsa de cacahuates japoneses.

Llegando al edificio del hospital, Liliana se paraliza de coraje y pregunta a Salvador:

— Mira, ¿qué hace Sandra aquí?

— Nada bueno— contesta con un mal gesto.

Sandra va saliendo del edificio, acompañada de dos guardaespaldas. Los tres pasan acelerados frente a Liliana. Y ésta le bloquea el paso.

— ¿Qué haces aquí?

— ¡Nada malo!, si a eso te refieres— contesta Sandra con seriedad descarada—. Me enteré que tuvieron un accidente y quise venir a verlos— con la rapidez que respondió, así se alejó.

Salvador se da cuenta del odio que irradia Liliana, le sujeta de los brazos y le comenta:

— No te conviene ponerte al tú por tú con Sandra.

— ¿Y eso?— pregunta Liliana con indignación.

— Sandra nunca ha traído seguridad personal. Y el único motivo porque ella tenga guardaespaldas, es porque ya tiene un proyecto en funcionamiento, pero no de buenas intenciones.

— Deberíamos notificar eso al Maestro, a lo Unificadores o a alguien.

— Yo lo haré.

La mente de Liliana no pudo quedarse quieta, pensando en el plan tan vil y ruin que esté maquilando Sandra.

En el cuarto del hospital, Pamela ha explicado que la visita de Sandra fue breve.

— ¿Y no dijo algo fuera de lo normal?— preguntó Liliana.

— No. Nomás le preguntó de su salud a Roberto y se fue.

Liliana se tranquilizó un poco. Junto a Salvador, se quedaron un rato más.

Verónica trataba de mantenerse sentada en el sillón, el sueño le ganó y cae recostada en el brazo de Liliana. Pamela se da cuenta y pide:

— Liliana, ¿podrías llevarte a Verónica?

— Sí— contesta, levantándose lentamente y recostando a verónica en el sillón.

— Yo me la llevo— dijo Salvador, cargando en sus brazos a Verónica.

Liliana se acerca a Roberto, que ya está dormido, le besa la frente y le dice:

— Te esperamos.

Vemos a Salvador cubriéndose los ojos con sus manos y contando:

—...dos, uno. ¡Listas o no, allá voy!

Salvador busca detrás de los sillones, debajo de la mesa del comedor y detrás de la barra de la cocina. Luego dentro del cuartito alacena y del cuarto de lavado. Mira con perspicacia hacia las habitaciones y corre para allá.

Corre hasta el cuarto de Liliana, con rapidez, busca debajo de la cama, dentro del ropero y luego en el baño. Sale de la habitación y se dirige directo a la habitación de Verónica. Justo antes de entrar, escucha un ruido proveniente de la habitación del fondo. Va para allá y entra con cautela y busca debajo de la cama. Se queda quieto al reconocer una punta del zapato de Liliana, que sale por debajo de un montón de ropa sucia y de zapatos. Salvador supone que es el viejo truco de los zapatos solos, pero mira determinadamente y nota que uno parece moverse. Con rapidez precisa, Salvador quita la ropa y con torpeza cae al suelo en cuanto encuentra un payaso de cara dulce y terrorífica a la vez.

Liliana sale del armario de un salto, riendo, cae a un lado de Salvador.

— Que, ¿no conocías el truco de los zapatos solos?

— ¡Claro que sí!— responde Salvador riendo, siguiéndole la corriente a Liliana—. Pero es que el zapato se movió.

— Otro truco que funcionó— explicó Liliana, mostrando su zapato, que tenía una cuerda halada por un resorte no muy fuerte.

— ¡Que ingeniosa!— expresó Salvador, mirando cómo el resorte era accionado por una goma en su interior, las vueltas del resorte se iban resbalando y así halaba la cuerda— ¿Y qué hace un resorte y un payaso en la habitación de tus padres?

— El resorte lo traje de mi cuarto y el payaso es de Verónica. ¿Y ya la encontraste?

Ambos van silenciosamente. Un ruido despierta la curiosidad de Liliana, ruidos de madera contra madera.

— ¿Buscaste en mi ropero?— pregunta Liliana, dirigiéndose hacia allá.

— Sí, pero tal vez estaba escondida en otro lado y cambio de lugar.

Liliana miraba a Salvador, pensando en que no buscó allí y ahora no quiere parecer un tonto. Salvador es quien entra a la habitación, mueve la ropa colgada del perchero y hace a un lado lo que está en el asiento de éste.

— No está aquí.

— ¿Entonces de dónde se escucharon los ruidos? — pregunta Liliana, entrando al cuarto.

Salvador camina cuidadosamente al baño y pidiendo silencio a Liliana. Ella busca debajo de la cama, gatea hacia atrás y su pie se atora en el suelo de junto a la credenza. Se levanta y nota que el piso y la credenza están mal alineados, con respecto al resto del piso. Liliana empujó la credenza, se movió levemente, al igual que el pedazo de piso debajo de ésta.

— ¡Salvador, ven!

Él llega a toda prisa.

— Ayúdame a mover este mueble.

— ¡El piso!— exclamó Salvador, casi asustado— ¡También se mueve!

El piso se había movido un tercio de lo que, al parecer, debía hacerlo. Con más fuerza, ambos empujaron la credenza.

— ¡Escucha!— él solo movió la credenza y se escucharon ruidos extraños de metal—. Son engranajes.

— ¿Engranajes? ¿Quién los pondría ahí?

— Debe haber un mecanismo electrónico— señaló Salvador, al echar un vistazo por la hendidura del piso—. ¿Cómo se activará desde acá arriba?

Liliana sacó todos los cajones y abrió las puertitas de la credenza, con una lámpara, buscó por todo su interior. Encontró un botón y lo presionó. Con dificultad, el pedazo de piso comenzó a moverse. Encontraron unas escaleras en espiral. Liliana comprendió que alguien se escabulle por ahí. Y que ese alguien fue quien dejó el collar junto a la credenza.

Con la lámpara, Liliana alumbró su descenso. Junto a las escaleras, ella encontró una pequeña pantalla y varios botones, presionó uno de los que decía: ON. Y la pantalla se encendió; la imagen mostraba, desde la altura de la vigueta, a la credenza. Liliana supuso que la cámara estaba escondida en una de las letras ennegrecidas del texto escrito en las viguetas.

Caminaron por el estrecho túnel. Encontraron una puerta metálica y antes de que pudieran dar unos golpes, la puerta es abierta por uno de los guardaespaldas de Sandra.

Liliana ve a Sandra y corre hacia ella, con la intensión de darle una paliza. El otro guardaespaldas le detiene. Otros guardaespaldas detienen a Salvador, lo amordazan y lo atan en una silla.

Liliana forcejea, no logra nada y le reclama a Sandra:

— Tú tienes a Verónica, ¿Dónde está?

— No, yo no tengo a Verónica— contesta Sandra con terrorífica seriedad—. Dinos en donde la perdiste y nosotros te ayudaremos a buscarla.

— Eres un perra— expresa Liliana—. Cómo puedes usar a una niña para cobrar tu venganza tonta.

La sonrisa que Sandra dibujó en su rostro, le pareció a Liliana una amenaza echa y cumplida. Sandra se acercó a Liliana, ésta forcejeó más fuerte y logró zafar uno de sus brazos. Y con un puño bien formado, le dio un certero golpe al ojo de Sandra. El guardaespaldas sujetó con más fuerza a Liliana.

Sandra se recupera, ella forma un puño tembloroso y duro y lo dirigió hacia Liliana, ésta ni se movió. Pero el puño se detiene junto al rostro de Liliana. Sandra deshace su puño y pasa la mano por la cara de Liliana y luego por la solapa del traje del guardaespaldas y le quita los lentes de sol y se los pone.

— Si no fuera porque tú eres nuestra fuente de ingresos. ¡Te daría una paliza!— dijo dulcemente enojada.

A Liliana no le importaron los comentarios de Sandra.

— No sé porque piensas que te saldrás con la tuya. Si me encierras, me escaparé, encontraré a Verónica y te mataré.

— Liliana, Liliana, Liliana— dijo, tomando un gran respiro—. Verónica no vive, ¡tú le das vida con tu infantil imaginación!, pero nunca vivió. ¡Ya supéralo!— su verdad era agria y cortante— Te ves muy tonta jugando con una muñeca de trapo— luego tomó una postura familiar y melosa y comentó: —. Todo esto: la secta, el castillo, tus padres que te abandonaron, tu nueva y paciente familia y tu habilidad de inventar cosas para ayudar a la gente. Son producto de tu imaginación, colectiva. Colectiva con ayuda de la nuestra, claro está.

La cabeza de Liliana retumba, un zumbido invade sus oídos y comenzó a recordar las cosas que mencionó Sandra.

Sabiendo que Liliana esta con la mente destrozada, Sandra no dejó pasar la oportunidad de recalcar:

— ¿Nunca te preguntaste por qué no tenías recuerdos lucidos de lo malos que fueron Ivonne y Eduardo? ¿O el porqué de tus sueños infligidos que tuviste después de que llegaste al castillo?

Ahora Liliana sí se preguntaba eso.

— Me das mucha lastima— dijo Sandra—. Esperaba más de ti, hermanita. Pero ni modo, así son los enfermos como tú.

Los pocos sentidos que Liliana tenía claros, le permitieron escuchar varias veces la palabra “hermanita”.

— Tú y yo no somos hermanas— reprochó Liliana con dificultad.

— Lo son— dijo Pamela, parándose junto a Liliana—. Hermanas, mis hijas.

— Y dile— exige Sandra—, lo de tu bebé que perdiste.

A Pamela se le desquebrajó el corazón. Se repuso y explicó:

— El bebé que perdí en el parto, la regalé— no quería continuar. Sólo quería que lo planeado, reiniciar la mente de Liliana, terminara. Contuvo las lágrimas y siguió: —. La tuve que dar en adopción— estas palabras le serrucharon el cerebro a Liliana—, no podía permitirme tener a un bebé cerca de ti. Tu desequilibrio mental no te dejaba convivir con personas tan pequeñas.

Liliana cae de lado, sus piernas no le responden y sólo se incorpora ayudada por sus manos.

— No... eso no...— Liliana no puede continuar.

— Tu mente es poderosa— dijo Pamela—. Eres muy difícil de manipular, pero con una mente muy única.

Cada palabra que Pamela pronunciaba, era como un disparo en la cabeza de Liliana. No quería escuchar más revelaciones. Tenía odio, dudas y remordimientos hacia muchos que conoció. La vista de Liliana comienza a nublarse, para apenas, ver a Salvador, quien se inclina frente a ella y le dice:

— Perdóname, cuñada.

Vemos a un hombre junto a una cámara de televisión dentro de un estudio, que hace un conteo regresivo con los dedos. Un hombre de traje le sigue el conteo con la vista. Para cuando llega al uno el hombre del traje sonríe y se vuelve hacia sus invitados, Sandra y Salvador. Frente a estos hay varios ejemplares con el título: "Las Hazañas de Casandra"

— Y síganos contando— pide el presentador del programa— cómo Liliana escribió este libro.

— Fue en su fase más terrible— narra Salvador—. Tú sabes, su enfermedad le agotaba físicamente. No pudo continuar hasta que le contamos una historia sobre que ella misma es adoptada por una familia que vive en un castillo.

— Sí— agrega Sandra—. A mi hermanita siempre le gustaron los castillos.

— ¿Ah sí?— interrumpe el presentador—. Yo me apellido castillo, ¿Crees que yo le pueda gustar?

Los tres ríen. Sandra se pone seria primero y continúa:

— Y decidimos usarlo para que le recompusiera su mente, su imaginación.

— ¿Y sólo con lo del castillo tuvo?— pregunta el presentador.

— No— contesta Sandra—. Yo tuve que hacerle de mala. Y Salvador fue el muchacho del que ella se enamora.

— Todo lo que nos han dicho, suena a un tratamiento muy complejo.

— No tanto— explica Salvador—. Con la ayuda de la doctora Pamela y del psicólogo Roberto, encaminamos a Liliana por un paraje de imaginación que solo ella puede ver como creíble.

El presentador tomó uno de los libros de la mesa y preguntó:

— Yo lo he leído y sólo tengo una duda, ¿por qué un guante ortopédico y no una espada o algo más?

— Fue decisión de ella misma— contesta Salvador—. Por lo mismo de su parálisis. Me lo dijo una vez. Quería darle un giro. Después de leer varios libros en los que se lograba uno o varios objetivos gracias a una espada especial.

— Bien. Y dicen que Liliana no podrá escribir en un buen rato, ¿verdad?

— Por el momento, no— contesta Sandra—. En cuanto terminó: Las Hazañas de Casandra, siguió escribiendo, pero muy poco. Roberto, nos sugirió que la lleváramos de viaje. En su estancia en Oklahoma, terminó de escribir algo. Pero cuando Liliana les habló para describirles su nuevo trabajo. No parecían contentos.

Sandra toma una postura más correctiva y agrega.

— Pero fue peor para Liliana cuando se enteró que Roberto se accidentó. Y fue peor cuando Liliana perdió su muñeca Verónica.

— ¿Una muñeca? — pregunta el presentador.

— Sí— responde Sandra—. Me arriesgue al contarle la pérdida de su muñeca, su consejera, amiga y símbolo de responsabilidad. Fue un momento muy triste para mí.

— Y es por eso lo de su ojo— agrega Salvador.

Sandra se quita los lentes, revelando su ojo maquillado para ocultar el color negro y morado.

— ¿Y cómo está nuestra escritora?— pregunta el presentador.

— Sigue en el hospital psiquiátrico— contesta Salvador.

Ahora vemos el hermoso pasto, bañado por los rayos solares del amanecer. Junto a las flores plantadas en el centro del jardín, vemos a Liliana, con la vista perdida. Ella está sentada en una silla de ruedas.

Una joven enfermera, que trae una bolsa de papel con adornos y un castillo dibujado en ambos lados, se le acerca a Liliana y le dice:

— ¡Hola! Ya regrese de mis vacaciones. ¿Me extrañaste?

Liliana le mira y vuelve su vista al cielo. La enfermera se inca junto a ella.

— ¿No te acuerdas de mí? Soy Laura, tu enfermera— se presentó. Liliana le mira y le ofrece una sonrisa.

Laura le deja la bolsa de papel en el regazo.

— Ten, es para ti.

Con mano débil, Liliana saca el contenido de la bolsa. Encuentra una muñeca de trapo.

— ¡Es Verónica!— grita Laura, tratando de animar a Liliana.

Liliana mira con alegría a la muñeca. De pronto su alegría decae. Hace la muñeca a un lado. Laura se levanta, peina la cabeza de Liliana con la mano y se va. Liliana deja caer la muñeca al pasto.

Con un dolor de pecho, Liliana recordando el cabello rizado de su muñeca perdida. El psicólogo Roberto le había regalado esa muñeca y, cuando Liliana la vio, dijo sus primeras, después de dos años de quedar muda; dándole el nombre de Verónica.

En el pasillo techado, junto al jardín. Vemos a una mujer con bata blanca. Hace unas anotaciones en una hoja. Laura se le acerca y le dice:

— No, doctora. Ninguna otra muñeca le sirve a Liliana para que recobre el ánimo.

— Tendremos que esperar— dijo la doctora.

— ¿A qué, Pamela?

— A que Roberto se recupere, siquiera para preguntarle en dónde compró la muñeca. Y yo digo que así, Liliana la reconocerá. O eso espero. No quiero reinventar un tratamiento para reactivar la mente de mi Liliana.

— Pobre chica— expresó Laura con ojos enrojecidos—. Ya estaba tan bien, tan alegre.

— ¿Ya le arreglaste su cuarto?

— No, doctora. Ya voy— dijo Laura al irse alejando, pero sin dejar de mirar a Liliana.

La doctora no quería acercarse a Liliana. Sabía que el haberle dicho que ella era su verdadera madre fue el acabose para que Liliana cayera de nuevo en su depresión. Con la vista caída, Pamela se va.

Alejándonos hacia las alturas, vemos el jardín del hospital, y que alrededor de Liliana, hay otros cuatro pacientes. Y la fachada del edificio que es de piedras redondas como quesos. Con un nombre: HOSPITAL PSÍQUIATRICO “EL CIELO EN LA TIERRA”

Printed in the United States
By Bookmasters